下垣内《しもごうち》教授の江戸

青山文平

講談社

下垣内《しもごうち》教授の江戸

小説を書くようになると、趣向というのは時と所を選ばず湧き出るものだということを思い知らされる。

たとえば布団に包《くる》まって、眠りに落ちているあいだも蠢《うごめ》いている。蠢いて、突然、眠りを破り、机へ向かわせる。こっちの都合などお構いなしだ。そうなると、出社の刻限が来ようと、ペンを放すわけにはゆかない。そのとき文字にしなければ、そやつは呆気《あっけ》なく消えてしまう。厚かましいくせに、フラジャイルなのである。

俸給《ほうきゅう》生活者としては甚《はなは》だ困る。世の仕事と比べれば時間が自由になりやすい新聞記者といえども、限度というものがある。それなりに小説家としての名を上げていればお目溢《めこぼ》しも期待できるだろうが、僕は無名も無名だし、まだ入社五年目でもある。遅刻が日常になっても堂々としていられるほどの度胸はない。

で、思い切って、新聞社を辞めることにした。さほど迷うこともなく、昨年の暮れ、辞表を出した。

受け取った部長は「馬鹿《ばか》か」と言った。そして、つづけた。「とりあえず預かっとくから、ひと月、頭を冷やせ」。

僕も部長だったら、きっとそう言うだろう。なにしろ、昭和《しょうわ》五年だ。一九三〇年だ。関東大震災の打撃から立ち直り切れないでいるこの国を、前年の十月にニューヨークのウォール街で噴出した世界恐慌《きょうこう》が襲った。株価はむろんのこと、外貨の稼ぎ頭である生糸《きいと》や綿糸《めんし》の価格も大暴落。資本主義の牙《きば》は都市も農村も容赦なく裂《さ》きまくっている。

当然、雇用の状況は最悪で、〝就職ができぬ大学生が上野《うえの》の山で猫いらずを飲んだ〟といった類《たぐい》の記事が紙面を賑わすほどだ。とうてい、辞表なんぞを書けるような状況ではないのである。前年、松竹《しょうちく》キネマの小津安二郎《おづやすじろう》が『大学は出たけれど』という映画を撮ったけれど、たった二年前なのに、あのときはまだゆるかったと思える。

なのに、僕の気持ちは頭を冷やしても変わらず、年が変わったひと月後の一九三一年一月三十日、勤めていた新聞社を辞する日を迎えた。

その日は、金曜日で大安《たいあん》だった。机上《きじょう》の日めくりに目が行って、なんとはなしに大安なんだと思ったあと、僕は二つの記事を書いた。

ひとつは、警視庁《けいしちょう》が活動写真常設館の男女席撤廃を決めたことについてだ。十四年前の大正《たいしょう》六年、暗がりのなかで男女がずっと隣り合っていたら〝不埒《ふらち》〟なことをしかねないという趣旨なのだろう、活動写真館の席を分けることが定められた。その無粋《ぶすい》極まりない決まりが、撤廃されることになったのである。

といっても、活動写真館……いまでは、もう「活動写真」より「映画」のほうが通りがいいから映画館と言い直すが……映画館の取り締まりはそれぞれの自治体の管轄だから、全国一斉に男女別席になったわけではなかったし、東京《とうきょう》にしたって、特に震災からこっちはきっちりと守られてはいなかった。未曾有《みぞう》の厄災《やくさい》からようやく立ち直ろうとしている映画館に、別席を用意する余力はなかったのである。

だから、頭上の暗雲が一気に晴れたという感じではなかったのだが、それでも昭和恐慌の真《ま》っ只中《ただなか》、明日から小説家という名の失業者になろうとしている僕には、大安にふさわしい記事に思えた。今年は、ルネ・クレールの『巴里《パリ》の屋根の下』がかかるらしい。トーキーだ。肩を並べて観れば、きっと、陽《ひ》が注ぐ通りに出たあとに話が弾むことだろう。素晴らしいじゃないか。

もうひとつの記事は、年明け早々亡くなられた下垣内邦雄《しもごうちくにお》先生についてだ。享年八十二。心臓を患われていた。

美術の世界ならば知らぬ者はいない、とは、おそらく言えなかろう。明治以来の、日本の美術行政の節目には必ず先生の姿があったけれど、表に立つことはなかった。先生は東京美術学校《とうきょうびじゅつがっこう》の発足《ほっそく》にも功あって長く教授の席にあったし、帝室博物館《ていしつはくぶつかん》でも要職を務めたが、あくまで美術の人であって、美術行政の人ではなかった。〝当代きっての日本美術の目利《めき》き〟という己れに宛てがわれた役割を粛々《しゅくしゅく》と果たして、美術の世界とて避けられぬ政治劇から超然として在りつづけた。

四年前、僕が先生に取材をお願いしたのも、それゆえだ。いっとき、日本美術から遠く離れて欧州へ移った美術の重心はその頃、再び、東洋回帰の動きを見せ始めていた。己れの領分の外に関心を示さなかった〝当代きっての日本美術の目利き〟に、頼ろうとする状況が生まれていたのである。

きっかけは、この十年、つまり一九二〇年代に、雪崩《なだれ》を打ったように進んだ日本の近代化だろう。

国が近代化すれば、美術だって近代化する。それが行くところまで行けば揺り戻しが来る。一九二〇年代の日本の近代化は、東洋回帰という揺り戻しを起こさせるほどに重質《じゅうしつ》だったと見ていいのではなかろうか。

引《ひ》き鉄《がね》を引いたのは、戦争、とせねばなるまい。日清《にっしん》戦争に勝ち、まがりなりにとはいえ日露《にちろ》戦争にも勝って、「列強《れっきょう》」の一国となった日本は実のところ、常に国際収支の輸入超過に悩まされていた。その赤字体質を一変させたのが、一九一四年に勃発した第一次世界大戦である。当初こそ混乱を呈したものの、翌一五年からは状況が急転する。戦場となった欧州で不足する軍事物資を補完しただけではない。欧州製のもろもろの商品が消えたアジア市場への供給もほぼ独占して、すでに離陸させていた工業化をより強固なものにした。結果、大戦前に世界の列強でありながら債務国でもあった日本は、その負債の二倍を優に超える対外資産を持つ、債権国に変貌を遂げたのである。

おのずと、人々の暮らしも変わってゆく。工場労働者が二倍近くに増えただけでなく、いわゆる「新中間層《しんちゅうかんそう》」がはっきりと形成された。官公吏《かんこうり》や会社員、教員といった、高等教育を受けることで社会的地位を獲得した、前田一《まえだはじめ》が言うところの「サラリマン」層である。つまりは、通勤する層だ。当然のごとく、都市への人口集中が進み、鉄道が郊外に路線を延ばして都市を拡大させる。大都市にはビルヂングが林立するようになり、百貨店のショウウインドウが、世界の〝一等国〟の自我《じが》に目覚めた人々を誘《いざな》った。僕の勤める新聞社にしたって、すでに一九二四年には発行部数が百万部を超えて、かつての〝ヤクザな勤め先〟は過去のものとなった。

そういう、明治の残像を彼方《かなた》に追いやる変身をことさらに見せつけているのが、都市・新宿《しんじゅく》だった。

四年前の一九二七年に取材した当時、下垣内先生は小田《おだ》原急行鉄道《わらきゅうこうてつどう》の鶴川《つるかわ》駅の近くに住まわれていた。僕と写真部員の北島和彦《きたじまかずひこ》の二人は、環状運転を始めて二年ほどが経《た》った山手《やまのて》線に乗って、その年、一日あたりの乗降客数が日本一になった新宿駅へ向かった。広がりつづける東京は、東京駅でも上野駅でもなく、西郊《せいこう》に開けた新宿駅を日本一の駅に押し上げたのである。

それほどに新宿は、「サラリマン」層を魅きつける力に溢《あふ》れていた。

新宿駅の誕生と同じ一八八五年に創業した『新宿高野《たかの》』は一九二〇年にマスクメロンを販売して東京でも指折りの高級果実店に成り上がっていたし、クリームパンをひっさげて一九〇七年に出店した『新宿中村屋《なかむらや》』は二七年にはレストランをオープンさせ、日本初のインドカレーをメニューに載《の》せて大人気を博していた。同じ二七年、駅近くの薪炭《しんたん》問屋に生まれた田辺茂一《たなべもいち》は、文学書や学術書、それに文芸誌や同人誌までたっぷりと揃え、二階に玄人受けするギャラリーを併設したこれまでにない大型の本屋『紀伊國屋書店《きのくにやしょてん》』を興《おこ》し、〝文化人〟と呼ばれる人たちを引き寄せている。

新宿はまた百貨店の町でもあった。紀伊國屋の左手の追分《おいわけ》には『ほてい屋百貨店』が、右手の駅近くには『三越《みつこし》』の分店が、同じ一九二五年に開業している。二年後には、京王電気軌道《けいおうでんききどう》が一階を基点駅とした新社屋を建設し、その二階から五階に『新宿松屋《まつや》デパート』が入った。いまも、『伊《い》勢丹《せたん》』をはじめとする、いくつもの百貨店の出店計画が進んでいると聞く。昭和恐慌の煽《あお》りを受けても、新宿に限っては賑わいは衰えず、不況を感じさせないという声は強い。そういう別格感を象徴しているのが、僕たちが乗車した小田原急行鉄道、通称、小田急《おだきゅう》だった。その年、小田急はたった一年半の工期で、実に新宿―小田原間八二・八キロメートルを一気に開通させたのである。乗り込んだ日本車輛製造《にっぽんしゃりょうせいぞう》製の電車はまだぴかぴかに輝いて、いかにも誇らしげだった。

「すごいなあ、モハ二一〇一形は」

舐《な》め回すように目を動かしながら、北島は言った。

「架線《がせん》電圧、一五〇〇ボルトですよ、一五〇〇ボルト。国鉄《こくてつ》の山手線や中央《ちゅうおう》線だって、六〇〇ボルトから一二〇〇ボルトに昇圧したばかりなのに、いきなり一五〇〇ボルト」

線路上を多くの電車が同時に走る、つまりは通勤時間帯の混雑などを想定すれば、架線に流す電気の電圧は高いほうがよいくらいは、文系の僕でも理解できた。

「しかも、半鋼製《はんこうせい》だもんなあ。私鉄はまだ木製車両が多いのに、全車両半鋼製だなんて、ちょっと信じられません」

去年行われた入社試験の面接で、なにか自慢できることはありますか、と尋ねられたとき、北島は、国鉄全線のおよそ三割と、そして関東と関西のすべての私鉄の全区間を乗ったと答えたと聞いている。それがよかったのかどうかはわからぬが、ともあれ、北島は僕が籍を置く新聞社では初めての、写真専門学校を卒業して正式に社員として採用されたカメラマンとなった。北島もまた日本の近代化を担う、「新中間層」の一人だった。

「もっとすごいのは、やはり、一気の開業です。多いんですよ、経営の安全最優先をお題目にして、部分開業を繰り返すところが。あげく、手堅くやったつもりがジリ貧になる。なのに小田急は、関東の私鉄では並外れて長い八二・八キロメートルを全通させた。おまけに最初から全線複線ですからね。決断力も並外れているんでしょう」

北島の父親は名の知られた病院に勤務する外科医だったが、精緻《せいち》な手術が評判を呼び、四十を過ぎた頃に独立して入院設備のある病院を興していた。学生だった北島は、けっして安くはない鉄道運賃をなんら気にかけることなく、〝国鉄全線のおよそ三割と、関東と関西のすべての私鉄〟を乗り尽くしたのだろう。「新中間層」から「新中間層」が育ったというところか。時代は「新中間層」が再生産される段階に入っていた。

「医者になって家を継げとは言われなかったの？」

紺色のビロードが張られたクロスシートで向かい合いながら、僕は訊いた。

「ま、そういう話はよく耳にしますが、うちはね、ありがたいことに言われなかったです。よく居るでしょう、血がダメという奴《やつ》。僕もそうなんです。弟がいるんですが、弟もダメで、あきらめたみたいです。写真をやりたいと伝えたら、賛成はされなかったけど反対もされなかった。医者は自分の代だけと覚悟しているみたいですね。ま、ちょっと後ろめたくはありますが、ちょっとです」

むろん、そんな家ばかりではないだろう。けれど、そういう家があったことも事実だ。進路を選ぶのに経済の制約のない北島が医者にならず、世間的な意味での出世の手がかりである大学へも進まずに写真専門学校を選び、そして医師の父親も長男である北島の選択を認めたところに、明治とは異なる近代化の足取りを察することができる。一九二〇年代の日本の近代化は、ソリディティがある、とでも言うべきか、相応の手堅さも、逆に斬新さも備えていて、つまりは、それほど底の浅いものではなかったと、僕は思う。そして、そういうソリッドな近代化のなかに、美術の近代化もあった。

一九二〇年代は日本人画家のパリ留学の最盛期だった。

それはそうだろう。一九一四年の七月から一九一八年の十一月まで、四年以上もヨーロッパは戦火に晒《さら》されていた。ただの戦火ではない。第一次世界大戦は人類史上で初めての、産業革命を卒業した国々が入り乱れる戦争だった。戦車、機関銃、毒ガス、潜水艦、飛行機……それまで見たこともなかった化け物みたいな兵器が開発され、それを傭兵《ようへい》ではなく、国民国家の〝国民〟が操《あやつ》った。つまり、戦争の終わらせ方を知っている玄人《くろうと》ではなく、どこで止めればよいかを知らない素人《しろうと》が戦った。結果、ヨーロッパは、〝ヨーロッパの自殺〟とされるほどの犠牲者を出した。日本人画家が行きたくとも、行ける世界ではなかった。だから、収まるやいなや、堰《せき》を切ったようにパリを目指したのだ。

僕は画家ではないけれど、気持ちはわかる。明治以来、近代化のお手本は常にヨーロッパにあった。ヨーロッパを知らなければ話にもならなかった。僕にしたってそうだ。僕はそう、日露戦争が始まった一九〇四年に生まれた。明治を生きたのは八年足らずで、その半分近くは幼児だったわけだが、一応、明治生まれだ。大学へ進んだのは一九二二年だから、大正十一年。学部は文学部だったけれど、日本人の小説家は名前くらいは知っていても読んだことはなかった。そもそも、僕は文学青年ではなかった。尋常《じんじょう》小学校の五、六年の頃に夏の全国中等学校優勝野球大会が始まって、中学ではずっと野球ばかりしていた。勉強ではなく野球をするために、早稲田《わせだ》へ行こうくらいに考えていた。なのに、ころりと変わったのは、十七歳になったときに、ある事情で、フロオベエルの『ボヴリイ夫人』を読まねばならなくなったからだ。ある事情、というのはつまり、僕にも青春があったということである。僕は『ボヴリイ夫人』を読んで、歳上《としうえ》の然《さ》る文芸女子に感想を伝えなければならなかった。

で、新潮社《しんちょうしゃ》から出ていた世界文藝《ぶんげい》全集の第一編を手にしてみると、野球少年の僕には考えられない厚さで、斜め読みするしかなかった。そして、斜め読みでも、約束の期日までに読み終えることができなかった。文芸女子と次に会ったとき、僕には語る言葉がなく、「貴族の奥方《おくがた》ではないんだね」とだけ言った。ボヴリイ〝夫人〟などというから、てっきり主人公は貴婦人だとばかり想っていたのだ。でも、口に出してみると、まるで相手を咎《とが》め立てしているようで、慌てて「村医者の妻になった、百姓の娘が主人公になるとは予想もしていなかった」と付け足した。斜め読みで印象に残っていたのはそれだけだったのだが、すぐに、失点を挽回するどころか、墓穴《ぼけつ》を掘っているのがわかった。やっぱり自分に文芸は無理だと感じ、文芸女子の落胆《らくたん》の声が返ってくるのを覚悟した。

「すごい！」

でも、彼女の声は、いつにも増して明かるく澄んでいた。そして、つづけた。

「十七歳なのに、いきなり、そこがわかるなんてすごい！」

そこ、とはどこだろう、と僕は思った。

「あなたはいきなり、近代文学の本質を言い当ててるわ」

彼女が誤解しているのは明きらかだが、僕には彼女がどこをどう誤解しているのかがわからなかった。

「近代文学が、それまでの文学と決定的にちがうのは、まさにそこなのよ」

僕はまた思わねばならなかった。そこ、とはどこだろう……。

「それまでの文学は、あなたが言った貴族とか王様とか、将軍とか英雄とか、とにかく世の中で大人物とされる人だけを主人公にしてきたの。そうじゃなくて、『村医者の妻になった、百姓の娘』を主人公にしても文学になる、いいえ、『村医者の妻になった、百姓の娘』を主人公にしたほうが本当の文学になる、ということを見せつけた初めての小説が『ボヴァリイ夫人』だったのよ。だから、書いたギュスタアヴ・フロオベエルは近代文学の始祖とされているの」

そんなすごい本とは露《つゆ》ほども思わなかった。読み終えてはいないけど、田舎《いなか》暮らしに我慢がならない村医者の妻が、退屈を紛らすために、手近に居る男たちと浮気をしまくる物語なんだろうくらいに感じていた。

「主人公のエンマ・ボヴァリイはどうしようもない人でしょ」

読み終えてはいないけど、きっとそうだろう。若くて美人ではあるが、いつも不満を抱えているし、見栄っ張りだし、嫉妬深いし、浪費家だし、嘘つきだし、浮気性だ。並べていくと、確かに、いいところが一つもない。

「エンマだけじゃない。エンマを取り巻く人物もどうしようもない人たちばっかり。みんな不完全で、それぞれになにかが欠けている。運命の恋とかじゃなくて、つまらない男たちとエンマは関わりを持つ」

そのあたりは斜め読みから漏れているが、彼女がそう言うなら、そうなのだろう。

「でも、エンマを含めて、『ボヴァリイ夫人』の登場人物には、そういう駄目さを補って余りある素晴らしいところがあるのよ」

そうなのか……。

「なんだか、わかる？」

もちろん、わからない。

「あの人たちは、私たちだってこと」

あの人たちは、私たち……？

「逆に言えば、私たちはあの人たちだってこと。私たちも、あの人たちも、みんな不完全で、それぞれになにかが欠けている」

彼女が言っていることをきちんと理解している自信はまるでなかったけれど、そのときだけは、彼女がどうしようもなく正しいことを言っているのがはっきりとわかった。僕は十七歳の野球少年のくせに、四つ歳上で文芸の香りを漂わせる、ボヴリイ夫人のように美しい若妻へ、恋情《れんじょう》のようなものを抱く自分を扱いかねていた。それは早稲田に入って早慶戦《そうけいせん》を目指す少年には許されないことであり、つまり僕は十七歳なりに、自分が不完全で、なにかが欠けているとみなしていた。

「不完全で、なにかが欠けているから、みんな、なにをどうしてよいのかわからない」

そんな僕の気持ちを知ってか知らでか、彼女はつづけた。

「それに気づかせてくれたのが『ボヴリイ夫人』。王侯貴族や英雄の物語をいくら読んだって、私たちは私たちのありのままに気づきはしない。自分たちがエンマ・ボヴリイみたいに、欠けてるとこだらけで、だから、いつもどうしてよいのかわからず、迷いつづける存在だってことを知る機会がない。そんなことを指摘されたら、直ぐに拒否して、怒り出す。認めたくないから。自分はそうじゃないって思いたいから。自分を守るために相手を貶《おとし》めるの。私にしたって、そう。最初に読んだときは、なんて女なの、って腹が立った。でも、気持ちが変わっていくのに、そんなに時間はかからなかった。ページをめくるほどに思い知らされるの。私はエンマだって。私もまた不完全で、欠けているところだらけだって。私がエンマじゃなければ、四つ歳下の野球少年と、『ボヴリイ夫人』を語り合ったりしない」

そのとき僕は、彼女がエンマなら、自分だってエンマだと思った。そして、そういう自分が怖くなって、彼女と距離を置くようになった。けれど、グラウンドには戻らなかった。グローブやバットの手入れを忘れて、『ボヴリイ夫人』を読み直した。斜め読みではなく、真っ直ぐに、一行一行を読んだ。最後のページを開いて読む行が無くなったとき僕は、もう自分は早慶戦とは無縁なんだなぁ、と思わなければならなかった。王侯貴族の小説を読んでいれば、僕は、ああおもしろかったと本を閉じて、そのままバット磨きに戻ることができたかもしれない。いま居る場所に、居つづけることができたのかもしれない。でも、『ボヴリイ夫人』は駄目だった。真っ直ぐに一行一行を読み終えたとき、〝いま居る場所〟は〝居たことがあった場所〟に変わっていた。僕は少なくとも文学が、人をかっさらうものであることを理解し、そうした文学を生み出したフランスに、ヨーロッパに驚嘆した。そして、その驚嘆は、『ボヴリイ夫人』が書かれた年を知ったとき、畏敬《いけい》に変わった。

僕が読んだ『ボヴリイ夫人』は前年の一九二〇年、新潮社によって新版再刊されたものだった。元の版をたどってみると、一九一六年に中村星湖《なかむらせいこ》が初めて完訳し、早稲田大学出版部から刊行されたものの、直ぐに発禁になったことがわかった。新潮社版は発禁が四年振りに解除になって、世に出たものだった。だから僕は、『ボヴリイ夫人』は一九〇〇年代に、つまりは二〇世紀に書かれた小説であることを疑わなかった。でも、そうじゃなかった。『ボヴリイ夫人』が初めて『パリ評論』誌に掲載されたのは一八五六年だった。フロオベエルは執筆に四年半かけたというから、書き出したのは一八五一年になる。つまり日本なら嘉永《かえい》四年だ。江戸《えど》時代だ。ギュスタアヴ・フロオベエルはペリーが黒船《くろふね》に乗って日本にやって来る二年前から書き始め、やって来た嘉永六年もまだペンを動かしていたことになる。

それを知ったとき、僕は、なんてこった、と思った。

そして、早稲田へ行こう、と思った。

『ボヴリイ夫人』を初めて刊行した早稲田に。

早稲田は『ボヴリイ夫人』の発禁が解けた一九二〇年、大学令によって正式に東京専門学校《とうきょうせんもんがっこう》から早稲田大学になり、文学部を発足させていた。僕は野球をするためではなく、早稲田大学へ進むことになった。

僕がかっさらわれたように、画家たちもかっさらわれたのだろう。僕は『ボヴリイ夫人』にかっさらわれたが、パリ留学を待ち焦がれていた日本人画家の多くは、ゴッホやセザンヌ、ゴーギャンら後期印象派とされる画家の作品にかっさらわれた。けれど、あの巨星《きょせい》、岸田劉生《きしだりゅうせい》が目にして「涙ぐむほど興奮」したと告白したゴッホは、原画ではなかった。当時、ヨーロッパ美術の新しい造形思潮《ぞうけいしちょう》を伝える日本の展覧会に掲げられた絵画はことごとく多色刷りの複製で、オリジナルを目にする機会はまずないと言ってよかった。

だから、彼らは、躰《からだ》ごとかっさらわれなければならなかった。現地の美術館を巡って、原画の色彩を、造形を、絵具の厚みを、目に焼き付けなければならなかった。それに、彼らがパリに着いた一九二〇年代の初頭、もうフランスの新思潮は後期印象派一色ではなくなっていた。描く者は居た。が、運動としては終息していた。それは、フォーヴィズムにしてもキュビズムにしてもそうだった。フォーヴィズムの絵描きもキュビズムの絵描きも絵筆を取っていたけれど、運動としては終わっていて、フランスは、エコール・ド・パリの季節に入っていた。

　エコール・ド・パリ、即ちパリ派というのは画派《がは》じゃあない。言ってみれば、いろんな具が入っている鍋《なべ》だ。それぞれの具を、同じ味に染めようともしない。枠《わく》は、その時代のパリの空気を吸って、それぞれの創作にのめり込んでいることだけ。もはや、パリには、定番のリコメンドのような画派はなく、むしろ、さまざまな画派が切り開き、そして後退していった地平に、いろんな国から来たいろんな絵描きが、それぞれにしか描けぬ絵を打ち立てようとしていた。みんなで行くのではなく、一人一人で行ったのだ。だから、絵描きたちは、美術館に掲げられた評価が定まった絵と対峙するだけでは足らなかった。街の画商をも繁く回って、いままさにぐつぐつと滾《たぎ》っている鍋の具たちが産み出そうとしているものと渡り合い、そして、抉《えぐ》られるのを恐れずに才能たちと交わらなければならなかった。要するに、彼らは、パリにかっさらわれなければならなかった。

　僕はかっさらわれた彼らを、間近に見ている。早稲田での僕の恩師は吉江喬松《よしえたかまつ》教授で、留学していたパリ第四大学から戻ったあと、私立大学としては初めての仏文科を創設された。その縁で、僕も早稲田の三年を終えた一九二五年、カルチェラタンの〝Paris《パリ》-Ⅳ《キャトル》〟で学ぶことになったのだった。一年だけだったが、ジュンヌをはじめとする書店へ通う日々のなかで、さまざまなかっさらわれた人々に触れた。

　後期印象派はフランス人の絵描きたちが担ったけれど、エコール・ド・パリの画家たちが後にしてきた国は本当にいろいろだった。スペイン、イタリア、オランダあたりは言うに及ばず、ノルウエー、ハンガリー、ポーランド、ラトビア、ブルガリア、ウクライナ、ベロロシア、メキシコとかからもかっさらわれた。近代化というフィールドに、異邦人《エトランジェ》たちが躍動した。そういうなかで、日本人画家たちも格闘した。けっして、物怖《ものお》じはしていなかったと思う。彼らはもはや、世界の近代化から取り残された明治の留学生ではなかった。いいにつけわるいにつけ、「列強」メンバーの国の住人であり、〝近代的〟な暮らしを送ることが当たり前になっていた。

　好例は北島だ。もしも北島がパリに行ったら、街に紛《まぎ》れるのに時間はかからないだろう。北島は日本に居ながら、マン・レイの、モホリ゠ナギの写真理論を知っていた。毎月、『アサヒカメラ』や『フォトタイムス』を取り、『白陽《はくよう》』や『写真芸術《しゃしんげいじゅつ》』も創刊号から読んでいた。最も影響を受けた論文は『光《ひかり》と其諧調《そのかいちょう》』であり、書いたのは福原信三《ふくはらしんぞう》である。一九〇八年にコロンビア大学薬学部に留学して、去年までは京橋《きょうばし》区出雲町《いずもちょう》と呼んだ銀座《ぎんざ》の薬局、資生堂《しせいどう》を、憧《あこが》れの化粧品会社に押し上げたあの福原信三だ。彼は日本の写真界を先導するフォトグラファーでもあった。写真は裕福でなければ手を出せない趣味であり、福原はカネ持ちの務めをまっとうしていたのである。

　福原についてはエピソードに事欠《ことか》かない。福原イコール資生堂と言ってよいだろうが、これほど文士に気に掛けられた化粧品会社もそうはあるまい。なにしろ、夏目漱石《なつめそうせき》の『門《もん》』に出てくるし、鷗外《おうがい》の『流行《りゅうこう》』にも出てくる。荷風《かふう》も大のお気に入りらしい。でも、僕がいっとう気に入っている福原のエピソードは、関東大震災で店も工場も倉庫も失ったときに建てた、仮店舗の話だ。応急の、バラック建てではあったが、それでもデザインは廃墟に光彩を放っていた。線を引いたのはピカソの友達、川島理一郎《かわしまりいちろう》だったのである。一九二〇年代の近代化は、福原信三のような個人を生み出すところまでいっていたということだ。

だから、パリの日本人画家たちが、かつてのように、周回遅れからスタートするはずがない。彼《か》の地《ち》の才能たちと時差なしに、渡り合っただろう。なにしろ彼らのなかには、エコール・ド・パリの正メンバーとも言うべき同邦の藤田嗣治《ふじたつぐはる》を、自分たちは欧州と横一線の意識で闘っているのに、油彩に線描《せんびょう》を持ち込んで日本の近代絵画を逆戻りさせてしまったと批判した者も少なくなかったのだ。そういう彼らならば、欧州美術の近代化を〝教えていただく〟のは断じて避けるだろう。さまざまな造形を学びつつも、その目は、日本に固有の近代化を見据えていただろう。洋画家はむろん、日本画家もだ。

一九二〇年代は多くの日本画家がヨーロッパに渡って、現代絵画としての日本画を掌中《しょうちゅう》にしようともがいていた時代でもあった。最初は写実などを採り入れて日本画を洋画に似せようとしたが、直ぐに、それでは日本ローカルにしかならず、対等ではないことに気づいた。取り組んだのは、欧州のモダナイズの思考を消化した上で日本の伝統を組み直す、成熟を目指す行き方であり、これはいまもつづいている。同時に、日本の洋画の成熟も進んでいる。こちらも、岸田劉生が宋元《そうげん》画や肉筆浮世絵にのめり込んだように、日本美術の伝統を手がかりにしている。どちらの側も覚悟をもって、日本ににじり寄っている。東洋回帰である。ならば、日本美術のどこが彼らの魂《たましい》を捉えているのかを、〝当代きっての日本美術の目利き〟に、問わねばならない。そのようにして僕は、下垣内先生を鶴川に訪ねることになったのだった。

鶴川の駅は真新しかったけれど、ホームに降りると真夏の村景色《むらげしき》が広がっていて、川沿いの坂を上がっていくと、山の樹々がトンネルのようになって蟬《せみ》の鳴き声に包まれた。躰が緑に染まるのではないかと思われた頃、ゆったりとした茅葺《かやぶき》屋根を持つ家が見えてくる。名主《なぬし》の屋敷然としているが、近づいてみると、グラスゴウのマッキントッシュの線を想わせる大きな窓が光を採《と》り込んでいる。先生のお宅だろう。応対に出た、村景色には似合わぬ四十絡みの女性に案内を乞うと果たしてそうで、さっき見た窓のある応接間に通された。

室内もやはり装飾を排除したマッキントッシュ風で、僕は待っていることをしばし置いて魅入られる。立ったまま、四方を見回そうとして、壁に掛かった山の絵に目が留まった。日本画だが、印章、落款《らっかん》はなく、洋式に額装されている。山は火山のようで、おそらく真景図《しんけいず》だろう。幕末近く、山水画《さんすいが》は西洋画の様式に促されて写実を意識した風景画へと向かう。その途上にあるのが真景図で、やはり現実の景色の写生を基にしている。どこの火山なのだろう、塊感《かたまりかん》が凄《すご》くて、写生をふまえながらも現実に閉じ込められていない。いまにも溜まりに溜まった溶岩が噴き出しそうであり、やむにやまれぬ想いに溢れていて、見つづけていると、かっさらわれそうだ。僕は絵から目を離すことができず、ドアが開いたのにも気づかなかった。

「下垣内です」

さらりとした声に促されて目を遣ると、大柄な年配の男性が立っている。非礼を詫びて、直ぐに自己紹介をする。おそらく先生は僕が真景図に囚《とら》われていたのに気づかれたと想うが、絵にはひとことも触れられなかったし、僕も誰の、どこの山を描いた絵であるかを問わなかった。挨拶のついでに話柄《わへい》にしていい絵ではない気がした。

先生は嘉永二年、即ち一八四九年の生まれで七十八歳になられるはずだが、老いは伝わってこない。大ぶりな体軀《たいく》も手伝って、練達《れんたつ》の武士を連想させる。いささか緊張しつつ取材の趣旨を伝えると、先生は僕の名刺に目をやりつつ「守屋《もりや》、広臣《ひろおみ》さんかあ……」と言ってから、つづけた。「もう、ずいぶん前になるけど、鎌倉《かまくら》郡にある瀬谷《せや》村の守屋さんというお宅に伺ったことがあったなあ。応挙《おうきょ》の軸があるというんで行ってみたんだが、確かに真品《しんぴん》だった」。

たぶん、親戚だろう。その親戚の先祖が安永《あんえい》の頃、円山《まるやま》応挙だけでなく蕪村《ぶそん》や大雅《たいが》の絵を集めていたことは僕の代にまで伝わっている。

「おそらく」

と僕は答えた。

「親類だと思います」

「じゃ、君も出身は瀬谷村？」

「ええ」

それから、なぜか場は急に和《なご》んで、取材は殊《こと》の外《ほか》うまく運んだ。けれど、先生の話を聴き終えて、帰りの鶴川駅のホームに立つ僕の胸を満たしていたのは、宋元画でも肉筆浮世絵でもなかった。先生が語られた内容が想ったほどではなかった、というのではない。それどころか、期待を超えて、理解が深まる回答だった。にもかかわらず、僕の胸底《むなそこ》に残っていたのは、日本美術の話のあとに語られた、サイドストーリーのほうだった。

その年七十八歳の先生が生まれたのは、フロオベエルが『ボヴリイ夫人』を書き出す二年前だ。江戸から明治に切り替わったときは十九歳。まだ、東京美術学校は無い。東京大学の母体となる開《かい》成所《せいじょ》はあったが、通われていない。先生が今日の学校と言える場所で教育を受けたのは、江戸期を通して儒学《じゅがく》の砦《とりで》だった昌平黌《しょうへいこう》のみだ。学歴で見る限り、先生は漢学の人である。にもかかわらず、官立の東京美術学校の教授となり、帝室博物館の要職を務め、〝当代きっての日本美術の目利き〟に上り詰めた。いったい、どうやって……。興味を持つ者は多かろう。が、それまで先生が美術の世界へ入るまでの来《こ》し方《かた》を語られたことはない。話がそのあたりのことになると、固く口を噤《つぐ》まれるらしい。だから僕も、まったく期待はしていなかった。けれど取材もあらかた終わって、ふくよかな茅葺屋根とマッキントッシュが組み合わされたお宅に僕があらためて感嘆の息を洩らすと、先生は「俺が建てたんじゃないんだよ」と言った。

「こまっしゃくれた建築屋さんが自分で設計して自分で住んでいた家を譲り受けたんだ」

言ったとおりなのか、照れ隠しか……。

「門から見た感じが、俺が育った家と似ていたもんでね」

「ご出身は多摩《たま》でしたね」

さすがに、それくらいは耳に入っていた。実家は多摩の、いわゆる豪農《ごうのう》らしい、と。

「いや、多摩ではないんだ」

けれど、先生は言われた。

「でも、多摩の近郷ではあって、つまりは武州《ぶしゅう》であり、関東だ。だからね……」

ふーと息をついてからつづけた。

「俺は人を斬ろうとしたことがあるんだよ」

その想いもかけなかった台詞《せりふ》から始まった先生の軌跡《きせき》は、凡百《ぼんひゃく》の出世物語とは似ても似つかぬ……そう、あたかも近代文学のような話で、僕は語られるほどに美術を忘れ、ありきたりの幕末活劇とはまったくちがう、下垣内先生の「人を斬ろうとした」世界にかっさらわれたのだった。

◆◆◆

いや、話さないつもりなんて、前からなかったんだよ。

機会があったら話したいとは思っていたんだ。

俺がなんで、いま、ここでこうしていられるのか、ってことをね。

それは、俺の身《み》の上話《うえばなし》であるわけだけれど、江戸という時代の身の上話にもなるはずなんだ。

たぶん、ほとんど語られることのなかった江戸だと思う。だから、語っておきたいという気持ちはずっとあった。

でも、いざ、話そうとすると、誰にどう話してよいのかわからない。

なにしろ、人を斬ろうとした話だ。

幕末に、人を斬ろうとしたなどと言えば、誰だって勤王とか佐幕とかの絡みを想い浮かべるだろう。

でも、俺は、そんなお仕着《しき》せの掛け声に背中を押されて、人を斬ろうとしたわけじゃあない。

もともと、俺は竹刀《しない》の剣術にはのめり込んでも、本身《ほんみ》で人を斬るなど想いも寄らぬ人間だった。

盗《ぬす》っ人《と》にも三分の理、というが、人殺しには一分の理もないと思っていた。忠義だろうが、仇討《あだう》ちだろうが、尊王攘夷《そんのうじょうい》だろうが、だ。

大義を並べ立てて剣を持ち出す輩《やから》を、俺はまったく信用していなかった。

そういう俺が、二言三言《ふたことみこと》で説けるような理由で人を斬ろうとするはずもない。語るなら、いくつもの話を積み重ねなければならなくなる。

どの話から始めて、どうつなげて、どこで終わったらよいかが、なかなか決め切れない。語り出したら、きっと話があちこちに跳ぶことになる。

語るこっちも疲れるが、聴く方はもっと疲れるだろう。途中で集中力が切れたって、なんら責められない。

責められないが、困りはする。聴くからには最初から最後まで、気を抜かずに聴いてもらわなきゃあならない。そういう性質《たち》の話なんだ。

でも、そんなのは無いものねだりだから、結局、黙《もく》することになる。生半可《なまはんか》に聴かれるくらいなら、語らんほうがいい。

粗雑《そざつ》に扱われるのがわかっているのに語ったら、話に登場してくる人たちを売り渡したような気持ちになる。申し訳が立たない。

で、この歳になるまでずっと語らずにきた。

近頃は、おそらく、このまま口を閉ざしたまま終《しま》いになるんだろなあって想ってた。

それも仕方ないってね。伝える相手と出会えなかったのは、話の方が伝わろうとしなかったんだろうくらいに受け止めていた。

なのに、初対面の守屋君に語るに至ったのには、もろもろの理由がある。

まずは、彼の出身だ。

それとなく尋ねると、彼は相州《そうしゅう》、いまの神奈川《かながわ》県鎌倉郡の瀬谷村の出と答えた。

規模が大きくないので知る人は少なかろうが、瀬谷村の一帯は生糸の産地だ。養蚕《ようさん》が盛んで、何軒もの製糸場が集まっている。

俺が生まれ育った多摩近郷と重なる。

そして、俺が人を斬ろうとした理由は、生糸を産する関東という土地柄と抜きがたく結びついている。

因縁浅からぬ、というわけだが、実は、俺と瀬谷村との関わりは、浅からぬ、どころではないのだ。

人を斬る旅に出る三月《みつき》前に、俺は瀬谷村を訪ねている。そして、旅につながる体験をしている。もしも、瀬谷村を訪ねなくても人を斬る旅には出たのだろうが、訪ねたことで早まったのは事実だ。浅からぬ、ではなく、はっきりと因縁が深いのである。

だから、俺にとって守屋君は最初から余所者《よそもの》ではなかった。

初めての来訪ではあったが、すでにして人を斬ろうとした世界に入り込んでいる、いわば関係者だった。

そして、取材を受けてみれば、守屋君という人物じたいが関係者にふさわしかった。彼に問われると、語る気は薄かったはずなのに、言葉がひとりでに溢れ出たのである。

正直、会うまでは気が重かった。取材の趣旨は、先進の美術家たちが日本美術のどこを拠《よ》り所《どころ》にしているか、というもので、もう幾度となく話してきたテーマだ。日本美術を語ることは己れのミッションと心得《こころえ》ているから話しはするが、熱が勝手に減じていくのは否めない。なのに、聴き取りが始まると、いつの間にか俺は語る気で語っていた。それほどに彼は素晴らしい質問者だった。

日本には、質問の仕方を褒《ほ》めるという習慣がないけど、海の向こうじゃ、取材がうまくいったときは、受けた側が必ず言葉に出して質問者を称《たた》える。「どの質問も当を得ていた。素晴らしい質問ばかりだった」とかね。

守屋君の質問はそういう質問だった。「素晴らしい質問ばかりだった」。

次はこれを聴いてほしいというところを訊《き》いてくるんだよ。

最初は、たまたまか、と用心したが、そうじゃない。次も、その次も、聴いてほしいことを訊いてくる。三度つづいたら、もう、まぐれなんかじゃない。

美術畑の人間だけじゃなく、技術屋だってそうだと思うが、みんな自分がやってる仕事はかわいいんだ。だから、本当はどこがかわいいのかを伝えたくて堪《たま》らない。ここを見てくれ、というかわいさの芯があるんだよ。でも、質問が的外れだと、なかなか自分が伝えたい芯にたどり着けない。〝いや、そういうことじゃなくて〟というようなやりとりが重なると、隔靴《かっか》掻痒《そうよう》というやつで、伝える気だって萎《な》えてくる。

だから、めったに居ないけど、最短距離でかわいさの芯へ向かう質問をしてくる取材者だと、それはもう嬉しいなんてもんじゃない。守屋君はそういう聴き手だった。余所者ではない上に、聴く力が頭抜《ずぬ》けていた。

で、取材が終わる頃には、あらかた話す気になっていた。

話すとしたら、もう、この機会しかないだろうってね。

なんといっても七十八だ。〝次《つぎ》〟に賭けてみる歳じゃない。

心臓だって、はかばかしくない。

これを逃したら二度と口を開くことはないだろうって、はっきり感じていた。

それでも、いつもなら、迷いが消え切らなかっただろう。話に他人が絡むからだ。

ひとことで言ったら、人を斬ろうとした俺がいまこうしていられるのは、ある家族のお蔭なんだ。

果たして家族という言葉を遣っていいのかどうかはわからないが、他の言葉も見つからずにいるから、いまは家族と言っておく。

六十を過ぎた浪人の夫と、三十にはなっていない歳の離れた妻、そして九歳と七歳の二人の息子。一家四人。

明治になる前年の一八六七年だから、俺が十八歳のときに下野《しもつけ》、いまの栃木《とちぎ》県を巡る人を斬る旅で知り合って同道《どうどう》した。三日足らずのあいだだけどね。

でも、その三日足らずが、いまの俺をこしらえてくれたのは紛れもない事実だ。

俺は詰まるところ、その家族のことを語ることになるわけだけれど、いまだに当時の彼らのことを思い出すと、胸がわななく。

名前を思い出すだけで堪らなくなる。いたたまれなくなる。

だから、語りまちがえたら、取り返しのつかない背信《はいしん》を犯すことになる。彼らの〝ぎりぎり〟

を、愚弄《ぐろう》することになる。

で、迷いが消え切らず、ずっと黙してきたのだけれど、守屋君に限っては吹っ切ることができた。

取材が始まる前に、応接間に掛かる山の絵を観る彼の様子を目にしていたからね。

あの真景図の山は日光《にっこう》の白根山《しらねさん》で、描いたのは浪人の夫だ。

人斬りの旅の途中で買い求めることになり、それが発端《ほったん》になって、家族のいたたまれぬ在《あ》り様《よう》が浮かび出ることになった。

俺にとっては別段《べつだん》の絵で、かつて訪れた美校《びこう》の教員が「下垣内先生ともあろう方が、なんで、こんな能品《のうひん》でも逸品《いっぴん》でもない絵を掛けておられるんですか」とせせら笑ったのを、俺はいまも許していない。

俺の裡《うち》には、もしも、あの絵を観るならこう観てほしいという、祈りのようなものが埋め込まれている。

そして、守屋君は、俺の願いのままに観てくれていた。

あのとき、守屋君に語ることは半ば決まっていたんだ。

白根山の真景図は、俺のガラスの靴だった。

本来なら自分しか入らぬ書斎に匿《かくま》って気持ちを通《かよ》わせるべき絵を、誰の目にも触れる応接間に掛けたのは、ひとえに靴にぴったり合う足の持ち主を探すためである。

いま、壁の真景図はようやく役割を終えたのだった。

せいぜい、悔いることのないように、記していきたいと思う。

おのずと丁寧を心がけざるをえず、俺を人斬りの旅に踏み切らせた、当時の関東の状況から入ることになる。

ありのままの幕末江戸に、縁づいていただけたらありがたい。


言ったように、俺は多摩近郷の人間だが、慶応《けいおう》の頃は生家を離れて江戸住まいをしていた。下垣内には、江戸の内神田《うちかんだ》にも屋敷があったんだ。かなり手広く縞買《しまか》い、つまり、絹織物の在方《ざいかた》仲買《なかが》いをしていて江戸にも取引先があったので、江戸店《えどだな》という感じで手に入れたらしい。おそらくは利殖《りしょく》の意味のほうが大きかったんだろうが、昌平黌へ通いながら北辰《ほくしん》一刀流をも修めようとしていた俺には格好の住処《すみか》で、十を過ぎた頃から、使用人と一緒にそこで暮らすようになった。儒学と剣術の他にも、書、画、聞香《もんこう》、古琴《こきん》、茶なんぞを、それなりの師について習ったよ。これが、あとあと美術の世界に入る足がかりにもなったんだが、いわゆる豪農とされる家にはそういうことだって必要だったんだ。豪農はつまり、百姓じゃないからね。

農、という字が付いていながら、豪農は自分じゃあ耕作はしない。田畑はすべて小作に任せていて、みずからやるのは質屋だったり酒造りだったりする。そこから手を広げて、ウチのような縞買いや、糸買い、繭買いに乗り出す家も多い。糸買い、繭買いはわかると思うけれど、生糸と繭の仲買いだ。製糸場の運営を含めて、在方の生糸商いは豪農でもっている。そういう豪農が、下垣内もそうだったが、村を束ねる名主を務める。実態は百姓じゃなくとも身分の上では百姓だし、村の土地の大半は豪農のものになっていたからね。つまり、百姓ではない者が百姓の集団を率いているわけで、どうしたって無理が出る。その無理を少しでも目立たなくさせるためには、上級百姓とでも言うべき衣《ころも》をまとって商いの臭いを薄め、本物の百姓である小前《こまえ》百姓たちから、あの家は別格で、頭《あたま》に頂かざるをえないと思われるように仕向けなければならなかったんだ。で、〝書、画、聞香、古琴、茶なんぞ〟まで習って、格のちがいを見せつけようとしていたんだよ。

で、そうやって十八になった慶応三年四月の初め、家を継いでいた長兄の昌邦《まさくに》に呼び出された。俺は異例の早さで北辰一刀流の中目録《ちゅうもくろく》免許になったばかりだったものだから、褒めてもらえるものと信じ切って、そこはやはり十八の小僧《こぞう》なんだろう、褒美《ほうび》はなにかなどと考えを巡らせつつ家へ向かった。あとから振り返れば、その年の十月には大政奉還《たいせいほうかん》があったわけだし、その前の年には長州再征討《ちょうしゅうさいせいとう》で幕府が負けて十四代昭徳院《しょうとくいん》様が大坂城で亡くなられている。負けたことも、二十歳《はたち》の将軍が江戸ではない土地で病死されたことも信じられなかったけど、軍艦長鯨丸《ちょうげいまる》で御霊《れい》柩《きゅう》が江戸に着棺《ちゃっかん》して増上寺《ぞうじょうじ》で葬儀が営まれたときは、なんの涙かはわからないが涙が出た。当然、褒美なんぞという暢気《のんき》な状況ではなかったわけだけれど、そこが日常というやつの強さで、異常だって繰り返されればそれが日常になる。江戸の異変は文久《ぶんきゅう》二年に参勤交代が緩和された頃からもう始まっていたんで、多少のことには驚かなくなっていたんだ。

なにしろ、江戸在府が三年に一度になった上に、大名の妻子にも帰国を許すことになったから、江戸の七割を占める武家地からあっという間に大名諸侯が居なくなった。町は急に火が消えたようになって、空き家を根城《ねじろ》にした盗賊団の暗躍も繁く耳に入る。変事《へんじ》にも慣れっこになって、だから、慶応二年の九月に起きた米寄こせの打ち壊《こわ》しにしても、瓦版《かわらばん》は〝江戸開府以来〟の大騒動と書いていたけど、日々、江戸で暮らしている者としてはそうなのかという感じだった。

神田の打ち壊しには出くわして、この目で見たよ。溜まりに溜まった憤懣《ふんまん》が暴発したというよりも、よく仕組まれている風だった。あらかじめ貼り紙で打ち壊す店と日時《にちじ》を予告して見物人を集め、その圧力だけで米やカネを引き出すんだ。だから、この先、どうなってしまうかわからないといった恐怖感は薄い。で、俺は褒美なんぞを考えながら、甲州道中を行ったわけだ。

着いて、門を入ると、しかし、なにやら屋敷の様子がちがう。真新しい木の香も伝わってくる。なんだ、と想いつつ、香りがやってくる向きに顔を振った俺の目に飛び込んできたのは、どう見ても剣術の道場でしかない建物だった。名主の屋敷に道場があるのはめずらしいことじゃあない。幕府は文化《ぶんか》年間以来、繰り返し百姓の剣術稽古を禁ずる触れを出してきたが、繰り返し禁じたということは、つまり、禁じても誰も守らなかったということだ。結果、多摩近郷は天然理心流《てんねんりしん》の牙城《がじょう》になった。

なにしろ、関東という土地は、大名の領地が際立って少ない。いわゆる関八州……常陸《ひたち》、下野、上野《こうずけ》、下総《しもうさ》、上総《かずさ》、安房《あわ》、相模《さがみ》、そして武蔵《むさし》のうち、水戸《みと》藩のある常陸を除いた残り七州の全石高に占める大名領の石高の割合はわずか三割五分ほどだ。俺が人を斬りに行った下野に至っては二割七分でしかない。残りの七割以上は幕府御料地《ごりょうち》や旗本の知行地《ちぎょうち》などで、つまりは武家の数がめっきり少なくなる。十万石の大名領にはおよそ二千人ほどの藩士が居るけど、幕府御料地の代官所の人員は同じ十万石でも三十人に満たない。窮乏著しい《きゅうぼういちじる》旗本の知行地に至っては、一人の家侍《いえざむらい》も詰めない。で、警察力が極端に弱くなる。だから、百姓といえども自分のことは自分で護るしかなくなる。まして、護るべきものがさまざまにある豪農であれば、道場の一つくらいあったほうが自然だった。

　けれど、下垣内の家は別だった。豪農が百姓と言えるのかどうかはひとまず置くとして、兄は百姓が武張《ぶば》るのを好まなかった。ずっと若い頃は関東の豪農の倅《せがれ》らしく稽古に励み、周り中から稀《ま》れに見る逸材と嘱望《しょくぼう》されたらしいが、もともと穏やかで書物を好む気性《きしょう》だったせいか、次第に剣から離れるようになり、亡き父が命じた俺の剣術修行にも賛成はしなかった。武力はむしろ、禍《わざわい》を引き寄せるというのである。カネで済む被害であれば、阻止するよりも盗《と》られるに任せたほうが、結果として、どちらも傷つかずに済む、と。俺が剣術にのめり込みながらも、人殺しには一分の理もないと信じるに至ったのも、子供の頃からずっと範としてきた兄の感化としか言いようがない。そういう兄がいまになって屋敷に道場を建てるとは思えない。なんなんだ、と訝《いぶか》りつつ佇《たたず》んでいると、いつの間にか背後に兄が立っていて、

「褒美だ」

　と言った。

「褒美……」

　一瞬、兄がなにを言っているのか分からなかった。

「中目録免許の褒美だ」

「この、道場がですか」

　思わず確かめずにはいられなかった。中目録免許を取れば師範であり、道場を持つことはできるものの、話が急過ぎる。

「ああ、そろそろ戻ってこい。中目録を取ったのだから、もう、いいだろう」

江戸での俺は学問と剣術と稽古事でそれこそ寝る間もなく、もう、かれこれ三年、実家に戻っていなかった。つまり、ここ三年の兄を知らなかった。

「しかし、その前にな……」

兄とは親子ほども歳が離れていて、もう四十間近だ。小僧の俺の目には大人《おとな》も大人で、つまり、もう、できあがった人で、変わることなんてありえないと思い込んでいたのだが、三年振りに目にする兄は別人としか映らなかった。

「おまえも一度斬ってみたらどうだ」

「なにを……?」

戸惑いつつ、俺は問うた。

「人だよ」

「人って……」

「本物の人さ」

俺の知らぬ兄はつづけた。

「そのくらい腹を据えてかからないと、この先、豪農はやっていけんぞ」

兄の言葉はあまりに唐突で、真意を計りかねていると、傍《かたわ》らからまた声がかかった。

「邦雄じゃないか?」

顔を向けると、二本を差した年配の武家が立っている。

「おうっ、やっぱり邦雄だ！　ずいぶんでかくなったな」

十五からの三年で、急に背丈が伸びたのは確かだが、邦雄、と呼ばれる武家の知り合いはない。

「遠目じゃわからなかったが、こうして見れば邦雄でしかない。おっきな目ん玉がそのまんまだ」

三年振りだけあって、勝手がちがうことばかりだ。

「永倉《ながくら》村の仙次郎《せんじろう》さんだ。ずいぶん世話になっただろ」

兄が口を添える。永倉村の名主をしていた仙次郎さんならば、八歳のときに初めて剣の手解《てほど》きを受けた人だ。歳は六十を回っているが、兄とは俳句の句会で昵懇《じっこん》になり、兄弟のような付き合いをしていた。多摩一帯では剣の縁が深いが、俳句の縁も劣らずに深く、みんな俳号を持っている。新《しん》撰組《せんぐみ》の近藤勇《こんどういさみ》を支えた日野宿《ひのしゅく》の名主、佐藤彦五郎《さとうひこごろう》の俳号は盛車《せいしゃ》だし、彦五郎の義弟の土方歳三《ひじかたとしぞう》は豊玉《ほうぎょく》だ。例の豪農を上級百姓に見せる衣の一つである。その二重の縁で、俺も仙次郎さんの道場に通うようになった。手練《てだ》れの評価も高い仙次郎さんは、この地区の天然理心流の取りまとめ役でもあった。俺は慌てて、弟子としての挨拶を述べた。

「いやいや、こんな格好をしていたのでは、わからなくても無理はない」

からからと笑ってから、仙次郎さんはいった。

「二年前に苗字帯刀《みょうじたいとう》を御地頭《じとう》様から許されてな、いまは斉藤《さいとう》仙次郎だ」

下垣内の屋敷がある森戸《もりと》村が幕府御料地で、伊豆韮山《いずにらやま》代官である江川太郎左衛門《えがわたろうざえもん》家の支配を受けるのに対し、仙次郎さんの永倉村は家禄千二百六十石の旗本、林田淡路守盛輝《はやしだあわじのかみもりてる》様を地頭に頂く知行地だった。

「かねてより、永倉村の名主として林田様の勝手賄《かってまかな》いのお手伝いをさせていただいてきたが、二年前に正式に在地代官《ざいちだいかん》を拝命して、百姓から武家となったわけだ」

「それは御出世でございますね」

さすが、豪農とはいえ、幾多《いくた》の弟子を持つ道場主でもあるだけに、本差《ほんざし》と脇差《わきざし》がなんの違和感もなく腰に収まっている。とても二年だけの俄《にわ》か武士とは映らない。いくら武家姿になっているとはいっても、仙次郎さんなら気づいてもよい間柄《あいだがら》だったのに、気づかなかったのは、あまりに二本差しが馴染《なじ》んでいて生来《せいらい》の武家としか見えなかったせいだろう。けれど、俺の話を受ける仙次郎さんの歯切れはよくなかった。

「そうだとよいのだがな……」

一瞬、兄と目を合わせてからつづける。

「追い追い、昌邦から内情を聴いてくれ」

直《す》ぐに、思い直したように言葉を足した。

「邦雄もそろそろ、この土地のことを知っておいたほうがいい」

口調は淡々としていたが、意味するところは重く響いた。俺も、もう十八だ。江戸は「そろそろ」卒業して、生まれ育った「この土地」のことをもっと知らねばならないと、自分でも思っていた。

「それよりも滅多にない機会だ。この先、また出会えるかどうかわからない。これから、道場の柿落《こけらお》としということで手合わせしてくれんか。北辰一刀流、中目録免許の手筋《てすじ》を躰に覚え込ませておきたい」

俺が北辰一刀流を選んだのは、周りが天然理心流ばかりだったからだ。みずから剣を取って村を護らなければならないとなったとき、豪農たちの頭に真っ先に浮かんだ流派が、織物商いで抜きがたく結びついている桑都《そうと》の八王子《はちおうじ》に根を下ろす郷士《ごうし》、千人同心《せんにんどうしん》が修めていた天然理心流だった。俺も当たり前のように天然理心流をつづけるつもりだったのだが、その進路を変えたのもまた仙次郎さんだった。八年前の正月の集まりで、たまたま話題が俺に向いたとき、「どこの村でも天然理心流ばっかり、というのもな……」と、仙次郎さんが言ったのだ。「誰か一人くらい江戸のど真ん中の流派をやってみたほうがいい。下垣内なら内神田に出店があるし、邦雄をお玉が池の玄武館《げんぶかん》で修行させてみたらどうだ」。その仙次郎さんに「北辰一刀流の手筋を躰に覚え込ませておきたい」と言われれば、首を縦に振るしかない。俺はひと息つく間もなく道着《どうぎ》に着替えて、木の香の匂い立つ道場で仙次郎さんと手合わせすることになった。

といっても、いわゆる一本を取る試合ではない。天然理心流には近藤勇が四代目を継いだ宗家《そうけ》の系譜の他にも、さまざまな一派を構える流派があった。言ってみれば、方言《ほうげん》だ。仙次郎さんも方言の遣い手で、いかにも天然理心流らしく、手負《てお》いを恐れずに相手に致命傷を与えることに専心していた。まさに、肉を斬らせて骨を斬るのである。だから、通常の流派が一本を認めて勝負が決する局面になっても、その一本が致命傷でない限り試合は終わらず、延々とつづく。技だけではどうにもならぬ、体力勝負の流派と言ってもいい。当然、仙次郎さんも六十を回っているとは思えぬ、恐るべき持久力を備えていたが、さすがに十八歳の若さには抗し切れなかった。天然理心流ならではの平晴眼《ひらせいがん》の構えから繰り出される変幻自在の打突《だとつ》はいちいち心胆寒《しんたんさむ》からしめるほどにいやらしかったが、小半刻《こはんとき》も過ぎたあたりからそのいやらしさも淡《あわ》くなり、そして、不意に構えを解いた。そして、面を外し、息を荒らげつつ、「いや、強くなったな」と言った。「早く上達させることで評判の北辰一刀流だから強くなっているだろうとは想ったが、これほどとは想わなかった」。

　実は俺も、押しているのを感じていた。それも、体力が物を言う中盤になってからではなく終始押していて、俺は意外の感を覚えつつ竹刀を振るっていた。俺にとって仙次郎さんは岩だった。どう立ち向かっても微動だにしない大岩だ。入門の頃は言うに及ばず、三年前に十五歳で初目録《しょもくろく》を取ったときに手合わせしたときでさえ岩だった。だから、今回もまた跳ね返されるのを覚悟しつつ竹刀を手にしたのに、振るってみれば圧倒していた。わずか三年で立ち位置が逆転している。鉛のごとく重かったはずの打突を、なんなく捌《さば》いている。俺は時が経つことの重みを察しざるをえなかった。世の中が刻々と変わっているように、己れもまた変わっている。仙次郎さんも、兄も、そして村も変わっているのだろう。

　先刻の「邦雄もそろそろ、この土地のことを知っておいたほうがいい」という言葉がよみがえって、一つ大きく息をつき、着物に着替える。終えて、あらためて道場に目を遣れば、かなりの広さで、一度に四組は仕合うことができそうだ。「褒美」にしてはたいそうで、俺はゆっくりと視線を巡らせる。どこかに宿《やど》っているかもしれない兄の思惑《おもわく》を探す。直ぐに、角に立てかけられた大きな旗を捉える。入ってきたときにも視野に入ったが、そのときは仙次郎さんとの手合わせで頭が塞《ふさ》がっていた。なんの旗だろう。旗は垂《た》れて文字は隠れているが、近くに寄らずとも錦《にしき》の生地《きじ》で念入りに造られているのが見て取れる。

「隊旗だよ」

　俺の視線に気づいた仙次郎さんが言う。

「隊旗、ですか」

たいき、という音は伝わったが、直ぐには意味を結ばなかった。

「ああ、農兵隊《のうへいたい》のな」

「農兵隊……」

耳にしたことはある気がする。

「昌邦から聴いてないか」

兄からは言われていない。

「江川農兵だ。俺のとこは御旗本の私領だが、この森戸村は幕府御料地で、江川代官領だからな」

江川太郎左衛門家は徳川幕府開闢《かいびゃく》以来、ごくわずかな期間を除いて代々伊豆韮山代官を勤めてきた稀有《けう》な家柄だ。反射炉の築造で知られる第三十六代当主、英龍《ひでたつ》は洋学に明かるく、一代官の域にとどまらずに、開明派の幕臣として幕政に重きをなした。ペリー来航より進められてきた海防対策は江川太郎左衛門英龍抜きには語れない。その開明の系譜は、三十七代英敏《ひでとし》、そして当代の英武《ひでたけ》につづいている。

「四年前の文久三年十月に、江川代官領に限って、百姓から農兵を取り立てることが認められたのだ。悪党どもから、村を護るための兵をな」

「江川代官領に限って」というところに、世襲の江川太郎左衛門家と土地との密なつながりを察することができる。

「といっても、江川代官領のすべての村で一斉に農兵隊が組織されたわけじゃあない。農兵隊にかかる費用は、御公儀からは一切、出ない。装備する鉄砲も玉薬《たまぐすり》も、なにからなにまですべて村持ちだ。カネが絡めば、どの村も足並みそろえてというわけにはいかなくなる。森戸村組合二十七ヵ村で農兵隊が始まったのは二年前の慶応元年だ。隊長格には、当然、寄場村《よせばむら》の惣代《そうだい》である昌邦が就《つ》いた。元々、下垣内は先々代からの苗字帯刀の家柄だから、順当も順当というわけだ」

浪人や無宿《むしゅく》、博徒《ばくと》といった、いわゆる悪党と村との戦いは俺が生まれるずっと前からつづけられてきた。なんのかんのと理由をつけては合力銭《ごうりきせん》の名目でカネをねだり、止宿《ししゅく》を求める。断われば、暴力に訴えようとする。たまに訪れるなら施《ほどこ》しもやぶさかではないが、度《たび》重なって、脅《おど》しになれば、いやでも対策を講じねばならない。

画期となったのは文政《ぶんせい》十年で、個々の村でなんとかするのではなく、大きくまとまって悪党に対することになった。いくつかの村で小組合をつくり、さらにその小組合がいくつかまとまって大組合を構成する。大組合の中心となる村を寄場村と言い、寄場村の名主が寄場惣代として大組合の運営を取り仕切った。俺が生まれる二十二年前に整えられたこの改革組合村《かいかくくみあいむら》という制度は、俺にとっては当たり前のものだったが、しかし、仙次郎さんから農兵と結びつけて語られると、瞬時に、おかしい、と感じた。幕府が発足以来、百姓に対して進めてきた仕法《しほう》とあまりにも矛盾する。一つならなんとはなしに見過ごしても、二つ結びつくと、とたんにおかしさが際立つ。

幕府は一貫して、百姓どうしがけっしてまとまらぬように仕組んできた。数の上では、武家よりも百姓のほうが遥かに多いからだ。十万石の藩には二千の武家があるが、百姓家は二万ある。百姓がまとまって武器を取れば、武家に勝ち目はない。江戸のある関東に大名の所領が少ないのも、だからだ。大大名が居るということは、百姓の大きなまとまりがあるということである。江戸期の安定は、百姓が武器を捨て、平和を選んだことによってもたらされており、もしもこの前提が崩れれば、百姓の大きなまとまりは大きな大名を圧倒する。

で、幕府は関東には最小限の大名しか置かず、旗本の小さな知行地の寄せ集まりにして、村を分断してきた。さらに、村の中さえ分断する。一家の旗本が一村を治めるのではなく、一つの村を何家もの旗本の所領が分け合うのである。仙次郎さんの永倉村にしても、地頭は林田様だけではない。他に四家の旗本の所領があって、永倉村は実質、五つに分かれている。相給《あいきゅう》、である。しかも、その林田様の所領は家禄のすべてではなく、千二百六十石のうちの三百九十石だ。残りの八百七十石は同じ武州の一村と房州《ぼうしゅう》の二村に分割して拝されている。そのようにして幕府は関東をモザイクの土地にしてきた。

そうまでして分割統治してきたのに、江戸も後期の文政になって逆にまとめにかかる。あまつさえ、今度は禁断の武力さえ分け与える。農兵とは読んで字のごとく武装した百姓だ。幕府がいまだに百姓の武装を心底《しんてい》では怖れていることは、農兵が「江川代官領に限って」組織されたことからも見て取れる。なのに、なんで？　と思って直ぐに気づいた。自分たちでは悪党を抑えられなくなっているからだ。

悪党対策というと、直ぐに持ち出されるのが、改革組合村から二十二年さかのぼる文化二年に仕組まれた関東取締出役《かんとうとりしまりしゅつやく》だが、役名はたいそうでも、内実を見れば、別に剣豪でもない代官所の手《て》代《だい》や手付《てつき》が八人だ。後に増えても十人だ。それで、悪党が別の支配地に逃げ込まぬよう、幕府領、旗本領、大名領等の境界を越えて活動するという。例外は水戸藩がある常陸のみだ。ならば、御勤めの舞台は関八州から常陸を除いた関七州全域だ。総石高は、全国の幕府領を軽く上回る五百万石に達する。その広大な土地にはびこる悪党に、たった十人でどうやって立ち向かう？　気休めにしかならぬのは明々だろう。

周辺の弱った大名にだって頼れない。そもそも、参勤交代を緩和したのだって、その分の費用を浮かせて大名たちの細った体力を温存させ、海防に備えさせるためだった。それが結果として、幕府もたいしたことはない、という空気を世の中に充満させてしまった。もしも、このまま悪党が跳梁《ちょうりょう》して、幕府のお膝元の関東が滅茶苦茶《めちゃくちゃ》になったら、たいしたことはない、では済むまい。あからさまに見放されるだろう。だから、武装した百姓が怖くても、農兵を認めざるをえない。どっちも怖いなら、少しでも怖くなさそうなほうを選ぶしかない。刀を突きつけられて〝死ぬのと、片腕落とすのと、どっちを選ぶ？〟と問われたら、おそらく、片腕落とすのを選ぶ人のほうが多かろう。そういうことだ。

「昌邦は凄かったぞ」

感に堪えぬ風で、仙次郎さんがつづける。

「百姓の武装にはずっと反対してきた昌邦だったのに、森戸村組合二十七ヵ村農兵隊の長になってから、がらっと変わった。調練《ちょうれん》でも常に先頭に立ってな。もともと剣のほうは凄腕《すごうで》だったが、銃を取っても初めてなのに頭抜けていた。ゲベール銃を知ってるか」

「いえ」

俺はずっと儒学と剣術の他に〝書、画、聞香、古琴、茶なんぞ〟をやっていて、それで、きつつだった。銃まで気が回らない。

「火縄を使わぬ鉄砲だ。火縄の代わりに、発火しやすい薬を詰めた雷管《らいかん》を使う。いま、森戸村組合農兵隊には韮山代官所から貸し与えられたそのゲベール銃が四十三挺《ちょう》ある」

銃と聴いたときは、あっても数挺と想っていた。俺が考えていた悪党対策とはずいぶん開きがあるらしい。

「そんなに！」

「悪党どもが銃を携《たずさ》えているからな。こっちも銃で対抗するしかない。ゲベール銃だって、もはや最新ではない。最新式はミニエー銃と言って、銃身の内側に螺旋《らせん》の溝が彫ってある。弾は丸ではなく椎《しい》の実の形をしていて、螺旋の溝がこの弾を回転させつつ発射する。射程は溝のないゲベール銃の三倍から六倍で、命中率も比較にならない。ここにも二挺だけミニエー銃があって、試させてもらったが、びっくりした。ゲベール銃の射程は五十間《けん》ほどしかないのに、ミニエー銃なら短くても百六十間は飛ぶ。百間向こうからミニエー銃で撃ちかけられたら、ただただ撃ち殺されるのを待つだけになる。こっちの弾は届かないどころか、自陣と敵陣との真ん中でお辞儀して地に落ちる。あっちはひゅんひゅんだ。勝負にならん。長州再征討が失敗したのも、向こうがミニエー銃で、こっちがゲベール銃だったからと聴いている。負けるべくして負けたということだ」

六十を回った天然理心流の村の達人が最新式の銃を語るのを、俺は不思議の感を抱きつつ聴いていた。

「それでも、ないよりはあったほうがずっといい。悪党どもにしたって、ミニエー銃は持っていないだろうからな」

「そのゲベール銃は……」

俺は恐る恐る問うた。

「もう、使われたのですか」

「実戦で、ということか」

「そうです」

神田で、打ち壊しに出くわしたとき、銃の必要性はまったく感じなかった。そもそも、恐怖がなかった。銃のことなんて、頭の片隅にも浮かんでこなかった。

「使った。去年の六月だ。〝世直し〟を掲げる一揆があってな。〝武州世直し一揆〟といってえらい騒動になったのだが、江戸には届いておらんか」

届いてはいた。届いてはいたが、江戸は江戸なりに騒然としていたし、あくまで百姓一揆だと思っていた。百姓一揆にはずっと守られてきた作法がある。なによりも、一揆勢《ぜい》は刀や脇差などの武器を持たない。手にするのは、鍬《くわ》や鎌などの農具だけ。あくまで、百姓の請願であることを鮮明にして、幕府なり大名なりの領主に「仁政《じんせい》」を求める。年貢減免などの要求が通れば解散。中心になった頭取《とうどり》は騒動を起こした責めを負って罰を受ける。騒乱のなかにも、秩序がある。そこに、銃が入り込む余地はない。

「一揆だったのですね」

俺は確かめた。

「一揆とはいっても、作法通りの一揆とはまったくちがうぞ」

即座に、仙次郎さんは答えた。

「言ったように、奴らは脇差はおろか奪った刀や銃まで持つ。一揆勢ならば領主に百姓としての要求を突きつけるが、奴らは領主なんぞ相手にしない。なにしろ、悪党だ。無宿で、盗っ人で、博徒だ。幕府にしろ大名にしろ旗本にしろ、およそ、いまの領主に仁政する力なんぞないと端《はな》っから見くびっている。世の中の決まり事から逸脱するのをおもしろがってるんだ。首領はわざと目立つように女物の派手な着物なんぞを引っ掛けてな。そういう訳のわからん奴らが、豊かな分限者《ぶげんしゃ》の屋敷と見るや、いきなり打ち壊し、放火して、カネや米を略奪する。刃向かえば、剣を振るい、銃を撃つ。同じ百姓がやる一揆と見ていたら、村ごとやられる。人まで盗られる。小前百姓や水呑みに、おまえらも加わって一緒に打ち壊せと無理やり連れ去るのだ。そうやって、世直し勢という名の暴徒が膨《ふく》れ上がる」

みんな、初めて耳にする。やはり、俺は「この土地」のことをなにも知らない。

「去年の六月は、それは酷《ひど》かった。玉川《たまがわ》の向こう岸が悪党どもで砂利みたいに埋め尽くされて、渡《と》河《か》を放っておいたら村々が焼き尽くされるのは明きらかだった。すでに、公儀からは悪党であれば打ち殺しても構わぬという御触れが出ている。で、森戸村組合農兵も繰《く》り出した。世間では、佐藤彦五郎さんの日野宿組合農兵や駒木野《こまきの》宿組合農兵らの奮戦で、二万の悪党を蹴散《けち》らした〝築地河原《ついじがわら》の戦い〟が知られているが、別の河原で繰り広げられた森戸村組合の戦いぶりだって負けていなかった」

「兄も加わったのですね」

思わず訊いた。そこまで語られても、あの穏やかな兄が武器を手にする姿が想像できなかった。

「加わったのではなく、率《ひき》いたのだ」

即座に、仙次郎さんは答えた。

「昌邦は〝農兵世話役〟だ。江川農兵では隊長を意味する」

それでも、俺は信じ切れなかった。「築地河原の戦い」なんて、まるで戦国時代じゃないか。それに「二万の悪党」はいくらなんでも多過ぎないか。話に尾鰭《おひれ》はついていないか……。俺はまた問うた。

「ゲベール銃を撃って？」

あの兄が、人に銃を向けて、引き鉄を引くだろうか……。

「昌邦は撃たない。銃は手にしない」

仙次郎さんは否《いな》んだ。一瞬、兄は指揮を執っただけかと想いかけた。

「森戸村組合農兵には、銃隊と撃剣組《げきけんぐみ》があってな」

けれど、仙次郎さんはつづけた。

「昌邦は撃剣組の先頭に立って、全体を指揮した」

「撃剣組……」

「刀だよ」

当たり前じゃないか、という風で言ってから仙次郎さんはつづけた。

「刀で悪党どもを討ち果たす隊だ。昌邦はまさに鬼神《きしん》のようだった。三人は斬っただろう。さすが、三代に亘る、苗字帯刀の家柄の当主だ」

先刻の、兄の言葉がよみがえる。

「おまえも一度斬ってみたらどうだ」

俺が江戸で〝書、画、聞香、古琴、茶なんぞ〟をやっていたあいだに、生地では〝戦争〟が繰り広げられていたようだった。

「どうだった？」

仙次郎さんが「これから、御地頭様の四谷《よつや》の御屋敷に伺わなければならないんだ」と言って、そそくさと江戸へ発《た》つと、兄が言った。

「天然理心流、対、北辰一刀流は」

俺は剣術を豪農の次男坊としての務めでやっていたが、好きでもやっていた。剣術好きにとって、好まぬ話題であるわけがない。ふだんの俺なら天然理心流の三段突きを、北辰一刀流の斬り落としをその気で語ったことだろう。けれど、俺は仙次郎さんから森戸村組合二十七ヵ村農兵隊の話を聴いてしまっているのだった。剣術の話を交わせば、否応なく「撃剣組」の話に向かって、兄が人を斬った話を聴くことになるだろう。知りたい気持ちだってなくはない。いや、俺は知りたいのだろう。けれど、まだ早かった。気持ちの備えができていなかった。人を斬った兄を、己れの裡にどう迎え入れてよいのかわからない。なにか別の話題に替えようとして、さっき、仙次郎さんが「追い追い、昌邦から内情を聴いてくれ」と言っていたのを思い出した。「邦雄もそろそろ、この土地のことを知っておいたほうがいい」と。

「先刻……」

俺は切り出した。

「私が仙次郎さんの在地代官拝命を聴いて、それは御出世でございますね、と言ったら、仙次郎さんは言葉を濁されましたね」

「ああ……」

「追い追い、兄上から内情を聴いてくれ、とも言い添えられました」

「そうだったな」

「あれは、どういうことでしょう」

兄は直ぐには答えなかった。土地の者でありながら土地から離れている俺を相手に、なにから話してよいやらと、思案している風だった。

「仙次郎さんだがな……」

なにしろ俺は十歳から江戸に移り住んで、儒学と剣術と稽古事しかしていないのだった。豪農の次男坊なら当然知っていてよいことを知らない。

「ああ見えて、なかなかの商い上手だ」

「そうなのですか⁉」

意外も意外だ。仙次郎さんといえば剣術の人だ。道場での印象があまりに強烈で、他の顔に気が向かわない。

「いまから十一年前の安政《あんせい》三年に、清国《しんこく》で始まったアロー戦争は知っているな」

「ええ、阿片《アヘン》戦争のつづきですね」

始まったのは安政三年だが、終結したのは四年後の万延《まんえん》元年の十一月だ。横浜《よこはま》開港の一年後だったから、阿片戦争のときよりもいろいろな状況がよく伝わってきた。ひとことで語れば、阿片戦争で黙認させた阿片の輸出を合法にしようとした戦いと言える。アロー戦争以降、エゲレスは大手を振るって阿片を売りまくることになる。

「よくもあれだけの不正義を抜け抜けとやるものだが、いまはさて置いて、話を進めよう」

口調は穏やかに、兄は語った。

「アロー戦争は五年に亘ったが、戦いの山場は横浜開港後の万延元年の夏からだ。戦局が激しさを増すに連れ、エゲレス連合軍にとっては、大陸での軍事物資の運搬手段をどう確保するかが焦眉《しょうび》の急《きゅう》になった。で、日本で二千頭の馬を調達して横浜から大陸へ運ぶことにしたのだ」

「そんなことが！」

まったく知らなかった。

「そこに仙次郎さんは目をつけた。そして、林田家賄い役の立場を利用して大きな利益を上げたのだ」

「もしかして、仙次郎さんがその馬を確保したのですか」

「そうではない。仙次郎さんとて馬商いには縁がない。仙次郎さんが目をつけたのは馬の食い物だ。餌《えさ》だ。馬を二千頭送るなら、二千頭分の馬の餌も要るだろうと仙次郎さんは踏んだ。馬の餌、つまり大豆だよ。仙次郎さんは大豆を調達して横浜から送ることにしたんだ」

「仙次郎さんの永倉村で大豆を作っていましたっけ」

「いや」

「ならば、どうやって……」

「林田様の領地が永倉村だけではないのを知っているか」

「それは聴いたことがあります。永倉村にあるのは三百九十石だけで、残り八百七十石は同じ武州の一村と房州の二村に拝されている、と」

「その通りだ。そして、仙次郎さんは永倉村だけではなく他の三村をも統括する勝手賄い役だ。永倉村では大豆を作っていなかったが、房州の二村は醬油の野田《のだ》や銚子《ちょうし》があるせいだろう、大豆作りが盛んだった。仙次郎さんは四村の賄い役として、その房州の大豆を横浜へ回したんだ。あとから振り返れば種《たね》も仕掛けもないのだが、仙次郎さんが仕組んだときは誰も気づいていなかった。仙次郎さんだけが考えついて、巨利を得たのだ。ただし、仙次郎さん自身は一切、その見返りを得ていない」

「なにゆえに？」

「そもそもが、御地頭様である林田家の借財をなんとかするために始めたことだからだ。仙次郎さんもあとになって、そうでなければあんなことは考えつかないと言っていた。林田様の膨れ上がった借財をどうやって返すか……いよいよ追い詰められたからこそ出てきたのだ、とな。とはいえ、結果として、それがよかったかどうかは、なんとも言えない」

「なにか落とし穴でもあったのでしょうか」

「返せるはずもなかった額の借財が、仙次郎さんが仕組んだ商いひとつで、あらかた消えたのだ。林田様はどう受け止められたと思う？」

「それは感謝されたでしょう！」

即座に答えてから、つづけた。

「感謝などというありきたりの言葉では足りないかもしれません。在地代官に取り立てて、苗字帯刀を許されたのも、その表われではないでしょうか」

ふっと息をついてから、兄は言った。

「味をしめたとは思わんか」

味をしめた……。

「返せるはずもない借財を返せたのだ。なんともならないものが、なんとかなった。豪農という連中は、どうやってもカネをつくってくる、と思い込んでも不思議はなかろう。仙次郎さんに命じさえすれば、これからだってどうにかするのだろう、とな」

あっ、と俺は思った。俺はやはり小僧だ。

「林田様が仙次郎さんに頼り切りなのは、ずっと前からだ。それでも、以前ならば、負い目のようなものが伝わってきた。けれど、アロー戦争以降はしごく当たり前のように、年貢に倍するカネを仙次郎さんに課するようになった」

「カネ、をですか」

年貢ならば、米だろう。

「ああ、カネだ。いまの御旗本への年貢は金納だ。かつてのように米俵を送るのではない。米俵なら、秋の収穫のあとに送ることになるが、金納では先納と決まっていて、季節に関わりなく毎月、領主が必要とする額を送る。その額が、米で納めるときの倍になっているということだ」

林田様の持ち高は千二百六十石だ。年貢の相場は四公六民《しこうろくみん》だから、収穫の四割を領主が取り、残り六割を百姓が分かち合う。林田様に入るのは千二百六十石の四割で、年貢は五百四石。それを十二で割って、月割りは四十二石。金納ならば、一石一両として毎月四十二両になる。その倍となれば八十四両。年額なら千両を超えてしまう。公と民の取り分にすれば八公二民……ありえない。訴訟だって、一揆だって起きよう。

「それでは、八公二民です」

俺は奮然《ふんぜん》として声に出した。

「ただでは済まぬはずです」

「八公二民どころか……」

兄の穏やかな口調は変わらない。

「十公無民を超える年だってある。それでもなんとか済んでいるのは、年貢がカネだからだ。米ならば、ありえない。が、カネならば、ありえる。名主で勝手賄い役で、そして豪農の仙次郎さんが、なんとかカネをつくるからだ。カネの世の中になると、こういうことが起きる。米で年貢を納めていた頃なら、村の負担の上限は、収穫された米俵のすべてだ。十公無民だ。百姓の取り分はなくなるが、そこが歯止めにもなる。ない袖は振れぬからだ。けれど、いまの名主は、もろもろの商いと小作で、カネをつくり出す豪農でもある。領主の目には、振る袖があると映る。そうして、年貢という歯止めが消えていく。世の中の基軸が米ではなくカネになる。領主も、名主も、小前も、小作も、まずカネのことを考えて日々を送らねばならない」

「しかし、アロー戦争の大豆のようなことが毎年あるわけではないでしょう。たとえ仙次郎さんが商い上手でも、持ちこたえられなくなるはずです」

仙次郎さんだって手妻師《てづまし》ではない。そう、毎年毎年、おっきなカネをつくれるわけもない。

「だから、在地代官なのだ」

兄は想ってもみなかった言葉を口にする。

「あれは、おまえが言ったような、林田様からの褒美でも感謝の徴《しるし》でもない」

どういうことだ……。

「豪農経営の基盤は小作料だ。土地を集積して小作に回す。小作という土台があって、質屋が、酒造りが、繭買い、糸買い、縞買いが成り立っている。豪農とはなにか、をひとことで言うとしたら、小作をやる者だ。縞買いをやらなくたって豪農ではあるが、小作をやらなかったら、もはや豪農ではない。だから、豪農は、常に、より大きな土地を手に入れようとする。そうして、豪農経営の基盤を堅固にしようとする。基盤が堅固になれば、縞買いなり糸買いなりで、果敢な商いが展開できるようになる。つまり、より大きなカネをつくれるようになる」

「単に小作に回す土地が増えるにとどまらないということですか」

「そういうことだ。二十両のうちの十両を賭けに回すのは、まさに賭けだ。しかし、千両のうちの十両なら手堅い投資になる。だから、土地を少しでも大きく広げようとする。手に入れること自体は、むずかしくないのだ。言ったように、この土地の年貢は金納だ。で、百姓は早くからカネに換えやすい作物を作らねばならなくなった。山がちの土地で、カネになる百姓仕事といえば養蚕にとどめを刺す。誰だって繭を、生糸をやる。大豆もカネに換えやすいが、大豆はいざというとき食うことができる。が、繭は食えん。生糸も食えん。作ったら、カネに換えるしかないのだ。つまり、カネを遣って暮らしていくしかない。しかし、カネで食う暮らしは安定しない。自給自足ならば食うのに窮することは少なかろうが、カネで穀類を買うとなると、相場次第で簡単に食い物が遠のく。で、みるみる貯えが減り、売りやすいものから売っていく。そうして、最後には土地を手放さざるをえなくなる。そういう土地を、我々が買う。買って、小作に回す。ところが、だ……」

俺は耳に気を集める。

「買うとはいっても、田畑はふつうの土地とはちがう。自由に売買しているかに映るが、実は、いまに至っても、原則としては売買禁止だ。我々豪農が小作に回している土地は買った土地ではなく、あくまで質に取った土地になる。つまりは、カネさえ返却されれば、いつでも土地を戻すのが筋だ。で、土地の売買にはなにかと制約がつきまとう。そこで在地代官が生きてくる。土地はもともと領主が公方様から預かっているものだ。百姓の土地である前に、領主の土地である。領主の側に立てば、土地の取引にまつわる面倒は遥かに少なくなる。より大きな土地を手に入れて、安定して大きなカネをつくりやすくなる。だからこそ、林田様は在地代官を命じたのだ。もっと土地を広げて、もっとカネをつくれ、とな」

思わず、気持ちが引いていく。仙次郎さんが言葉を濁《にご》すはずだ。

兄の言う小作の話も、わかりはするが感心はできない。思わず、俺は言っていた。

「しかし、そうなると、ますます、小前百姓が少なくなりますね」

いまでさえ、豪農ではないふつうの百姓は激減しているし、居ても持ち高が小さい。かつては一軒《いっけん》前《まえ》の小前百姓といえば六、七石だったが、いまでは一石、二石だ。それで、近くの在郷町《ざいごうまち》で農間《のうかん》渡世《とせい》の物売りなどをして食いつないでいる。それさえできぬ者は土地を処分して小作になるか、百姓を捨て、江戸へ出て一季奉公を探す。で、村のあらかたの土地は豪農のものになる。豪農の次男坊の俺でも、それが村本来の姿とは思えない。一揆が多発するのも、村本来の姿ではないからではなかろうか……。

「そうなるな」

変わらぬ声で、兄は言う。

「小前から小作になった者が、小前に戻りにくくなる」

兄は小作を使う側だが、実態はちゃんと見ている。そこが兄の兄たるところだ。

「しかしな、小前から小作になる者の数に比べれば、小作から小前に戻ろうとする者など、あってなきがごときものだ。だから、本気で小前が減るのを止めようとするならば、そもそも、小前が小作にならぬようにせねばならぬが、となると、向き合う相手が大きすぎる」

「相手、ですか」

兄が言う、大きすぎる相手、とは誰なのだろう。

「言ったように、カネで穀類を買う暮らしでは、相場次第で簡単に食い物が遠のく。で、切り売りを重ねて、やがて土地を手放す。だから、小前が小作にならぬようにするには、自分で穀類を作る暮らしに戻らねばならぬが、それは、もはや、ありえぬだろう。百姓自身が、元の暮らしを望んでいるとは思えない」

「そうなのでしょうか」

「かつての百姓の理想はな。息子を三人持って、それぞれを一軒前の百姓として独立させることだった。年貢の担い手である百姓の数を増やして御国に奉公するとともに、みずからの家も豊かになる。それが百姓のあるべき姿だった。いまはちがう。農間余業の商いに精を出して、いずれは在郷町に店を出そうとする小前も居れば、娘を在郷町へ嫁に出して商家に連らなろうとする小前も居る。言うまでもなく、カネを稼げるからだ。百姓の意識そのものが、カネをつくれる者が偉いという向きへ変わっていて、なんとしても小前でありつづけようなどとは思っていない。彼らは仕方なく農間渡世に入るのではなく、進んで入る。実際、小前から在郷問屋になった者だって少なくない。目の前に手本が居るのだ。自分と同じように土に塗《まみ》れていたのに、いつの間にか紬《つむぎ》なんぞを着こなして、町の豪勢な屋敷に住んでいる者がな。小前を捨ててカネに選ばれた者は町に看板を掲げ、選ばれなかった者は小作になる……それが世の流れになりつつある。容易には止められん」

「つまり……」

言葉を失いつつも、俺は問うた。

「兄上の言われる大きすぎる相手というのはカネのことですか」

「もはや、カネが基軸の世の中は動かない。小前が問屋になりたいと願うようになるのは無理からぬと思わんか」

兄は答える代わりに問い返した。

「そうですね」

カネで食う暮らしをつづけていれば、おのずと、そうなるだろう。

「小作も小前も豪農も御領主も、ひとつひとつを見ていけば、みんな無理からぬのだ。みんな無理からぬのに、無理からぬ話がつながって、無理な筋をこさえている。なにゆえに、と想ううちに、もしも何者かに罪があるとすれば、それはカネそのものではないかと思うようになった」

カネそのもの……？

「カネはいっときもじっとしていない。常に増えつづけようとする。カネに増えるなと言うのは、水に下から上へ流れろと言うようなものだ。カネは生き物で、植え付けられた生きる目的はただ一つ、増えることだ。他は一切関知しない。もしも、自分がカネを増やしている気になっている者が居たとしたら、そいつは考えちがいだ。カネが増えるための世話をさせられているにすぎない。だから、増やすのが下手で、増える見込みのない処からはどんどん逃げ出して、増える処へ移る。カネに善悪はなく、増えるためならどうにでも動く。儲けるために敵と組んだら、人の目からすれば裏切りだろうが、増えることがすべてのカネからすれば、ごく当たり前だ。いま、羽振りのよい銃器商人もその例かもしれぬ。活躍するほど死人が増えるが、カネにとっては良い世話役だろう。カネには思惑がない。増えるのにまっしぐらで、振れることがない。だから、人が太刀打《たちう》ちしがたい」

それで、領主も名主も小前も小作も、右往左往《うおうさおう》させられるということか……。

「カネづくりが下手な者は出ていくばかりのカネをどう補うかに気を張り詰め、上手な者は入ってくるカネをもっと大きくするために気を張り詰める。どちらにしてもカネに使われて、肝腎の本業に気が行かなくなる。林田様にしても、あれほどまでして仙次郎さんにカネをつくらせておきながら、領主としての務めはまったく果たせていない」

そうなのか……。

「年貢とは本来、百姓が安《やす》んじて農業に当たるための代価《だいか》だ。なのに、悪党どもが跳梁する時世《じせい》が到来しているにもかかわらず、なんの保護もない。四ヵ村に拝知があるからには、それぞれの村に家臣を配置して、徘徊《はいかい》浪人らから領民を護るのが筋だろう。にもかかわらず、用人が一人でたまにやって来るだけで、用向きは御用金の賦課と決まっている。百姓が支払う代価に対する務めを果たさぬばかりか、代価を上回る御用金さえ上乗せして課す。村は護らぬ、カネはもっと出せ、だ。百歩譲《ゆず》って、領地は護れぬが、国を護るためには全力を傾けているなら、まだ受け入れようもあろうというものだが、本来、千石級の旗本は五名の侍を抱えねばならぬのに、林田家には三名しか居らない。しかも、代々仕《つか》えている譜代《ふだい》の家臣ではなく渡り用人だ。五年はおろか、三年居着く者も稀《まれ》だろう。三年と居着かぬ俄か家臣が戦場へ死にに行くはずもない。いまや旗本がなんの役にも立たぬことは、昨年の長州再征討の敗戦が証明している」

兄の口調が初めて熱を帯《お》びる。

「実はな、林田家は千石級の大身《たいしん》というだけではないのだ。公方様を間近でお護りする書院番《しょいんばん》の家《いえ》筋《すじ》である。将来、目付《めつけ》となり、町奉行となり、御公儀の屋台骨《やたいぼね》を支えるのも、この書院番家筋《けすじ》だ。まさに、御旗本のなかの御旗本と言っていい。その名誉ある書院番家にしてからが、この体《てい》たらくだ。さすがに、家筋としては残したものの、親衛隊としての御役目は昨年解かれて、洋式軍隊である奥詰銃隊《おくづめじゅうたい》がその任に就いたと耳にしている。もはや、旗本はお荷物だ。合力銭を強要するのを悪党と言うなら、旗本こそが一番の大悪党だろう」

「ならば……」

俺は問うた。

「仙次郎さんはなんで勝手賄い役を引き受け、さらには在地代官にまでなったのでしょう。あのとき言葉を濁したことからすると、仙次郎さんだって、いま兄上が言われたことを承知していたと想えるのですが」

「むろん、仙次郎さんはわかっている」

「なのに、なぜ?」

「人はカネにはなれぬからだろう」

すっと、兄は答えた。

「カネには思惑がない。情がない。だから、振れない。増えるためだけにまっしぐらだ。人は逆だ。思惑があり、情があり、振れまくる。理に合わぬことを当たり前にやる。仙次郎さんの〝忠義〟も、そうだ。我々は戦国の終わりに刀を捨てて百姓専一《ひゃくしょうせんいつ》になった者だ。以来、二百六十余年、領主との紐帯《ちゅうたい》を通して日々を重ねてきた。村と領主が一体だった時代もあったのだ。そうした記憶はいまに至ってもまだ消え切っていない。だから、容易には領主との交わり方を変えられぬ。なんのかのと言いながらも、領主が破綻《はたん》するのを手をこまねいて見ている選択はないということだ」

名主の家に生まれ育った者なら、名主が当代だけを生きるのではないことを肌でわかっている。兄にしても、いまを生きつつ、下垣内家三十二代の七百年を生きている。名主は〝線〟であり、代々の当主は〝点〟である。〝点〟はつながって〝線〟をつくるためにある。江戸で気ままに暮らしていると映るであろう俺の裡にも〝線〟は確かに流れている。常に、〝線〟として物事を計るのは、名主の家に生まれた〝点〟の性《さが》だ。

「それにだ。仙次郎さんの永倉村にとってはいまなお、書院番家筋の御地頭様を頂くことは他の旗本領の村への優越感の源なのだ。それは、我々の森戸村についても言える。森戸村は幕府御料地である。言ってみれば、我々は公方様に直《じか》にお仕えする百姓であり、侍で言えば直臣《じきしん》である。大名の家臣である陪臣《ばいしん》よりも格上なのであり、我々はその誇りを『御料の百姓《ごりょうのひゃくしょう》』という言葉で表わしてきた。『御料の百姓』であるという意識は、幕府開闢以来の代官である江川太郎左衛門家支配地では特に強い。すべての費用を村が負担するにもかかわらず、農兵隊が江川代官領の村々に組織されたのは、『御料の百姓』に込められた想いも大きかろう」

兄の口から不意に「農兵隊」の言葉が出て、俺は虚《きょ》を衝《つ》かれる。そこには触れぬように気を配りながら話を持ってきたのに、いきなり禁句が飛び出て、俄かには受ける言葉が見つからない。戸惑いから抜け出せないでいる俺に、兄はつづけた。

「仙次郎さんが、林田家が破綻してゆくのを手をこまねいて見ている選択がなかったように、俺にも『御料の百姓』の村が破壊されるのを黙って見ている選択はなかった。それが正しかったかどうかはわからぬ。俺もまた、ずっと、そういう流儀でやってきたからそうした。確信があってのことではない。なにをどうしてよいのかわからぬとき、最後に残ったのはそれだけだった、ということだ」

聴き終えた俺は、受ける言葉を見つけるのを止めた。いまはただ、聴くときなのだということがわかった。

「御料の百姓」の誇りは俺の裡にもある。だから、兄の言うことはよくわかる。けれど、それで、三人斬れるかどうかはわからない。〝戦争〟であれば斬れるのか、〝戦争〟であっても斬れぬのか……。答は出ない。というよりも、自分に、そして兄に、問い糺《ただ》す言葉が見つからない。

探しつづけるうちに気づいた。見つからないのではなく、この土地を離れていた俺の躰にはまだ、言葉が入っていないのだった。

翌日から、俺は、三人斬れるかどうかを問い糺すための言葉を探し歩くことにした。けれど、その前に、確かめておくことがあった。悪党、とは、いったい誰を指すのだろう、ということだ。仙次郎さんは悪党を「無宿で、盗っ人で、博徒だ」と言った。兄は「徘徊浪人」も入れた。ならば、悪党は「無宿、盗っ人、博徒、徘徊浪人」でよいのか。

それだけで、「二万の悪党」が玉川の河原を埋め尽くすのか。そのなかに「おまえらも加わって一緒に打ち壊せと」「無理やり」連れ去られた「小前百姓や水呑み」はどれほど居るのか。

兄には訊けない。仙次郎さんにも訊けない。屋敷の使用人に尋ねても、兄をおもんぱかって唇を動かしづらいだろう。かといって、訊くべき心当たりもない。十歳を過ぎた頃に生地を離れた俺には、戻っても訪ねるべき友が居ない。強いて挙げれば、仙次郎さんの道場に入門したときの二人の同輩になる。それぞれに生まれ育った村は異なるが、歳は一緒で、いっときは稽古が終わったあと、三人でよく川遊びなどをした記憶がある。隣り村の一人は釣りがとびっきり上手くて、もしかすると、家が川漁師だったかもしれない。もう一人は、仙次郎さんの永倉村からだとけっこう離れた多摩のある村から来ていて、なんでそんな遠くから通ってくるのだろうと不思議に思ったのを覚えている。

だからだろう、鑓水《やりみず》村というその村の名前ははっきりしているのだが、肝腎のそいつの名が思い出せない。釣り上手のほうの名も消えているから、それほど仲が良かったわけではないのだろう。名前を覚えていないのだから訪ねようもないのだが、会いさえすれば顔は見分けられそうな気がするし、他に行く当てもなかったので、とりあえず、どちらかの村へ行ってみることにした。さほど迷うことなく鑓水村に決めたのは、隣り村なら行こうと思ったときにいつでも行けるのと、それに、そいつが〝鑓水村は峠《とうげ》にあるので、「浜見台《はまみだい》」に立てば横浜が見渡せる〟と言っていたのを思い出したからだ。会える見込みは限りなく低いけれど、横浜を見に行ったと思えば、ま、いいか、ということにして、俺は一人、村のどこにあるのかわからない「浜見台」を目指した。

峠の村、というから、人の姿も疎《まば》らな散村《さんそん》を想い描いていたのだが、行ってみたら驚いた。坂道にたいそうな石垣を築いた豪壮な屋敷が何軒も建っているのだ。建物だけを見れば、桑都《そうと》の真ん中になんら負けていない。八王子に近いから、横山宿《よこやま》のお大尽《だいじん》が別邸でも作ったのかもしれぬが、それにしては山の上すぎる。狐につままれたような面持《おもも》ちで歩いていると、突然、もっと驚かねばならない建物に出くわした。長屋門《ながやもん》につづく塀の向こうだから二階しか見えないのだが、淡い黄色に塗られた下見板《したみいた》張りの外壁に、引上げ式の硝子《ガラス》窓が行儀よく並んでいる建物は、どう見たって異人館でしかない。

少しでもよく見えるようにと、道の反対側に寄って立ってみる。さして広くない道なので、増した視界は下見板三枚分くらいだったが、やはり、一度だけ横浜で見たことのある異人館だ。豪邸だけでも十分に不思議なのに、いったい、どういうことなのか……。わけがわからぬまま、引上げ窓に目を預ける。と、不意にその窓が上がり、一人の少女が身を乗り出して、俺は度肝《どぎも》を抜かれた。目が青く、髪が金色だったのである。エゲレス人か、アメリカ人か……。俺の混乱は極まった。なんで、八王子間近の峠の村に異人館があって、その窓から金髪碧眼《へきがん》の少女が顔を出さなければならない!?

俺は見てはいけないものを見てしまったような気になってその場を離れ、頭を落ち着かせるために、「浜見台」に登ることにした。ともあれ躰を動かして高く開けた所に抜け、遠い横浜の港と海を見渡せば、いまよりはましな頭になるだろう。どうせ道順はわからないのだから、最初に口を開けた山道に足を踏み入れる。木刀代わりに持ってきた枇杷《びわ》の杖《つえ》が役に立つ。枇杷は折れぬし、刃物にだってそこそこ耐える。不意に長脇差の悪党が現われても、たぶん大丈夫だろう。ざっくざっくと登ってゆく。行き着く先が「浜見台」じゃなくたって構わない。視界が開けていて、横浜が見えさえすればいい。いや、海が見えるだけでもいい。

空が広めになって、そろそろてっぺんかと思った頃に、人の話し声が届く。届くのだが、なにを話しているのかわからない。直ぐに、下りてくる二人連れが目に入るが、目は合わせない。早く一人になって、頭を冷やしたい。とはいえ、山道は狭く、向こうは話に熱が入っているらしく横並びのままだ。すっとはすれちがえない。俺は足取りをゆるめて道の左端《はし》に寄り、顔を伏せたまま登ろうとする。と、左の一人が、たどん、たどん、とか言って、さっと連れの後ろに退《ひ》き、道を空けた。たどん、と言えば、炭団《たどん》しかない。なんだ、炭団、炭団、ってと思いつつ、そいつに目を遣って、ぎょっとした。またも、金髪、である。碧眼である。いまから振り返れば、そいつは炭団ではなく、パルドン、パルドンと言っていたのだろうが、むろん、そのときはわからない。わからないけど、不思議と驚きはすぐにおさまって、ああ、あの少女の父親か、と思う。でも、その分の驚きは、次にやってきた。

「くにお、か?」

と、連れのほうが言ったのだ。

「ひょっとして、もりと村の、しもごうち、の」

鑓水村の人間で、俺の名も名字も住んでる村の名も知っているということは、その連れが俺が訪ねるつもりでいた仙次郎さんの道場の同輩なんだろう。歳も俺と同格好《かっこう》だ。でも、会いさえすれば顔は見分けられるつもりでいたのに、まったく見覚えがない。なんというか、目の前の若者のほうが遥かに立派なのだ。そりゃあ、子供から大人になったのだから立派になるに決まっているのだが、俺だってそのくらいは織り込んでいる。たぶん、あの顔が十八になったらこういう風になるんだろうなあ、という絵を頭のなかに用意している。その絵をずっとずっと上回って立派なのである。

躰が、ということではない。躰つきも精悍ではあるのだが、立派なのは目なのである。人を和ませるし、機知が伝わってくるし、思慮《しりょ》深そうである。胆力も感じさせる。そういう目を西洋人にゆったりと向け、ごくごく自然に語らっている。俺は儒学と剣術と書、画、聞香、古琴、茶だけで降参で、生まれ育った「この土地」のことを知る余力もかつかつだというのに、同輩は俺がやってることなんぞ朝飯前で、日々、峠の村の地に足を着けつつ世界と渡り合っているかに映る。俺が同輩の問いかけに「あー」とか「うー」としか言えないのは、名前が出てこないからだけではなかった。

「もう、浜見台は間近だ」

同輩は足を止めると、目で坂上を示して言った。

「小半刻ばかり上で横浜見物をしたら屋敷に来てくれ。黄色い洋館のある家だが、わかるか」

「わかる」

俺は初めてまともな返事をした。

「客人は刻限があるので、その頃にはもう出立《しゅったつ》されているはずだ。実に、久しい。積もる話をしよう」

同輩は竹馬《ちくば》の友《とも》に言うように言ってから背中を向け、直ぐに振り向いてつづけた。

「けいすけ、だ。なかおか、けいすけ」

気取《けど》られたな、と俺は思った。名前を忘れているのを気取られた。けれど、恥じ入りはしなかった。なんということもないような名前の教え方に感心したし、助かりもした。俺がもしかしたらと想っていた名前とはまるでちがっていた。


「ジュスタン・ジラールさんだ」

まずは、先の異人の父娘《おやこ》のことを尋ねると、中岡圭佑《なかおかけいすけ》はすっと答えた。

「お嬢さんのほうはルネ。ルネ・ジラール。ジラールさんは元々は医師なのだが、東洋美術にも造詣《ぞうけい》が深い。で、いまは日本の美術品を蒐集《しゅうしゅう》する傍ら、横浜の開港場《かいこうじょう》で日本人相手にフランス語の教師をしている」

異人館一階の応接間である。初めて座った西洋椅子だが、意外に躰に馴染む。

「ということはフランス人か」

「フランス語を話す者が必ずしもフランス人であるとは限らぬが、ジラールさんはフランス人だ」

中岡は物事を正確に語りたがる人らしい、と思いつつ、俺は問うた。

「そのフランス人教師がなんでおまえの屋敷に居るんだ」

脇机に置かれた茶をひと口飲んでからつづける。

「もうちょっと足を延ばせば八王子だぞ」

洋館の応接間なのに、茶は普段と変わらぬ煎茶《せんちゃ》だった。

「おまえもフランス語を学んでいて、特別に遠方まで出張《でば》ってもらっているということか」

「いや」

即座に、中岡は答える。

「俺の学びの役に立っていることは確かだが、教師を頼んでいるわけではない」

「ならば、なんだ」

渦を巻く、というほどではないが、疑念がむくむくと頭をもたげているのは事実だ。とにかく、取り合わせが奇妙過ぎる。なにか、とんでもない企《たくら》みの場に紛れ込んでしまったような違和感がある。その、ジュスタン・ジラールとかいうフランス人が実は教師ではなく密偵で、日本人協力者の中岡圭佑となんらかの謀《はかりごと》を巡らせているのだ。

「どうということはない」

けれど、中岡は悠長《ゆうちょう》に答える。

「ただの旅行だ」

ただの旅行だと？　と、俺は思う。この武州の片隅にだって、頭のなかが攘夷で埋め尽くされている輩はたんと居るだろう。生麦《なまむぎ》事件はまだ記憶に新しいし、つい先月にも英国公使の通訳をしているサトウ何某《なにがし》が襲撃を受けたばかりだ。横浜から八王子近郊まで、短いようで長い。そういう連中と出くわしたら、いったいどうするつもりだ。

「ただの旅なら、この時世にあまりに無謀だろう」

俺は口に出すことにした。

「まして子供連れだ。あまりに状況を軽く考えていやしないか」

「おまえの言うことはよくわかる」

中岡は落ち着き払って言う。

「けれど、『この時世』に、この屋敷を訪れる外国人は少なくない」

「まことか」

「ああ、今日のような家族連れもめずらしいことではない」

「考えられん。彼らは日本の現状をわかっているのか」

「わかっているし、俺も念を押している。しかし、危険だからと居留地に閉じ籠もっていたら、なんのためにこの国に来たのかわからない、というのが彼らの言い分だ」

確かに、一理ある。

「居留地の暮らしの記憶だけを国に持ち帰るのなら、そもそも、この時期に、この国には来ないとも言っている」

言われてみれば、その通りかもしれぬ。考え方を変えると、景色はがらりと変わるものだと、あらためて思わされる。

「むろん、商売に徹して居留地から出ない外国人だって居る。しかし、彼らはそれはその人の考え方だから、と意に介さない。日本人ならば、皆が出るならば出るし、皆が出ぬなら出ぬことになるだろう。彼らはそうではない。周りに左右されることなく、己れの考えのままに動く様《さま》には教えられるところが多い」

俺も教えられかけたが、口には出さぬことにした。

「しかし、だ」

「ただの旅行」が本当だとしたって、疑問はまだたんとある。

「おまえは気をわるくするかもしれんが、旅行をするならこんな峠の村でとどまらずに八王子の横山宿辺りまで行けばよいし、もっと言うなら、近場は近場でも北ではなく、西の箱根《はこね》や熱海《あたみ》に行ったほうが、それこそ国に持ち帰る記憶が増えやしないか」

「俺もそう思う」

答える中岡には、まったく「気をわるく」している風がなかった。

「彼らだって行きたがっている。色々付き合ってみて悟ったのだが、彼らが我々よりも冒険心が旺盛なことは認めざるをえない。考えられぬような異国にひょいひょいと出かける。だから、ハコネやアタミもよく彼らの口から出るが、本当はハコネ、アタミといわず、もっと遠方のいろいろな処へ出かけたいのだ。しかし、な。この国には外国人遊歩《ゆうほ》規程なるものがあって、出るに出られん」

「なんだ。その外国人ゆうほ規程、というのは？」

「外国人でも居留地の外へ出ることはできる。ただし、足を延ばす範囲に制限がある。それが外国人遊歩規程だ」

「ほお」

「かなり厳しくて、どこの居留地も基本は東西南北十里《り》までだ。あっちのメートル法にすると、四十キロメートルまで。横浜の場合は、南は海になるから除くとして、北と西は規程通り十里。東が江戸で立ち入りが禁じられているので、玉川西岸までの五里になる。で、横浜と八王子を結ぶ浜街《はまかい》道《どう》の北限十里の場所がこの辺りなんだ。八王子の真ん中には入れない」

「そういうことか！」

わずかに残っていた俺の裡の〝密謀〟が消えていく。

「同様に、箱根にも熱海にも行けない。それどころか小田原《おだわら》も無理だ。西の十里の地は小田原の手前を流れる酒匂川《さかわがわ》の東岸で、つまり、川を越えることはできない」

もはや、得心《とくしん》するしかない。とはいえ、疑問が尽きたわけではない。一つ得心することで、また新たな疑問が生まれる。外国人が北限十里の地を訪れて宿を取る理由はわかった。が、北限十里の地はここだけではあるまい。こんな峠の村ではなく、平地で見どころにも恵まれた土地があるはずだ。なんで、この鑓水村なのだ。中岡が生まれ育った土地をけなしているようで気が引けたが、堪え切れずに口にすると、中岡は驚いたように言った。

「この村のことをなんにも知らないでやって来たのか⁉」

なんで、そんなに驚かれなければならないのか、と不審に思いつつ、俺は答えた。

「いかにも、その通りだ」

「俺は、時節がら、先刻承知で訪ねてきたとばかり想っていた」

「時節がら」とはなんだ、と俺は思う。この山の上の村に、どんな「時節がら」がある？

「重ねて言うが、この村のことはまったく承知していない」

「時節がら」のことは追い追い訊くことにして、俺は言った。

「ならば、山の上の村にしては、たいそうな屋敷が建ち並んでいるとは感じなかったか」

中岡は問う。

「いかにも、感じた」

俺は即座に答えて、つづけた。

「おまけに、この異人館だ。わけがわからぬ。仕上げは、ルネさんとやらだ。金髪碧眼の少女だ。なにがなんだかわからなくなって、頭を冷やそうと浜見台に登ってみることにしたのだ」

「そういうことか」

言ってから、中岡は大きく息をした。そして、おもむろに口を開いた。

「俺たちはな、『鑓水商人《やりみずしょうにん》』と呼ばれておる」

「『鑓水商人』？」

「世間で言えば糸買いだ。生糸をあちこちから買い集め、浜街道沿いにある地の利を生かして、横浜の外国商人に売る。正確に言えば、横浜では外国商人に直に品物を持ち込むわけにはいかないので、幕府の許可を得て開港場に店舗を持っている日本人の生糸売込商《きいとうりこみしょう》に売る」

中岡はやはり正確さにこだわる。

「つまり、糸買いは糸買いでも、横浜から輸出する生糸に的を絞った仲買いだ。だから、『浜商人《はましょうにん》』と呼ばれることもある」

横浜から十里だ。別段に近いわけではない。けれど、ここよりも近くなるということは、生糸の生産地から遠くなることを意味する。八王子に近いここなら、地元武州の生糸だけでなく、甲州《こうしゅう》、上州《じょうしゅう》、信州《しんしゅう》の生糸も集まってくる。積み出す横浜と送り出す生産地のどちらにも近い、絶妙な場所が鑓水村なのだろう。

「八年前の横浜の開港当初、欧州ではフランスとイタリアの蚕《かいこ》に病が広がって生糸が出払っていた。で、まずは清の生糸に目をつけた。けれど、清は阿片戦争につづくアロー戦争で混乱がつづいている。で、他にはないかということで目に留まったのが日本の生糸で、開港当初の生糸の輸出額は国の輸出総額の実に六割五分にも上った。機を見るのが商人だから、親父たちはいっときの盛況ではないかと用心を怠《おこた》らなかったらしい。けれど、彼の地の養蚕の状況は深刻で、一向に立ち直れないでいるようだ。それが証拠に六割五分でも驚いていた生糸の輸出総額はいまでは八割を超えて、日本の輸出を一人で背負《しょ》っている。我々鑓水商人はその手伝いをしているわけだ」

「ずいぶんと謙虚だな」

俺は言って、つづけた。

「『手伝いをしている』ではなく、日本の輸出を担っている、とか言わんのか」

それだけの資格はあるだろう。

「言う者も居るかもしれん。俺の親父もそういう者の一人だ。が、俺は言わん。それほど大したことをしているとは思えぬからだ。峠の村だから、炭焼きと養蚕くらいしかできなかった。で、繭《まゆ》と生糸をやり、それを取りまとめる地元の糸買いも育った頃に、たまたま横浜が開港することになった。そのあとも、たまたま尽くしだ。たまたま欧州の養蚕がいけなくなり、たまたま清が混乱のさなかにあり、たまたま浜街道に沿っていた。自分の力で峠の村の糸買いから鑓水商人になる膳立てをしたのではなく、状況が膳立てをしてくれたということだ。むろん、せっかくの膳立てを生かすべく努めはしただろうが、商人《あきんど》ならば誰だってそのくらいのことはするだろう。しばしば、商人ならやって当たり前のことを、さも粉骨砕身《ふんこつさいしん》したかのごとく語る輩を見かけるが、俺には考えられん。目の前の状況の変化に合わせるべく右往左往していたらこうなっていた、というだけのことで、取り立てて誇るほどのものでもない。この洋館にしても目は引くだろうが、商いで世話になっている外国人を相応にもてなすのは当たり前のことだろう」

そのとき俺は、こいつなら問えると思った。人は往々にして己れに都合よく状況を解釈する。事実を語っているようで、実は、当人も知らぬまま事実をつくっている。けれど、こいつは、正確さを欠くことに我慢がならない。だから、鑓水商人をも「取り立てて誇るほどのものでもない」と言う。「商人ならば誰だってそのくらいのことはするだろう」と言う。中岡は自分を甘やかさない。ありのままに物事を見て考える。中岡に問おう、と俺は思った。悪党とは何者なのかを、中岡に問おう。けれど、俺が唇を動かす前に、中岡のほうから問うてきた。

「しかし、鑓水商人の村であることを知らぬのに、なんでわざわざ坂を登ってきた？　まさか、俺に会いに来たわけではあるまいな」

「その、まさか、だ」

俺は素《す》になって言った。

「おまえに会いに来た」

「まことか」

ほう、という顔で中岡はつづけた。

「八つか九つの頃に会ったきりだぞ。子供から大人になっている。たとえ出くわしたとしてもわかるまい」

「実は、その通りだ」

すっと言葉が出る。

「会いさえすれば顔は見分けられそうな気がしていたのだが、ちがった。まったくわからなかった。おまえが俺をわかって声を掛けてくれなかったら、あのまま通り過ぎていただろう。実は、顔だけでなく名前も忘れていた」

「十年ほども前の、たった一年ばかりの付き合いだ。忘れもするだろう」

浜見台への坂での去り際、中岡がさりげなく己れの名を告げたときの様子がよみがえる。俺が名を忘れているのを察して気を利《き》かせたのは明らかだが、あのときだけでなく屋敷に戻ってからも中岡は恩を着せない。

「おまえは俺をわかった。名前も覚えていた」

好漢《こうかん》である、と思いつつ俺は言った。

「おまえのでかい目は忘れんよ」

人好きのする笑《え》みを浮かべて中岡は受ける。思わず真《ま》に受けかけたが、次に口にした言葉は想ってもみないものだった。

「しかしな、俺が浜見台でおまえをわかったのは目だけじゃあないんだ」

直ぐには意味が伝わらない。

「わかった理由があるんだよ」

「理由……?」

「わかるべくしてわかった、ということだ。同じ理由で、名前も覚えていた」

「どういうことだ」

突然の中岡の言《い》い様《よう》に、俺は戸惑う。中岡が言ったように、「十年ほども前の、たった一年ばかりの付き合い」だ。それからはずっと空白がつづいてきた。そういう二人のあいだに、いったいどんな「理由」がある？

「それに答える前に、おまえが俺に会いに来た訳を聴いておこう。いったい、どういう用向きだ？」

「ひとことで言うなら……」

俺は重い口を開く。

「悪党とは何者かを知りたいのだ」

「ほお……」

中岡の瞳の奥が光った。

「俺はさる理由でずっと江戸住まいをしていて、こっちの事情に疎《うと》い。誰かに訊こうにも心当たりがない。で、確かに、『十年ほども前の、たった一年ばかりの付き合い』ではあったが、なぜか、おまえが浮かんできてな。とにかく、訪ねてみようと思ったわけだ」

「なるほど」

「しかし、悪党とは何者かを知れば、きっと昨年の六月に起きたという一揆そのものを知りたくなるだろう」

俺はつづける。

「さらに、その先も、そのまた先も、ということになるかもしれん」

「そういうことなら……」

ひと口、茶を飲んでから、中岡はつづける。

「おまえは良い選択をした」

良い選択……。

「俺はおまえの格好の導き役になれるということだよ」

俺は目で、どういう意味かを問う。

「おまえがいま言った『昨年の六月に起きたという一揆』というのは〝武州世直し一揆〟でまちがいなかろう。どういう一揆だったかは追い追い語っていくとして、大枠だけを言うと、一揆勢が蜂起した昨年の六月十三日から鎮圧される十九日までの七日のあいだに、十数万人の窮民《きゅうみん》が寄り集まって、武州十五郡と上州二郡の二百二ヵ村に押し寄せ、五百二十軒もの分限者の屋敷を打ち壊した。その富貴《ふうき》の者たちがどういう生業《なりわい》をしていたかというと、打ち壊された軒数でいっとう多かったのは高利の質屋だ。次いで、穀屋《こくや》、酒造りなんぞがつづいていくのだが、そういうなかにあって、軒数はともあれ、最も一揆勢から敵視された生業はなんだったと思う？」

さほど考え込むこともなく俺は答えた。

「やはり、それも質屋だろう」

豪農の多くが質屋をやっている。質に入れた小前の土地が流れて、小前は小作になる。恨まれるのは、まず、質屋だろう。

「いや、ちがう」

即座に否んでから、中岡はくっきりと言葉を足した。

「浜商人だ」

ひとつ息をついてからつづける。

「つまり、我々だ。今回の一揆勢は大勢で押し寄せていきなり打ち壊すわけではない。まず数名の先遣隊がやって来て村との交渉に入り、要求が受け入れられなかった場合にのみ本隊が乗り込んで打ち壊す。けれど、横浜へ生糸を持ち込む糸買いだけはその限りではない。先遣隊が先乗りすることもなく、問答無用《もんどうむよう》で直ちに破壊し尽くす。恭順の構えを見せても容赦ない。なぜだか、わかるか」

しばし、考えてから言った。

質屋でなかったら、彼らに米や麦を売る穀屋ではないのか……。

「いや」

「一揆勢が立ち上がったのは、米、麦、大豆、醬油《しょうゆ》、味噌《みそ》……口に入る物一切《いっさい》の値段が異様に高騰したからだ。いままでなら単純に穀屋を大元と考えるところだろうが、彼らはちがった。よほどカネで苦しめられつづけて、知らずに学習したということなのかもしれぬ。問題の根は、横浜貿易による生糸価格の急騰にあるとしたのだ。外国人商人が勝手にやって来て競って生糸を買い集め、値段を吊り上げたことが、あらゆる物価の高騰を招いたとな」

確かに、中岡は「格好の導き役」だ。話がすっと入ってくる。

「だから、彼らが打ち壊す最後の目的地は、諸悪を生み出す源《みなもと》である横浜だった。当然、横浜への道筋にあって、浜商人が集まって暮らす鑓水村は仇敵《きゅうてき》とも言うべき土地になる。襲来すれば、村は大袈裟《おおげさ》ではなく跡形《あとかた》もなくなることになるだろう。彼らの掲げる〝世直し〟は〝世均《よなら》し〟でもある。不当に偏《かたよ》った富を均すために、豪農たちの持てるものを二度と立ち直れないようになるまで破壊する。それは凄いものだぞ。ここまで壊し尽くすものかと呆気にとられる」

ただの略奪ではないのだ。仙次郎さんから聴いた、悪党たちの〝武州世直し一揆〟の像が綻《ほころ》んでいく。

「当然、俺たちは一揆勢の動きと、彼らを鎮圧しようとする領主側の動きに、それこそ二六時《にろくじ》中《ちゅう》、目を光らせた。もとより、さまざまな新報に気を研ぎ澄ますのは商人の鉄則だ。しかし、それは所詮《しょせん》、ただのカネ儲けだ。こんどはちがう。村の存亡《そんぼう》がかかっている。ありとあらゆる手立てを使って新報を集め、精査して備えた。だから、今回の一揆については、どこよりも全体の動きがわかっていると自負している。つまり、俺はおまえの格好の導き役になれるということだ」

俺はぞくぞくしつつ話を聴いていた。まちがいなく、中岡以上の導き役は居ない。

「いま、語ったことは同時に、俺が浜見台の坂でおまえをわかって、名前を知っていた理由にもなっている」

俺は中岡の次の言葉に気を集める。

「俺たちにとって、生死を決するとも言うべき局面は、北からやってくる一揆勢が玉川を越えるかどうかだった。玉川を越えてしまったら、あとは一気呵成《いっきかせい》だろう。だから、領主側の戦力のなかでも江川農兵の配置と展開に目を注ぎつづけた。玉川南岸のどこにどこの農兵隊が寄せて、その農兵隊の装備と陣容はどれほどかを徹底して見分けた。当然、森戸村組合二十七ヵ村農兵隊にも注目することになる。森戸村農兵隊は横浜でゲベール銃とミニエー銃合わせ四十五挺の銃を仕入れていた。江川農兵のなかでも精鋭だ」

「待ってくれ」

聴き通すつもりだったのに、思わず口を挟んだ。

「四十五挺の銃は韮山代官所から貸与されたのではなかったのか」

仙次郎さんはそう言っていた。

「あれは形だけだ」

すぐに中岡は言った。

「横浜で中古の銃器を扱う業者はフランス人が多い。俺は付き合いのあるフランス人業者に直に当たって、どの農兵隊がどの銃を何挺買ったかを調べた。農兵隊は自分で買って、それを貸与された形にしたのだ。百姓が使う鉄砲は、建前上、領主側が許可した場合のみ貸し与えられることになっている。実は、武家の持つ銃より百姓の銃のほうが多くてもな。その建前に合わせたのだ。韮山代官所に押しつけられたのではなく、進んで手に取ったということだよ」

仙次郎さんの話を聴いていたときも鵜《う》呑《の》みにしていたわけではない。けれど、補正しなければならぬ内容は、俺が想っていたよりずっと多そうだった。

「そういう森戸村農兵隊の農兵世話役は、改革組合村の寄場惣代である下垣内昌邦殿だ。その名前を目にした途端、おまえの名も思い出した。よくある名ではないからな。それがあったから、浜見台への坂でおまえと出くわしたとき、すぐに下垣内邦雄と気づいたのだ」

「そうやって聴いてくると……」

知らぬ間につながっていたのだと思いつつ、俺は言った。

「俺が知っている一揆の話はおそらく綻びだらけということになる」

「なんと説かれた？」

中岡は問い、俺は問い返す。

「おまえの話からすれば、一揆勢を成しているのは、いよいよ食えなくなった百姓ということになるな」

答える前に、まず、一揆勢が百姓か百姓ではないのかを確かめなければならない。

「その通りだ。百姓とはいっても、多くて持ち高三石で、手間稼ぎとかで食いつないでいる零細農だろう。穀物の相場が上がったら途端に口に運ぶ物が手に入らなくなる者たちだ。江戸が参勤緩和前のように元気だったら江戸へ出て一季奉公でも探すのだろうが、いまやどこの人宿《ひとやど》もばたばたと潰《つぶ》れているし、たとえ江戸が元気だったとしても、飢え死に寸前の躰では江戸までたどり着けない。中山道《なかせんどう》の宿場では、いまに至っても、江戸へ出ようとして身動きできなくなった窮民が路傍に溜まっているようだ」

ふうと息をついて、俺は言った。

「俺が聴いたのは、一揆を起こしたのは悪党で、つまりは、無宿で、盗っ人で、博徒で、徘徊浪人だった。そういう悪党らが脇差はおろか奪った刀や銃まで持って、豊かな分限者の屋敷と見るや、いきなり打ち壊し、放火して、カネや米を略奪する。刃向かえば、剣を振るい、銃を撃つ。同じ百姓がやる一揆と見ていたら、村ごとやられる。人まで盗られる。小前百姓や水呑みに、おまえらも加わって一緒に打ち壊せと無理やり連れ去る。そうやって、世直し勢という名の暴徒が膨れ上がる、ということだった」

「それを説いたのは幾つくらいの人だ?」

「六十を回っているだろう」

中岡と俺は仙次郎さんの道場でつながっている。だからこそ、仙次郎さんの名は出さぬことにした。

「やはりな。一揆勢が悪党だというのは、いまから三十年ばかりも前に起きた甲斐《かい》国の郡内騒動《ぐんないそうどう》のときの話だ。武器を持ち、豊かな分限者の屋敷と見るや火を放って、カネや米を略奪するというのも、重なるところがある。それまでの、武器を持たずに、領主に仁政を請願するという百姓一揆の作法を初めて破った一揆だったから、当時を知る人々にとっては衝撃が大きく、その記憶が強く残って今回の武州一揆と交《ま》じり合ってしまうのだろう。しかしな、郡内騒動と武州世直し一揆はまったくと言っていいほどちがう」

「どのように？」

「なによりも、放火はありえない。いきなり打ち壊すのもありえない。銃はむろんのこと、刀も持たない。手にするのは掛矢《かけや》なんぞの壊し道具だけだ。言ったように、武州世直し一揆は、世均しを広げることを目的にしている。略奪に終始した郡内騒動とは根がちがう。過ぎた偏《かたよ》りを均すために、一揆勢は村々を回って豪農たちに五つの要求の受け入れを求める。一に異様に高騰したままの米穀の値下げ、二に質入れして流れた品々及び土地の返還と証文の焼き捨て、三に豪農が過剰に蓄えた米と金の放出、四に一揆勢が世均しをつづけていくための飯《めし》の用意、そして五に世均しをさらに拡大していくための人の調達だ。受け入れられれば打ち壊しは避けるし、拒まれれば二度と立ち上がれなくなるほどに打ち壊す。ただし、あくまで家財を壊滅させるのが目的であって、略奪はしないし、人には危害を加えない」

やはり、仙次郎さんの話とはまったくちがう。

「銃や刀を持たぬ彼らの武器はと言えば、なによりも総勢十数万という人数だろう。ただ多いだけではない。その一人一人が、村掟《むらおきて》をはじめとするもろもろの束縛から解かれた者だ。そういう者たちが放つ熱気が、富の偏在を正す世均しの名の下に凝集《ぎょうしゅう》して渦を巻く。その渦に、人は圧倒される。武器を遣うまでもないのだ。郡内騒動と武州世直し一揆が、根本において何がちがうかと言えば、世均しという美しい旗が立っているか否かだろう」

俺は、一揆勢が悪党であってほしかった。兄が人を斬ったとすれば、その人は悪党でなければならなかった。けれど、そうではないことは、もはや明きらかだった。

「郡内騒動の主役は悪党だったが……」

それでも、ちがうという答を期待して俺は問うた。

「今回は悪党ではないということか」

けれど、中岡は問い返した。

「おまえは悪党という言葉をどういう意味で遣っている？」

「だから……」

一瞬、言葉に詰まってから、俺はつづきを言った。

「無宿とか、盗っ人とか、博徒とか……」

「そうではなかろう」

即座に、中岡は返した。

「確かに、一揆勢のなかには無宿も居る。が、鎮圧勢のなかに博徒も居るのだ」

確かに、領主側に回った博徒の話はけっこう耳に入る。

「無宿だから、博徒だから、悪党になるわけではない」

その通り、でしかない。

「俺が見る限り、おまえは悪党という言葉を打ち殺されても仕方のない者、という意味で遣っている」

知らずに、胸の鼓動が大きくなる。

「悪党なら殺されても仕方がない。撃たれても斬られてもしょうがない」

くっきりと、中岡は言う。

「逆に、悪党でなければ殺されてはならない。撃ってはならないし、斬ってはならない。俺にはそういう風に遣っているように思えるが、ちがうか」

図星だった。兄が人を斬ったとしたら、その人は、斬られても仕方のない悪党でなければならなかった。

「その通りだ」

俺はあっさり兜《かぶと》を脱いだ。

「お見通し、というやつだな」

「恥じることはないぞ」

中岡は恬淡《てんたん》として言った。

「もともと『悪党』はそのように遣われるための言葉なのだ」

「そのように遣われるための……?」

「悪党という言葉は郡内騒動のときによく遣われて、今回の武州世直し一揆ではあまり遣われない。なぜか。郡内騒動のときには農兵が居なかったからだ」

「農兵、が……?」

「ああ、今回は農兵が居たから『悪党』を遣うまでもなかった」

「意味がわからん」

なんで、そこに農兵が関わってくる?

「郡内騒動は甲斐一国に広がった一揆だった。だから、『甲斐一国騒動』とも呼ばれる。当然、領主側は、どんなことをしてでも鎮圧しようとした。で、おそらく幕領では初めて、一揆勢ならば打ち殺しても構わぬという許しを村々に与えたのだ。一揆勢も一揆の作法を破ったが、領主側もまた破った。一国規模の一揆だ。それほどの大がかりな一揆が、無宿や盗っ人や博徒だけで起こせるはずもない。あらかたは百姓なのだ。村々に殺害を許すということは、百姓が百姓を殺すということだ」

思わず、胸が塞がった。「百姓が百姓を殺す」……それは俺が、最も恐れていた言葉だった。

「見知っているかもしれぬ百姓を手にかけるのだ。あとあと遺恨だって残る。人を殺すのが役目の武家ではない。百姓なのだ。殺せと言われて殺せるものではない。だから、村の者たちは仕方なく、一揆勢は百姓ではなく悪党だと見なすことにした。悪党なら、殺しても仕方ない。悪党から村を守るためなんだから、しょうがない。そう自分に言い聞かせて、竹槍を手にしたのだ」

わかり過ぎるほどにわかる。

「武州世直し一揆でも、百姓が百姓を殺す構図は変わらない。ただし、今回は、郡内騒動のときには居なかった農兵が居る。百姓を殺すのは農兵に任せればよい。小前百姓は、殺す百姓の役割を免《まぬが》れて、百姓が百姓を殺す懊悩《おうのう》から解放された。だから、もう、殺さなければならぬ百姓を悪党と呼ぶ必要はない」

中岡の語る一語一語がずいずい躰に入り込んでくる。

「ならば、農兵はどうか。農兵の成り手は豪農とその倅が多い。みずから田畑を耕さぬ豪農が百姓と言えるかは答が定まらぬ。そういう豪農の父子《おやこ》が半数を超えるとなれば、農兵は村のための兵ではなく、豪農の身代《しんだい》を護るための私兵《しへい》であると指摘する者が現われても無理はなかろう。しかし、な。それを言う者は、農兵の残り半数近くが小前百姓であるという事実を見逃している。それに、だ。時節を映して江戸にも町兵《ちょうへい》が組織されたが、江戸の豪商が町兵になるか。日本橋《にほんばし》の旦那たちが帳場を立ってゲベール銃を構えるか。泥の臭いは薄くとも、やはり、豪農は豪商とはちがう。戦国の終わりに剣を捨て、鍬を取った百姓の血が流れている」

俺も己れを百姓と感じている。

「麓《ふもと》の村に住む俺の叔父貴《おじき》はな、農兵になるとき、『これで百姓に戻れる』と言った。そう見る者は少なかろう、と言うと、『それでも構わぬ』とな。だから、俺は農兵を百姓だと思っている。農兵が百姓を殺せば、やはり、百姓が百姓を殺すことになるはずなのだ。にもかかわらず、農兵が百姓を殺せるのは農兵が軍団だからだ」

軍団ならば、なにが変わる……？

「農兵はただの鉄砲を持った百姓ではない。しっかりと、鉄砲隊としての調練を積んでいる。俄かづくりの兵ではないのだ。江戸は芝新銭座《しばしんせんざ》にある韮山代官所の大小砲習練場で幹部たちが訓練を積み、その幹部たちが武相《ぶそう》の二州に整えられた二十六ヵ所の調練場で隊員を指導する。結果、射撃の技術のみならず、指揮命令系統の下での展開にも習熟している。その意味でなら、農兵は百姓ではない。軍団員だ。一揆勃発から三日目の六月十五日、この多摩郡のすべての組合村の農兵に伊豆韮山代官所から動員令が通達されたときは、江川太郎左衛門名で、『村々農兵差出し見かけ次第打ち殺すべし』なる命令が下知《げじ》された。ひとたび発動すれば、敵対する者を殲滅《せんめつ》せんとするのが軍団の性だ。軍団となったからには、もはや、悪党という言葉は要らない。『敵』、で十分だ。事の是非はともあれ、刃向かえば殺す。敵ならば殺す。それが軍団だ。そうして、『悪党』は遣われなくなった。しかしな……」

そこまで言うと、中岡は茶碗を手に取り、冷めた煎茶を含んでからつづけた。

「いまに至っても、まだ『悪党』を遣う農兵だって居なくはない」

兄がそうだ。仙次郎さんもそうだ。

「そういう農兵には二通《ふた》りある」

俺はあらためて、中岡が言った「俺はおまえの格好の導き役になれる」という言葉を噛み締めた。

「一つは、規範を逸脱する奴は誰であろうと悪党であると本気で思っている連中だ。むろん、百姓だって規範を破れば悪党になる。敵がそのまま悪党だ。当然、百姓が百姓を殺すことに負い目は微《み》塵《じん》も感じていない」

どこの世界にもそういう手合いは居る。昌平黌にも玄武館にも居なくはない。当然、農兵隊にも居るだろう。

「もう一つは、農兵となっても、一揆勢の百姓を敵とは括《くく》れぬ者だ。そして、己れを軍団員と割り切れず、百姓の目を持ちつづける者だ。彼の心根《こころね》は郡内騒動で竹槍を手にした百姓となんら変わらない。百姓を悪党と見立てなければ、ゲベール銃の引き鉄を引くことなど到底できない。そのように農兵でありながら『悪党』を遣う者の、一揆鎮圧後の日々は辛いぞ。引き鉄を引くのはいっときだ。しかし、引けば、百姓が百姓を殺した愁苦《しゅうく》がずっとつきまとう。その愁苦と共に生きることになる」

兄だ、と俺は思う。

兄は農兵隊を率いたことを、「それが正しかったかどうかはわからぬ」と言った。「確信があってのことではない」と言い、「なにをどうしてよいのかわからぬとき、最後に残ったのはそれだけだった」と言った。

兄もまた、「愁苦と共に」生きているのではないか。

だとしたら、どうすればよい？

兄の「愁苦」と、どう向き合えばよい？

問うべき言葉を探しているうちに、中岡に、農兵になった叔父が居たことを思い出す。農兵になるとき、「これで百姓に戻れる」と言った叔父だ。周りの視線はどうあれ、彼にとって、農兵は百姓の証《あか》しだったのだろう。となれば中岡の叔父は、百姓の目で戦ったことになる。百姓を撃てば、百姓が百姓を殺したことになる。その後、あの御仁《ごじん》はどうしているだろう。

「麓の村の叔父上は……」

あえて立ち入って問う。

「銃を撃ったか」

答えるより先にうなずいてから、中岡は言った。

「撃った」

「いまも『悪党』を遣うか」

「遣う」

なんにつけ正確に語りたがる中岡が、問われたことだけを答える。

「なんで撃ったか、訊いたか」

なんで斬ったか……その問いを兄に向けるか向けぬか、俺はずっと迷いつづけている。

「訊かぬ」

やはり、短く答えてからつづけた。

「訊かずともわかるように心がけている」

「どのようにして？」

「添ってだ」

「時が要るな？」

「ああ、時が要る。いっぱい要る」

「いつ、わかるのだろうな」

「さあな。俺にもわからぬが、しかし、わからなければならぬ、とは思っていない」

「添うだけ、か」

「そう」

己れに説くように言った。

「添うだけ」

胸の裡で、俺は中岡に手を合わせる。そろそろ、辞する頃合いだろう。

「ああ、それとな……」

けれど、暇《いとま》を告げるのを遮るように、中岡は言った。

「十年ほど前、おまえと道場帰りに河原で遊んでた頃な」

「ああ」

昔の、子供らしい思い出話で締めるのもいい。

「もう一人居たろう、遊び仲間が」

「永次《えいじ》か」

「そうだ、よく覚えていたな」

言われて気づいた。ずっと消えたままだった名前が不意に浮かび出たことを。中岡とのやりとりが、胸底に沈んでいた永次の名を汲《く》み上げたのかもしれない。

「行方《ゆくえ》が知れん」

「行方が……？」

「今日日《きょうび》、困窮人が行方知れずになってもなんの不思議もないが、消えたのは去年の六月だ」

「去年の六月、ということは……」

「そうだ」

壁と天井の際の辺りに目を遣《や》ってから、つづけた。

「掛矢を手にして玉川の河原へ向かったのを何人かの者が目にしている。先頭に立ってな。農兵隊が待ち構えていた河原だ」

「ならば……」

「おそらくは撃たれたのだろう。即死人はその場で埋められたようだから、いまとなっては骸《むくろ》も見つからぬだろうがな」

同い歳だぞ。

「その河原だがな……」

「ああ」

「叔父貴が出張っていた河原だ」

ただ、聴く。

「一斉射撃だから、誰が撃った弾かはわからない。ともあれ、永次は殺され、叔父貴は殺して、いま、生きている」

愁苦と共に、と中岡の目が言っていた。


翌日、俺は中岡に教えられた河原へ行って線香を手向《たむ》けた。

冥福《めいふく》は祈った。

でも、冥福ってなんだっけ、と問われそうな気もした。

時は明け方だったという。

この辺りの朝は川霧がよく出る。

ようやく霧が晴れて、勇んで渡ろうとしたら対岸に、ゲベール銃の銃口を真っ直ぐに向けた農兵が列をなしているのが見えたのではないか。

なんだ、と思ったときには、もう火蓋《ひぶた》が切られていた。

逃げ惑う前に、掛矢は手から落ちたんだろう。

それで、どうなんだ、って、俺は永次に訊いてみる。

それでも、ぺっちゃんこのお腹《なか》で、宿場の路傍でへたり込んでいるよりは、ましだったのか。

世直しで腹《はら》いっぱい食って、苦しむ間もなく逝《い》ったほうがまだよかったのか。

「そんなこたねえよ」という永次の声が聞こえてきそうだ。

〝どんなんだって、死ぬより生きてるほうがいいに決まってんだろう〟

名前がよみがえると、他のいろんなことも思い出されてくる。

永次の家は川漁師じゃあなくて、ただの小作だった。

でも、小作だからって、小さくなったりはしていなかった。

「そんなこたねえよ」が口癖で、〝小作のくせに〟とか言われると、小さな躰ででっかい相手に挑みかかっていった。

あいつは餓鬼の頃から世直しだった。

ある日、泳げないのを誰かにからかわれて、高さ五間《けん》はありそうな大岩の上から永次が川の淵《ふち》に飛び込んだことがあった。

溺《おぼ》れて、ばたばたともがき、助けを求めるところだが、永次はひとことも声を上げることなく真っ直ぐに沈んだ。

そのまま二十を数えられるほどの時が経つ。

次に、永次が川面《かわも》に浮かび上がったときは、うつ伏せになってぴくりとも動かず、峠の村の餓鬼のくせに泳ぎが達者な中岡が慌てて飛び込んで岸に引き上げた。

直ぐに蘇生をして、どうにか水を吐いたが、それからは誰も永次にちょっかいを出さなくなった。

雲雀《ひばり》のぴーひょろひょろという鳴き声が空から降ってくる。

ありえぬほどの青空だ。

あの頃はなにをして遊んだのか。

なんにもなくたって遊べたのがあの頃なんだろう。

高い岩と淵があれば飛び込める。遊ぶこともできるし、死ぬこともできる。

俺は四月の陽が踊る川面に目を遣って、永次に赦しを乞う。

胸の裡で、おまえを忘れるぞ、と言う。

おまえを忘れて、世直し一揆を忘れる。

そうして、兄と添う。

兄の愁苦は消えまい。

けれど、薄めることはできるのではないか。

なんで斬ったかを問わずに、「添うだけ」でいれば。

でも、それには、俺が忘れなければならない。

兄が人を斬ったことを忘れなければならない。

儒学と剣術の他には書と画と聞香と古琴と茶なんぞくらいしか知らない、お気楽な俺のままでいなければ、兄の愁苦を薄めることはできなかろう。

だから、世直し一揆ごと忘れる。

あと少しで線香がぜんぶ灰になる。

灰になって川の水をかけたら、おまえを忘れる。

十年振りによみがえったのに、おまえの寿命はたった一日もない。

なんてこった、と思いつつ、俺は河原をあとにした。


「この土地のことをもっと知っておきたい」と言って、俺は内神田へ戻る日を延ばした。延ばして、兄と添った。改革組合村の寄合にも出たし、半月後には森戸村組合二十七ヵ村農兵隊の調練にも立ち会わせてもらった。場所は相州に六ヵ所ある調練場の一つの瀬谷野新田《せやのしんでん》で、武州と相州の農兵の交流を図ることによって双方の練度を高めるという名目だった。これが、俺の瀬谷村との縁で、つまりは記者の守屋君との縁だ。

新田の名は付いていても、拓かれたのは天正《てんしょう》年間だから、村としての歴史は三百年近い。だからなのか村景色にも厚みがあって、一村のみの農兵隊にもかかわらず、素人目にも技術も士気も秀でて見えた。調練に参加した農兵は双方合わせ五十七名。一人につき二十発の弾薬が配られたらしい。ゲベール銃は火縄銃と同様に先込め銃だ。カルカなる鉄の棒を使って、一発ごとに銃口から弾を込める。先込め銃で一人二十発も撃てば、相当に念の入った訓練になるだろう。俺は硝煙《しょうえん》立ち込めるなか、初めて農兵隊の実像に触れたわけだが、中岡が言ったように、オランダ式砲術に習熟した彼らの所作《しょさ》は実に練《ね》れていて、明らかに百姓の動きではありえず、まさしく「軍団員」だった。彼らなら確かに、手向かう者は「敵」として沈着に、つまりは情緒を入れずに対処できるのだろう。

脇差を差し、ゲベール銃を手にした兄もまた、農兵世話役の務めを一分の隙《すき》もなくこなして、百姓をまったく感じさせなかった。前日、兄の文机《ふづくえ》の上に本が置かれていたのを認めて、いつもの国学か和歌の本かと思ったのだが、手に取ってみると、幕府の講武所《こうぶしょ》から改名した陸軍所《りくぐんしょ》が出した歩兵に関する翻訳書だった。『歩兵練法《ほへいれんぽう》』、『歩兵心得《ほへいこころえ》』、『歩兵制律《ほへいせいりつ》』、そして『野戦要務《やせんようむ》』。表紙に、刊行年月の元治《げんじ》元年十二月と、原本の版である一千八百六十一年が併記されているのが興味深い。明治の四年前にもかかわらず、すでに西暦年が印されていて、幕府の関心が、もっぱら列強に注がれていたことを類推させる。四冊のいずれにも、相当に読み込んだとわかる跡があり、兄が身を入れて役目に取り組んでいるのが伝わってきた。その四冊を思い出しつつ制服姿の兄を目で追っていると、味方からすれば、すこぶる頼り甲斐のある有能な指揮官としか映らない。懊悩の類が入り込む余地は皆無のようで、独りで勝手に中岡の叔父上と兄を重ね合わせたことが、誤りだったのではないかという気になってくる。

そもそも、兄は武州世直し一揆についてひとことも語っていない。農兵を率いる胸の内は抑制しながらも明かしたが、世直し勢を斬ったとは口外していない。仙次郎さんの語りから、俺が一方的に、百姓を殺した百姓としての兄をこしらえ、中岡の語りから、「愁苦」と共に生きる兄をこしらえてしまったと指摘されれば、その通りなのかもしれない。

けれど、俺の裡では同時に、〝急《せ》くな〟という声がした。〝とにかく添え〟と。頭を空にして即断を避け、「添うだけ」に徹しろと。人を斬る兄は俺の知る兄ではなかったが、秀でた指揮官としての兄も俺の知る兄ではなかった。指揮官としての兄だけを信じて判断を下してはならない。中岡も「時が要る」と言っていた。「いっぱい要る」と。誤りだったにしろ、誤りではなかったにしろ、それを判ずるのはもっと先にするべきだろう。俺は〝急くな〟という声に従うことにした。

その日の夕は村による心尽くしの宴《うたげ》となったが、昼間とは打って変わって地方文人の集まりのように穏やかだった。多摩近郷では剣術の結びつきが俳句の結びつきにつながるが、それは相州でも変わらぬようで、宴の会場となったのは神道無念流《しんとうむねんりゅう》の道場であり、そして、そこで主に語られたのは調練よりも俳句だった。意図して昼間の〝武〟を、宵《よい》の〝文〟で均しているようだった。

「私の俳句はどうも機知に欠けておりまして……」

俳句の話となると、兄も素直に輪に加わっている。

「と、申しますと？」

瀬谷村の人が尋ねる。

「いや、見たものをそのまま詠《よ》むだけで、ひねりもなにもなく、芸というものがありません」

「よろしいのではないですか。機知やひねりは必ずしも俳句に必要なものではないでしょう。いずれ、そういう、見たものをそのまま詠む句が陽の目を見るかもしれません」

あとからどうにでも色をつけられる後日譚《ごじつたん》を述べるのは本意ではなく、極力、避けるようにしているのだが、敢えてこのやりとりを採り上げるのは、正岡子規《まさおかしき》による俳句の革新を予告していたからだ。豪農たちの句は総じて機知を利かせたものが多く、明治になってから、子規によって「月並み俳句」として退けられた。それを慶応三年の、農兵の宴で言い当てた人物には敬服するしかなく、その点においても瀬谷村は忘れえぬ土地になっている。

俺のほうはやはり北辰一刀流の中目録免許ということで、剣術の話題を多く振られた。

「十八歳で玄武館の中目録免許ですか。それは並大抵ではない。さぞかし精進されたのでしょう」

その種の褒め言葉をたらふく頂戴した俺は、逆に、道場について、瀬谷村の人に尋ねた。中野辺《なかのべ》作造《さくぞう》さんという、歳の頃は兄よりも少し上くらいに見える方で、地主であり繭買いであり、そしてもちろん農兵の一人でもある。

「やはり、相州の道場は神道無念流が多いのでしょうか」

神道無念流といえば、すぐに想起されるのは文政九年に斎藤弥九郎《さいとうやくろう》が九段坂下《くだんさかした》に開いた練兵館《れんぺいかん》だ。ただし、斎藤は神道無念流の鼻祖《びそ》ではない。神道無念流という流派の起源は百年余りも前の宝《ほう》暦《れき》年間で、起こしたのは福井嘉平《ふくいかへい》である。斎藤弥九郎が学んだのは、その孫弟子の岡田吉利《おかだよしとし》が主宰した撃剣館《げきけんかん》においてであり、このときの同門が先々代の江川太郎左衛門英龍だった。これが縁となって、天保《てんぽう》六年、英龍が韮山代官に就いたとき、斎藤に助力を要請する。英龍に恩義があった斎藤は代官所の書役《かきやく》となって、剣士という枠を超えて英龍を支え、二十年後に英龍が没したあとも江川家のために尽力《じんりょく》した。おのずと、江川家と神道無念流の結びつきは強い。道場が神道無念流と知ったとき、やはりな、と思ったものだ。

「確かに、多くはありますが、一辺倒というわけでもありません」

答えてくれた中野辺さん自身はやはり神道無念流で、相当の手練れらしい。

「ここに集まっている者たちにしても、天然理心流も居れば北辰一刀流も居ます。考えるに、伊豆韮山代官所が農兵を整える際、鉄砲隊にしなかったのは慧眼《けいがん》と言えるのではないでしょうか。白兵戦になったときに備えるという名目で、調練に剣術をも取り入れた。農兵は鉄砲隊ではなく、最初から鉄砲も剣も遣う軍団として出発したのです。やはり、鉄砲だけ、になりますと、鉄砲は足軽《あしがる》が扱うものという見方は未だに根強いので、すでに剣術の稽古に年季を積んでいた豪農たちには抵抗があったかもしれません。少なくとも、みずから進んで応募するということにはなりにくかったでしょう。鉄砲だけではなく剣術を遣えるから、村を率いる者たちが農兵になったと言っても、けっして誤まりではないのではと思われます」

言われてみれば、である。宴の場の様子を見ても、「農兵」という言葉から想い浮かべる集まりとはほど遠い。おそらくは、瀬谷野新田をまとめる要人たちが、揃い踏みしているのだろう。

「それがはっきりとわかるのが、韮山代官所のお膝元の駿州《すんしゅう》です。駿州の調練では、斎藤弥九郎殿の四男の斎藤四郎之助《しろうのすけ》殿が剣術を教えているので、明きらかに神道無念流をやる者が多いのですが、そのなかの一人に、植松与右衛門《うえまつよえもん》という方が居られます。東海道の沼津《ぬまづ》宿と吉原《よしわら》宿のあいだの宿場である原《はら》宿で問屋《といや》役《やく》等を務められている、宿場の重鎮です」

「植松、与右衛門⁉」

まさか、植松与右衛門の名がそこで出てくるとは夢にも想っていなかった。

「ご存じですか」

「あの『帯笑園《たいしょうえん》』の……?」

「さようです。それをご存じなら話は早い」

いやしくも書画をやる者で、帯笑園と植松与右衛門の名を知らぬ者は居ない。いや、庭づくりと花卉《かき》を好む者でも知らぬ者は居ないだろうし、文物《ぶんぶつ》にのめり込む者でも知らぬ者は居ないだろう。あるいは富士の観望をこよなく愛する者にとっても、帯笑園は別段の場所になっているかもしれない。それが証拠に帯笑園には、近隣の人々から遊歴《ゆうれき》の詩人、画人、参勤交代途上の大名、公務の往路帰路の公家、果ては公方様に至るまで、ありとあらゆる人々が、それぞれの求めるものを求めて訪ねてくる。そこは書画の宝庫であり、この世で最上の花園であり、文物の御蔵《みくら》である。おのずと、帯笑園を築き育ててきた歴代の植松与右衛門の経歴も生半可ではない。七代季興《のりおき》は京の円山応挙に入門して「応令《おうれい》」の号を得ているし、八代季敬《のりたか》は漢詩を頼山陽《らいさんよう》に師事した。当代の季服《のりふく》は蘭学をも学んでいる。しかし、そういう文人の印象が濃いせいか、神道無念流まで修めているとは夢想だにしなかった。しかも、どうやら、農兵とも関わっているようだ。

「植松殿は農兵とも縁があるのでしょうか」

俺は確かめずにはいられなかった。

「縁があるどころか……」

すぐに中野辺さんは答えた。

「駿州の農兵中隊の司令を務められているようです」

植松与右衛門ほどの人物がそこまで深く関わっているとなると、また、農兵の像が変わってくる。

「植松家は掛け値なしの分限者の家です。なにしろ、植松家の持高は千百石余りにもなるらしい。十石一町とすると、百十町の土地持ちになります。実に、三十三万坪です。下男下女だけでも二十人とか。私も豪農の端くれとされているのですが、比べるのもおこがましい」

それは下垣内も同じだ。

「おまけに、歴代の当主は愛鷹山《あしたかやま》の牧士《もくし》を務められています。御公儀の放牧場の管理に当たる牧士は苗字帯刀ですから、豊かさのみならず、すでにして名誉も得ているのです。名誉のために農兵を選ぶ方も居られますが、植松殿にはその必要がない。にもかかわらず農兵に加わる。植松殿は農兵になにを求めているのか……。勝手な憶測ですが、私は剣しかなかろうと思っておるのですよ」

「剣、ですか」

「ええ、剣であり、つまりは神道無念流です。牧士は苗字帯刀で本差脇差の二本を差しますが、おそらく本差を遣う機会はないでしょう。あるとしたら、牧に放たれている馬を襲う狼《おおかみ》相手で、神道無念流は要らんでしょう。一方、農兵は苗字帯刀ではないので帯びるのは脇差のみですが、遣う機会がなくはないでしょう。神道無念流の技もです」

つまり、農兵ならば人を斬ることがありうると中野辺さんは言っている。そして、〝剣士〟となるために農兵になる者も居るのだ、と。やはり、この宴は句会ではなく、農兵の宴だ。

「私はまだ人を斬ったことはないし、できれば斬るのは避けたいと思っていましたが、多摩の築地河原の戦いの報に触れたときは胸が騒ぎました」

やはり、この地でも築地河原の戦いか、と俺は思う。日野宿組合農兵や駒木野宿組合農兵らの奮戦で、二万の悪党を蹴散らした築地河原の戦い。そのとき兄も、別の河原で撃剣組を率いていた、と仙次郎さんは言った。そして、三人斬ったのだと。

「異様な昂《たかぶ》りを覚えましたし、もしも、その場に居たら、まちがいなく剣を振るっただろうとも思いました。硝煙の臭いに包まれるだけでも、ふだんの己れとはちがう己れが現われ出ます。敵を眼前にして、戦《いく》さ場ならではのもろもろの音の響きに腹の底から揺さぶられたとき、斬るのは避けたいなどと言っていられるのか。いや、むしろ、進んで抜きたくなるのではないか……。一揆勢が玉川を越えず、相州までやって来なかったのには安堵しましたが、いささか落胆したのも事実です。もしも、己が躰に埋め込ませた神道無念流を解き放つとしたら、この混沌《こんとん》とした時節しかないでしょう。いまの気運《きうん》ならば、欲せずとも、鯉口《こいぐち》を切れる気がします」

想いもかけず、話が兄のことに近寄ってきて、俺は落ち着かなくなる。昼間、調練の場に立って、あらためて「添うだけ」を自戒したつもりなのに、〝剣士としての兄〟という新しい像が出てきてしまった。しかも、〝剣士としての兄〟も、想ってみれば、けっして違和感がない。兄は居合《いあい》もやるのだが、そのとき遣うのは津田越前守助広《つだえちぜんのかみすけひろ》で、刃文が荒波のようにうねる濤乱刃《とうらんば》を初めて作刀した刀匠《とうしょう》だ。ある日、その妖《あや》しさ漲《みなぎ》る本身の手入れをする兄をたまたま見かけて、言い様のない凄みを覚えたことがある。

「兄上の勇名は聴いておりますが……」

戸惑う俺に、中野辺さんは追い討ちをかける。「兄上の勇名」という言葉に、俺の戸惑いはさらに深まる。「勇名」とはやはり、三人斬ったことか。それが、相州まで伝わっているのか。兄は己れの「勇名」が国の外まで流れているのを知っているのか……。

「……邦雄殿はいかがですか」

「いかが、と言われますと？」

俺がどうした、というのだろう。

「邦雄殿も斬ったことはおありですか」

瞬間、不躾《ぶしつけ》を感じる。けれど、中野辺さんはきっと、剣士どうしの腹を割った語らいのつもりで問うているのだろう。

「ありません」

だとすれば、悪気があっての問いではないのだと己れに説きつつ、俺は答えた。

「さようですか」

微《かす》かに落胆が伝わってくる。

「どうなのでしょうか……」

ふーと大きく息をついてから、中野辺さんはつづけた。

「なにがでしょう」

好まぬ話柄だが、うやむやのままでは済ませられない気がする。

「いや、斬ると、どういう想いが残るものなのかと……。兄上のことではありませんが、味わったことのないほどの爽快感があった、という武勇伝も伝わってきます。よりによって、爽快感です。いまも、その感触が忘れられぬ、と。そういうものなのか、人それぞれなのか。おそらくは、己れで斬らぬ限り、答は出ようもないのでしょうが……」

やはり、愉快な話ではない。なんで斬ったのかを兄に問わずにただ添おうと努めている俺にとっては苦痛でさえある。悪気はないのだろうが、鈍感ではあると思えてしまう。けれど、中野辺さんが素直に己れの気持ちを吐露《とろ》していることは伝わってくる。中野辺さんは農兵で、俺は農兵ではない。農兵である以上、いつ人を斬る状況に遭遇するかわからない。斬るとどういう想いが残るかは、中野辺さんにとっては差し迫った問題なのだろう。その気持ちを察せられぬのは逆に、農兵ではない者の鈍感さかもしれない。

それにしても、「爽快感」か、と俺は嘆《たん》ずる。

人を斬って「爽快感」か……。

人を斬って「爽快感」を得るのと、人を殺して「爽快感」を得るのはちがうのか。

人を殺して「爽快感」を得るのは明きらかに異常と思える。なのに、人を斬って「爽快感」を得ると聴くと、直ちに異常と断じにくいのはなにゆえか……。

〝斬って〟と〝殺して〟は、なにがどうちがうのか……。

しばし黙考して、中野辺さんの言う通りだと俺は思う。

「己れで斬らぬ限り、答は出ようもない」

だから、やはり、俺は添うしかない。

いかに兄のためとはいえ、人を斬った者の想いを知るために、己れも人を斬るのは無理が過ぎる。

翌日は八王子と鎌倉を結ぶ滝山道《たきやまみち》へ出て、江の島を目指した。「せっかく瀬谷野新田まで赴《おもむ》くのだから……」と、森戸村を発つ三日前に兄は言った。「調練が終わったら、江の島辺りまで足を延ばそう。五里ほどのはずだ」。むろん、「それはいいですね」と俺は応えた。相州の江の島、鎌倉、金沢界隈《かなざわかいわい》は、江戸者にとっても手軽な遊興《ゆうきょう》の旅の定番だ。肩に力を入れて「添うだけ」を己れに説かずとも、自然に、気持ちがゆるくなっていくだろう。事実、南へ下り、海が近づくに連れて、昨日、硝煙を浴びた躰が解《ほぐ》れていく。

「江の島は、江の島煮という食い物が名物だそうです」

毒にも薬にもならない話をしよう、と心がけずとも、毒にも薬にもならない話が口から出た。

「どういう食い物だ、それは？」

日頃は食い物の話なんぞしない兄も訊いてくる。

「鮑《あわび》の腸《わた》を混ぜ込んだ濃い味噌汁で、薄く切った鮑の身を煮るのだそうです」

「そうです」と人に聴いた言い方をしたが、実は、俺は江の島煮を口に入れたことがある。江の島ではなく、江戸でだ。相模で漁《と》れたばかりの魚を七挺櫓《ろ》の押送船《おしょくりぶね》であっという間に運んで食わせるという料理屋が鉄砲洲《てっぽうず》にあって、大店《おおだな》に生まれついた画の先輩弟子に連れていってもらった。ひと箸《はし》、口に入れた途端、この世にこんな旨《うま》いものがあるのかと唸《うな》らされたものだ。

「鮑、か……」

前へ顔を向けたまま兄はぽつりと言う。

「一度も食ったことがないから、その江の島煮とやらもどんなものなのかわからんな。旨いのか」

日頃から兄は贅沢《ぜいたく》を避ける。兄だけでなく、名主になるような旧家の者はおしなべてそうだ。彼らにとって、身代とは費《ついや》すものではない。減らすことなく、次の代へ受け渡していくものなのである。点と線だ。線を切らないことが、点の使命だ。だから、ふだんから躰をつましさに慣らしている。飯も雑穀《ざっこく》三割入りだ。鮑を喜んで食べるようでは、下垣内の者として失格なのである。どう答えたらよいものか、俺は迷った。兄は遠回しに、〝そんなものを食うわけがなかろう〟と、俺をたしなめているのかもしれない。〝江戸では毎日そんなものを食っているのか〟と糾そうとしているとも考えられる。しかし、俺は、この道中はお気楽な弟で通すと決めていた。弟に説教する機会を、兄に膳立《ぜんだ》てするのもわるくはなかろう。

「それは、もう」

俺はくっきりと言った。

「それほどか」

こうなったら、後戻りはできない。

「私も一度食《しょく》したことがあるのですが、この世にこんな旨いものがあるのかと唸りました」

言ってしまった、と俺は思った。

「ならば、午《ひる》はそいつにしよう」

けれど、兄は言った。

「もう、あと半刻ほどだろう。着いたら、宿を取る前に、どこぞの店でその江の島煮を食おう」

俺は、兄の意外な言葉を喜ぼうとした。けれど、喜べなかった。〝たまにはいいか〟とか〝こんな日くらい〟とか、そういう物言いを兄はしたことがない。〝たま〟だろうが〝こんな日〟だろうが、やらぬものはやらぬのである。つましさはつづけてこそ身につくものであって、一度でも例外をつくれば例外が例外を生むというのが兄の信条だ。その兄が、みずから例外をつくる……。なにかある、と俺は思った。なにかはわからぬが、なにかある。でも、なにがあろうと添うだけだ、とも思った。

遊行寺《ゆぎょうじ》を背にしてしばらくすると、真っ青な空にミサゴが舞い出す。もっぱら魚を食うミサゴは魚鷹《うおたか》とも言う。もう、海も近い。自然と足が速まって、午九つ前に渡し船の乗り場に着いた。けれど、海へ目を遣れば、江の島までしっかりと砂州《さす》がつづいている。どうやら、その日は、正午の頃が干潮《かんちょう》らしい。

「これはいい！」

俺は声を張り上げた。

「兄上、歩いて渡りましょう」

「ああ、こいつは僥倖《ぎょうこう》だ」

兄も顔を綻ばす。

砂州が潮に隠れれば渡し船か、あるいは負越《おいこ》し賃を払って馬か牛に乗って渡らなければならない。この負越しに強請《ゆす》りたかりが付き物で、江の島行きの楽しさを曇らせている。腕に覚えがあったって、煩《わずら》わしさはつきまとう。脇差の鯉口を切ったりすれば、望まぬ厄介《やっかい》を積み上げるだけだ。兄と俺は笑顔で砂州に下り、大股になって弁天《べんてん》様の御座《おわ》す島を目指した。

島に上がって入ったのは、江戸で江の島煮を奢《おご》ってくれた画の先輩弟子に教えられた料理屋である。名の知られた老舗旅館の裏手にひっそりとある店で、知っていなければたどり着きにくい。元はやはり旅館だったが、数年前に宿泊を止めて料理だけにしたらしく、座敷も銘々なので、海を見ながら寛《くつろ》ぐことができる。ここならば、遊興客相手の俄か商いとは無縁と見てよさそうだ。

まだ若い仲居が注文を取りに来ると、兄はお勧めの料理を尋ねて、江の島煮の他にも次々と注文していく。酒は受けつけない質《たち》で、昨夜だって勧められる酒を遠慮していたのに、燗酒《かんざけ》まで頼む。

それとなく、紙に包んだ心付けも渡す。いつの間に用意していたのだろう。仲居が姿を消して、俺が兄に目を向けると、「いや、良さそうな店なのでな……」と言ってつづけた。「少しばかり、ゆっくりしたかったのだ」。

想いは俺も同じだが、散財を排する兄が散財をする様《さま》はやはり奇異に映って、どうにも落ち着かない。江の島煮だけでも贅沢なのに、兄は地魚の造りやカサゴの煮付けなんかも頼んでいた。

「実は、おまえに話がある」

不審が顔に出たのか、兄が言葉を重ねた。

「宿に入ったら話そうと思っていたのだが、この座敷に上がってみると、なにやら、話しやすそうだ。なまじの宿より良いかもしれぬ。で、ここで話そうと思った」

座敷は二階で、窓の外に目を移せば青い大海原《おおうなばら》だ。凪《な》いだ波間に陽が踊って、光が明滅《めいめつ》している。耳には頃合いの潮騒《しおさい》で、しんと静かよりも逆に気が休まる。宿はどんな宿に当たるかわからないし、確かに、こっちのほうが話しやすいかもしれない。重い話も軽く聞こえそうだ。

「ただし、せっかくの江の島煮だ。話は食ってからにしよう」

兄の言葉が終わらないうちに、仲居が通しの小鉢《こばち》と燗徳利《かんどっくり》を盆に載せて入ってくる。最初と変わって笑みが絶えないところを見ると、心付けがそれなりだったのかもしれない。通しは黒い小さめの貝の煮付けで、口に入れてみると味は鮑だ。鮑の子供なのかと想っていたら、兄が「トコブシというらしいぞ」と言った。「いまが旬なんだそうだ」。そうして「手酌でいこう」とつづけて、燗徳利を自分の猪口《ちょこ》に傾ける。思わず「酒は呑まれなかったのでは？」と問うと、「いつの話だ」と答えてから猪口を口に運んだ。「日頃はいろいろあるので呑めないことにしてあるがな。縞買いは人とのつながりがすべてだ。酒は呑みません、では済まないことがある」。俺が知っている兄は、もはやお蔵入りしているらしい。さっきの心付けの渡し方を見ても、兄が〝人とつながる場〟に慣れているのがわかる。

「下垣内の血筋は酒に強いらしいぞ。呑んでも酔わん」

それは知っている。躰で知っている。一度だけ、どういうものかと江戸で試してみたが、酔うことはなかった。

「おまえも呑むか」

兄が問う。

「いえ」

すっと俺は答えた。

「修行中の身ですので」

気持ちの問題だけではない。試したとき、たとえ酔わずとも、骨と筋と経絡《けいらく》を造っているあいだは、酒は入れないほうがよいという躰の感覚があった。以来、酒は口にしていない。そういう徴《しるし》を察知できるほどには稽古に打ち込んできたつもりだ。

「天下の北辰一刀流の中目録免許だぞ」

笑みを浮かべて、兄は言う。

「それでも修行中か」

半月前、屋敷に戻った日に、兄が言った言葉がよみがえる。

「ああ、そろそろ戻ってこい。中目録を取ったのだから、もう、いいだろう」

そのあとで、「おまえも一度斬ってみたらどうだ」という言葉につながったのだった。

「そうですね」

俺は答えた。

「もう、修行も打ち切りですね」

この半月で、森戸村の下垣内邦雄に戻らねばならぬという気持ちは固まってきている。「一度斬って」みる気はないが、江戸での暮らしの始末をつけたら、兄に言われずとも帰ってくるつもりだ。この半月はただの半月ではない。そんなことはまったく予期していなかったのに、幾年にも匹敵するほどの痛切な学びがあった。

「そういう意味ではない」

けれど、即座に兄は言った。

「おまえが戻った日の俺の語りを言っているのなら、あれは忘れてくれ。いっときの気の迷いだ。本意ではない。本意はこれから話す。江の島煮を食い終えたらな」

兄が「本意」を、「これから」か……と思っていると、とんとんと階段を上る音が届いて、地の魚の造りを盛り合わせた大皿が運ばれる。仲居が変わらぬ笑顔で、これはなに、こっちの桃色がかったのはなに、そしてこの皮の付いたのはなに、と説いてくれるが、俺の頭はこれから話される「本意」がどんなことなのかでいっぱいで、魚の名は入ってこない。兄は二つ三つ箸をつけただけで猪口を傾けているので、俺は早く空にしなければと、魚には申し訳ないが、がつがつ食った。どれも、まあ旨かったんだろうがよくわからない。

ようやく食い終えると、入れ替わるようにカサゴの煮付けが届く。「よろしければ、お取りしましょうか」と仲居が言い、「じゃあ、お頼みしようか」と兄が言う。あっという間にあの無骨なカサゴがきれいに解されて、銘々の小皿に食べやすいように白い身が取り分けられる。これも、兄は味見をしたようなもので、兄の分まで俺が食う。そのあとの天麩羅《てんぷら》は、さすがに腹がきつくなって、最後に真打ちが控えているし、ということで、持ち帰れるように包んでもらった。で、いよいよ、江の島煮である。さすがに、これだけは、兄も一人分を食う。食って、「こいつは旨いな」と言う。

「おまえが『この世にこんな旨いものがあるのか』と思ったのも、もっともだ」

しみじみと嘆ずる。

「こんな旨いものを知らぬまま死ぬところだった」

ふつうなら冗談だが、兄は冗談を言わないし、「本意はこれから話す」と言ったあとだ。もしかすると、病《やまい》の話にでもなるのかとぎょっとする。

「いやいや、そういうことではない」

よっぽど俺の顔つきが差し迫っていたのか、兄は手を横に振って言った。

「俺は病じゃないし、躰で気になっているところもない」

ほっとはするが、少しだけだ。病じゃなくたって、人は死ぬときは死ぬ。

「とはいえ、農兵なんぞをやっていれば、そういうことも考えておかねばならんだろう。で、おまえに話しておくことにしたのだ。下垣内の家のことと、これからどうやっていくのかをな」

兄は猪口を茶の入った湯呑みに替えている。

「俺は妻を娶《めと》っていないし、当然、子もない。別に独り身を通すつもりはなかったのだが、己れの不熟《ふじゅく》のゆえだろう、目の前のことをなんとかするのにいっぱいで気がついたら四十近くになっていた。だから、いま俺になにかあったら、下垣内はおまえがやっていくことになる」

それは困る、と俺は思う。藪《やぶ》から棒《ぼう》にそんなことを言われたって、聴く備えがなんにもできていない。なにより、いま、俺が兄から聴きたかったのはそんな話じゃあない。でも、それを兄にどう伝えてよいのかわからない。

「下垣内は三十二代つづく草分け名主の家柄だ。だから、俺がこんな風に話せば、三十二代を三十三代へ、三十四代へ、さらに三十五代へ、永遠《とわ》に受け渡していくための心得のようなものを授けるつもりなのだ、と想うだろう」

それについてならば、そうだろう。だから、困っている。まだ十八だから困っているし、ずっと跡取りとは無縁な次男坊をやってきたから困っている。兄と添うだけのつもりでいたから困っている。それよりなにより、こういう混迷極まる時節に豪農をやっていくつもりも自信もまったくないから困っている。村に戻る気ではあるが、それはあくまで兄を助《す》けるためだ。

もっとも、混迷極まるなどといっても、半月前まではほとんど他人事《ひとごと》だった。慶応の御世《みよ》だから混迷極まって当たり前なのだが、世の中と自分とのあいだに薄皮《うすかわ》が一枚二枚挟まっているような感覚があった。骨身に染みたのは森戸村に帰ってからだ。本来なら、時勢が凝縮されているはずの江戸に住む俺が、山間《やまあい》に暮らす村人たちに日本がいまどうなっているのかを諭《さと》して然《しか》るべきだった。なのに、いまどうなっているのかを諭されたのは俺なのだった。

着いた日、兄からいきなり「おまえも一度斬ってみたらどうだ」と言われて、きっと、儒学と剣術の他には書と画と聞香と古琴と茶なんぞくらいしか知らない、お気楽な俺は吹き飛んだのだろう。それからは一日一日が、日本がいまどうなっているのかを教えられる日々となった。俺の知らぬ武断《ぶだん》の兄に、武家になった仙次郎さんに、物事を正確に語りたがる鑓水商人の中岡圭佑に、「そんなこたねえよ」が口癖だった永次の死に様《しざま》に、人を斬るか斬らぬかで揺れる瀬谷野新田農兵の中野辺さんに、他にも、減りつづける小前百姓や増えつづける小作の人たちに否応なく教えられて、景色の見え方がいちいち変わっていった。

なかでも、いっとう変わったのが、カネ、の景色だった。豪農の次男坊だから、カネのことは特段考えずに済んだ。でも、この半月、俺が生地《せいち》で見聞《みき》きしたことはことごとく「カネの世の中」が絡んでいて、カネをそういう猛々《たけだけ》しい、兄の言う〝増えることしか知らぬ生き物〟と見なすと、なんでこんなことになっているのかがすっと得心できた。

カネは「増える見込みのない処からはどんどん逃げ出して、増える処へ移る」。つまりは、小前百姓の手元から豪農の蔵へ、水が上から下へ流れるように移る。小前百姓にしてみれば、「カネの世の中」が広める「カネの病」だ。それをとっくに察知していたのが、武州一揆の世直し勢だろう。だから、彼らは、横浜へ生糸を持ち込む浜商人に限っては問答無用で直ちに破壊し尽くしたし、打ち壊す最後の目的地を「カネの世の中」の源である横浜に定めた。

世直し勢がかつての百姓一揆のように年貢の減免とか御救い米の下賜《かし》とかを領主に求めなかったのは、そんな〝仁政〟では、もはや、どうにもならなかったからだ。世直し勢は窮乏の根本である「カネの世の中」そのものに異議を唱えたのである。彼らのその認識は、山深い村暮らしの実感からもたらされたのだろうが、正鵠《せいこく》を射ていたと思う。

兄がカネは増えることしか知らないと指摘したとき、俺は昌平黌の先輩が言った言葉を思い出していた。

「いまの御公儀は一年に、年貢の倍のカネを遣っている。ざっと百五十万両だ」

うおっ、と俺は思い、問うた。

「ならば、残りのカネはどうやって得ているのでしょう」

「貨幣の鋳直しだ。文政年間からこのかた、幕府は鋳直しのやりっ放しで、その益金は天保年間には年平均で八十五万両と、年貢の額を上回った。以来、同じ状況がつづいている」

「年貢よりも多いのですか！」

貨幣改鋳の差額が多いことは察していた。しかし、さすがに年貢よりも多いとは想いも寄らなかった。

「驚いたことにな。年貢よりも多いとなると、当然のことだが、益金なしにはやっていけない。かつては改鋳の益金は『出目《でめ》』と呼んで、あくまで予定外の収入だった。それがいまでは『益納《えきのう》』と定めて、あらかじめ内証《ないしょう》に組み入れられている。いまの幕府は疑いようもなくカネの水増しで食っている。御公儀とて忸怩《じくじ》たるものがあろうが、他に手立てがないのだろう」

鋳直しで水増ししたって、カネは増えようとする。それが物の値段の高騰を招いていようと、潰れ百姓を生んでいようと知ったことではない。そもそも目に入っていない。そのように、日本はとっくに「カネの世の中」になっている。とはいえ、西洋の「カネの世の中」と比べれば、まだよちよち歩きだろう。その、遥かに過酷な「カネの世の中」が、横浜の開港場から「自由貿易」の名の下に侵《おか》し入って、「カネの病」を広めていく。世直し勢はそれを、飢えを通して察知したのだろう。だから、彼らが打ち壊す最後の目的地は、横浜でなければならなかったのだ。

みんながみんな、深まるばかりの「カネの世の中」にどう組み合ってよいのかわからない。だから、俺だって、下垣内を継げと言われたら、どうしてよいのかわからない。兄は「もしも、自分がカネを増やしている気になっている者が居たとしたら、そいつは考えちがいだ」と言った。増えるのはカネの意志で、人は「カネが増えるための世話をさせられている」だけと言った。豪農とて、とりあえずカネが入ってくるから、他にどうしてよいかわからずに増やしていることになる。兄を見ていると、なるほどな、と感じる。おそらく、兄はカネの世話に向いていない。ほんとうは、国学なり和歌なり俳句なりをやっているのが据《す》わりがよいのではないか。けれど、カネの世話もできてしまうから、カネに見込まれてカネの世話をやっている。農兵にしたってそうだ。向いていない。でも、剣はできるし、銃だって剣並みのようだから、農兵世話役にまで祭り上げられて、それを兄も受け入れた。無理はしているだろう。わかっているのだから。でも、無理はしながらもできてしまう。そこが俺とちがう。

俺はできない。できないと言い切れるのは、縞買いくらいならどうにかなっても、小作が無理だからだ。小作は豪農の土台だから、小作ができなければ縞買いも質屋もできないことになる。カネのほうだって、こいつは駄目だと見放すだろう。小作をしっかりやるには突き放さなければならない。小作は小作と、線を引いて見切らなければならない。そのように突き放し、見切るという態度は、俄かに備わるものではない。幼い頃からの、日々の暮らしのなかで、知らず知らずに染みて、差別する自分を平気になっていくものなのだ。けれど俺は、十歳で村を出た。染みかけてはいたが、その後の江戸暮らしで消えた。もう、取り戻すのは無理だ。平気にはなれない。だから、「いま俺になにかあったら、下垣内はおまえがやっていくことになる」と言われても、わかりましたとは言えない。兄はまだ四十前だ。十分に嫁を迎えられる歳だ。そんなことを言っていないで、さっさと祝言《しゅうげん》を挙げて、赤子を抱いてほしい。

「しかし、な……」

兄はつづける。いましがた兄は「いま俺になにかあったら、下垣内はおまえがやっていくことになる」と言ったあと、「俺がこんな風に話せば、…………永遠に受け渡していくための心得のようなものを授けるつもりなのだ、と想うだろう」と語った。そのつづきを話そうとしている。

「……ちがうのだ」

なにがどう、ちがうのだろう……。

「俺はおまえに、心得を授けるなんてできやしない」

そう、なのか……。

「これから俺の本意を話すから、おまえはおまえで、これからどうしていくか考えてくれ」

この半月に見聞きしたあれやらこれやらが、一点に収斂《しゅうれん》されていく予感があった。

「実はな、おまえには言っていなかったが、いま、ウチの縞買いはよくない」

兄の「本意」は、意外な文句から始まった。そんな商い寄りの話柄がいきなり出てくるとは予期していなかった。俺が聴きたい話と、近くはなくともそうは遠くない話から入るのではないかと想っていた。

「そうなのですか！」

それだけに、逆に、素直に驚くことができた。大名たちが消えた江戸で暮らしているのだから、薄々、どうなのかと案じてはいたのだが、日頃、穏やかでも弱音は口にしない兄の口からはっきりと告げられると、やはり胸底がざわついた。

「江戸がああなって反物《たんもの》の売れ行きは細っている。そして、なにより、横浜開港以来、生糸の輸出が急増して、あまりに高値になった。なんでも、フランスとイタリアの蚕に病が広がって、いまだに彼の地の養蚕は立ち直れないままでいるらしい。開港当初の生糸の輸出額が国の輸出総額の六割五分にも上ると耳にして驚いた記憶があるが、実は驚くには当たらなくて、近年では八割を超えるそうだ」

そのあたりはすでに中岡から聴いているが、生糸で暮らす者たちの共通理解になっていることは伝わってきた。

「で、生糸の値段が急騰するばかりで、日本の織物業者が手を出せる額ではなくなっている。開港以来、生糸の相場は海外で決まって、日本は追随するだけになっていると言っていい。高級織物ならまだしも、ウチが扱っているような普段品に使える値段ではないのだ。おのずと、いまは縞買いは駄目で、追い風を受けているのは糸買いであり、繭買いになる。八王子あたりでは、もう、下垣内はいけない、という声が出ているらしい」

「下垣内は……」

恐る恐る、俺は問う。商いにはまったくの素人だ。

「糸買い、繭買いはやらないのでしょうか」

兄は即座に答えた。

「やらない」

しかし、それでは八王子での噂通りにならないか……。危惧する俺に、兄はつづけた。

「下垣内としてはな」

「下垣内としては……?」

どういうことだ。

「ウチの手代をしていた男で、いま、横浜で生糸売込商をしている者が居る。実は、横浜では、生糸を輸出したいと思っても、外国商人に直に品物を持ち込むわけにはいかない。開港場に店舗を持つ生糸売込商を通す必要があるのだ」

それも中岡に聴いていたが、兄の語りにはつづきがあった。

「けれど、この生糸売込商になるのが容易ではない。店舗を持つには借地をしなければならないが、開港場の土地の大家《おおや》は幕府だ。まず、許可は下りない。幕府の許可は外国商人との取引にも要る。早い話が、新規に生糸売込商になるのは無理で、いまある店舗を営業権込みで買わねばならぬということだ。といっても、当然、足元見られるから、いま買おうとしたら呆きれ返るほどの高値になる。ところが、この元手代はアロー戦争の当時から開港場に目を付けていて、数年前に安くはないが高くもない値で店舗を手に入れた。そのとき、下垣内はその全額を出資している。その後も出資はつづけていて、つまり、下垣内の名前では生糸商いはやっていないが、元手代の名義ではやっていて、出資の割合に応じた利益を得ている」

「それはつまり……」

俺は言った。

「兄上がその元手代に命じて生糸売込商をやらせた、ということですね。なにからなにまで兄上が用意を整えて、名義だけ元手代の名前にした」

いくら俺が小僧で、商いに疎くても、そこまで説かれれば、実はどういうことなのかくらい類推できる。

「わかるか」

「そこまで鈍くはないつもりです」

「そいつは失敬した。お察しの通りだ。縞買いの下垣内が糸買いに動いたと知れ渡れば、いろいろの不都合を考えなければならない。それに、糸買いが下垣内の身代を懸けるほどのものなのか、生糸貿易はまだ始まったばかりなのだから、注意深く見極める必要がある。いけるとなったら、規模を拡大し、下垣内の名前を掲げるが、いけないとなったら、すぐさま撤退するということだ。そのためには、名もない、そこそこの規模の生糸売込商でいたほうがいい。で、いまの形にしたのだが、そこまで持っていくのは、それは骨だった。饗応《きょうおう》とか音物《いんもつ》とかを、嫌というほどやらねばならなかった。ふつうの商人《あきんど》ならばなんでもないことなのだろうが、おまえも知っている通り、俺はそういうのが大の苦手だ。できたら、俳句だけやって過ごしていきたいと思っている。ふつうの商人がやっていることを初めてやってみて、俺はやはり豪商と豪農はちがうと悟った。豪農は百姓ではないと思ってきたが、そうではない、百姓なのだ。鍬は持たずとも、気持ちの上では鍬を持っている。土の臭いを知っている。でな、饗応の席で好きでもない酒を呑みながら思った。俺はなんでこんなことをしているんだろう、ってな」

俺は耳に気を集めた。いま、自分がすごく、大事なことを聴いているのがわかった。

「いや、商いの上で〝なんでこんなことをしている〟のかははっきりしている。いま、語ったばかりだ。いまや縞買いは危うい。だから、糸買いへの転身を考えねばならない。けれど、下垣内が一気に商売替えするのは危険を伴う。で、生糸商いの核となっている横浜に他人名義の生糸売込商を置いて、取引を進めつつ商売替えを検討する……なんの疑問もない。妥当過ぎるくらい妥当だ。けれど、俺が疑問に思うのは、商い上の理由じゃあない。そもそも、なんで俺は商いを大きく大きくしようとしているのだろう、ということなのだ。俺が五年前に家を継いだとき、下垣内が持っていた土地は七町歩《ちょうぶ》で、ようやく小作経営が回り出したという程度だった。それが、いまでは倍を超える十五町歩になっている。事実として、俺が下垣内の土地を倍にした。越後《えちご》とかの豪農と比べたらかわいいものだが、多摩近郷では十分に大きい」

そう、十分に大きい。だから、俺もいまのようにしていられる。

「むろん、気がついてみたら大きくなっていたのではない。大きくしようとして大きくした。俺が言いたいのはそこだ。なんで、俺は大きくしようとしたのか、ということだ。繰り返すが、俺は俳句だけやって過ごしていきたいと願っている人間だ。商いには向かない。親から受け継いだ土地を減らすわけにはいかない、という人並みの理由でがんばったとしても、七町歩を十町歩くらいにすればもう十分じゃないか。なのに、なんで倍以上の十五町歩にする？　実は欲深いのではないか。俳句だけやって過ごしたいというのも見せかけだけではないのか。いろいろと己れを疑ってみた。しかし、やはり、そうではない。俺がたどり着いた理由は、以前にも、おまえにも言ったことだ。カネの世話をさせられている、ということだ。増えつづけるのが定めのカネにたぶらかされて、自分で増やした気にさせられている」

俺もカネのことは考えたが、頭でだ。兄は躰でカネと格闘している。

「おまえに言いたいのは、ここからだ。カネにたぶらかされているのを悟ったからといって、俺は〝もう止めた〟はやらない。すっぱり止めるのは潔《いさぎよ》すぎて気恥ずかしいし、ここまでやってきてしまった自分を引き受けなければならない。おそらく、縞買いは早晩看板を下げて糸買いなり生糸売込商なりに転身するのだろうが、そこまではやるつもりだ。つまり、傍《はた》から見れば、なんら変わるところはない。従前と同じことをやる。ただし、前はなんでやっているのかを気づかぬままやっていたが、いまは気づいてやっているということだ。結局、同じではないか、と言われるかもしれぬが、まったくちがう。俺の次に下垣内を継ぐ者への受け渡し方がちがう。つまり、おまえへの受け渡し方だ」

俺、か……。

「以前なら、下垣内の身代を代から代へ受け渡していくことがすべてで、それこそ、永遠に受け渡していくための心得を授けるところだが、いまは、そうではない。おまえは従前通りの豪農商いをつづけてもよいが、つづけなくともよい。俺が冷や汗かいて生糸売込商の権利を手にしたからといって、生糸売込商に縛られる必要もさらさらない。おまえはおまえの想う通りにやればいい」

なんといおうか、言葉が出ない。兄の言葉と同じ重さの言葉を、俺は持たない。

「ただし、下垣内のやることのなかで一つだけ、俺もどうするか判断が定まらないものがある。一つだけとはいっても、この一つは全部にも匹敵するほどの一つだから、これが決まらないと、これからどうしていくかも定まらないことになる。それがなんだか、わかるか」

「小作……」

それしかないと思いつつも、問う形にした。

「……ですか」

「問うまでもなかったな。そうだ、小作だ。小作は豪農経営の礎《いしずえ》だから、小作を止めれば豪農を止めることになる。前にも言ったが、縞買いを止めても豪農ではあるが、小作を止めたら、もはや豪農ではない」

その時点で、豪農としての下垣内は絶える。これまでならば、ありえぬ話だ。先祖からすれば、兄が小作をこういう話のなかに持ち出したことすら慮外《りょがい》と見なすだろう。

「先ほど兄上は、カネにたぶらかされているのに気づいたあとも『従前と同じことをやる』と言われましたね。『傍から見れば、なんら変わるところはない』と」

「言った」

「あれは、小作を含めて、ということではないのですか」

小作を止めるのに反対で、問うているのではない。反対、賛成の前に、小作を止めるなんてことがほんとうにできるのかを知りたくて問うている。

「それが、含めて、ではないのだ」

おもむろに、兄は言った。

「俺の代のうちにも、質地を元の持ち主に返しておきたいという気持ちはある」

他の豪農が耳にしたら、腰を抜かすかもしれぬ。それは、世直し勢が豪農に突きつけた要求の一つだ。最大の一つ、と言っていい。百姓を殺してまで世直し勢を鎮圧したのに、豪農のなかから小作を止める者が出てきたら、なんのための鎮圧かと糺す者だって出てくるだろう。

「ただし、やるかやらぬか、いまだに決め切れない。理由は二つある。一つは、質地を返すことが本当に元の持ち主のためになるのかどうか、不確かだからだ」

「ためにならぬ……？」

「彼らは土地を手放さざるをえない理由があって手放した。その理由はいまも消えていないどころか、ますます強まっている。それに手を付けずに土地を戻したら、再び手放す者は少なくなかろう。とはいえ、こっちにできるのは戻すところまでだ。カネの世の中が進むのを止めようとするのは、それこそ蟷螂《とうろう》の斧《おの》だろう。俺はそこまで己れを買いかぶることはできない。再度の質入れは覚悟しておかねばならぬということだ。たとえ、二軒でも三軒でも、返した土地を持ちつづけてくれる百姓が居たら望外《ぼうがい》、くらいに考えておかねばなるまい」

兄はそこまで考えている。それは本気の証しでもあるだろう。

「二つ目は、暮らしが根こそぎ変わることだ。質地返還をやれば、生糸商いにも差し支えが出るだろうし、なによりも、この地には居られなくなるだろう。やるからには、下垣内が三十二代住みつづけている、この伝来の地を捨てる覚悟を固めておかなければならないということだ」

「居られなくなる……？」

「ああ、そうだ。居られなくなる。豪農の一軒が小作地を返せば、その影響は一軒のうちにとどまらない。当然、他の豪農の小作たちからも返還の声が上がって、全豪農が揺れる。質地返還だけに的を絞った打ち壊しが起きたっておかしくはない。幸い、そういう事態に至らなかったとしても、なんてことをしてくれたという他の豪農たちの想いはずっと残る。当然、その一軒が村に居つづけるのは無理だろう。いましがた、俺はおまえに『従前通りの豪農商いをつづけてもよいが、つづけなくともよい』と言ったが、質地返還をやったら、『従前通りの豪農商い』をつづけられるはずもない。つまりは、おまえは選びようがなくなるわけだが、どう思う？」

「私は小作のことがなんにもわかっていません」

俺は答えた。

「ですから、ほんとうは答えようがないのです。小前百姓が土地を手放さざるをえないという現実があるからには、土地を失った百姓の受け皿が必要なのかもしれない。問題は小作がいいわるいではなく、小作料の高低なのかもしれない。聴けば、下垣内の小作料は相場よりもかなり低いそうですね。ならば、受け皿としての下垣内の小作は、むしろ、あったほうがよいとする方も少なくないでしょう。けれど、兄上ならばそういう諸々をすべて勘案した上で、質地を返そうとされているはずです。私は状況が摑めていないのに判断を下さざるをえないときは、人が信頼できるかできぬかで決めることにしているので、兄上が決めたことであれば異議を唱えるつもりは毛頭ありません。それから……」

「それから……？」

「私について言えば、私は十歳から小作が居ない土地で育ちました。ですから、小作がいいわるいの前に、私に小作は無理です。小作は小作、と見切ることができません。もしも、私が下垣内を引き受けることになったら、否応なく小作は止めることになります。つまり、私のことをおもんぱかって兄上が質地返還を決め切れないでいるのだとしたら、それはまったくの杞憂《きゆう》であるということです。どうぞ、ご自分の想われるままに、事《こと》を進めてください」

兄は伏せていた目をゆっくりと上げて言った。

「問うて、よかった」

俺は兄が誇らしかった。豪農と小作は抜きがたく結びついている。結び目を解《ほど》くなど頭に浮かべもしない。それだけに、解いた者には他の豪農たちから轟々《ごうごう》たる非難が加えられ、怨嗟《えんさ》の声が渦巻くことだろう。それをわかった上でやろうとしている兄には敬服するしかない。俺は呆れるほどに感嘆し、だからこそ想った。豪農に踏みとどまる一線を、兄に越えさせたものはなんなのだろう……。それは、生来の穏やかさを好む気性のゆえなのか、カネなんぞにたぶらかされてなるものか、という矜持《きょうじ》なのか、それとも……。

「兄上がそうしようとされているのは……」

俺は、ここは「添うだけ」を脇に置かねばならないと思った。

「……贖罪《しょくざい》、なのでしょうか」

「贖罪……か」

窓の外から、ぴぃおぴぃおという鳥の鳴き声が届いて、兄は目を遣った。俺も見遣ると、鳴き声の主はミサゴで、鷹の仲間のくせにあんな可愛らしい声で鳴くんだと思った。

「贖罪かもしれんな」

ミサゴから目を戻して、兄は言った。

「豪農の家に生まれたことの贖罪はあるだろうし、カネにたぶらかされた贖罪もあるだろう」

ひょっとすると、河原のことが語られるのではないかと想っていた俺は、少し落胆して、少しではなく安堵した。

「ただし……」

けれど、兄の返答はまだ終わっていなかった。

「おまえが想っているような意味での贖罪なら、おそらく、ない」

たちまち、安堵は消えた。兄は察していたのだ。贖罪の言葉を出したゆえか。もっと、ずっと前からか……。

「仙次郎さんから聴いた。おまえが屋敷に着いた日に手合わせをしたあと、築地河原の戦いの日のことを話した、とな」

かっと頰が熱くなる。

「仙次郎さんが語った玉川での俺の話は事実だ。それで、この半月、おまえにはずいぶん気を遣わせたようだが、これを機会に、普段通りにしてくれていい」

添っていたのは、兄のほうだったのだろう。俺が兄に添ったのではなく、兄が俺に添った。俺に添って、農兵がどういうものなのかを知らしめるために、瀬谷野新田での調練の場に立たせ、江の島行きに誘って質地返還を明かした。俺はやはり、小僧だと思った。

「気持ちはありがたく受け取った」

兄はつづけた。

「おまえもおとなになったのがわかって嬉しかったし、頼もしかった。俺にも頼れる肉親が居るのだとわかって心強くもあった。しかし、あの日のことについては、俺は悔いていない。森戸村組合二十七ヵ村農兵隊の農兵世話役として、やるべきことをやったと思っている」

そこに、百姓を殺した百姓として、「愁苦」と共に生きつづける農兵の姿はなかった。兄は、瀬谷野新田の調練場で、俺が目にした通りの人物ということになるのだろう。中岡の言う「軍団」の長そのままなのかもしれぬ。兄は世直し勢を百姓ではなく、「敵」と見なして対したのだ。百姓を三人斬ったのではなく、「敵」を三人斬った。俺の知る兄は眼前に居なかったが、しかし、それでも兄は兄だった。別人には見えず、やはり、兄でしかなかった。ならば、俺と「愁苦」との交渉は、もう仕舞いにするべきなのだろう。

「人を斬って、どういう想いが残るかについては、なかなか説きにくい」

しかし、兄はまた、言葉をつなげた。

「話す気はなくはないのだが、言葉が見つからぬのだ。人を斬ったことのない者に、どのように伝えれば言わんとするところが伝わるのか……折に触れて考えているのだが、どうしても、これならばという言葉が出てこない。いつかふっと浮かび出て、話せる日が来るのかもしれない。その日まで待っててくれ」

そこまで説いてくれれば、もう十分で、俺は、ともあれ、添いはしたのだ、と思うことができた。

それからの森戸村での日々は、いわゆる引継ぎに終始した。単に、どういう書式がどこにあるのかを教えられるのではない。従前の縞買い、質屋、新しく始めた横浜での生糸売込商関連、そして小作……それぞれについての取引記録と証文を、さすがに一枚ずつではないものの、典型を選び出して、その書式の意味と読み取り方を叩き込まれた。

典型だけとはいってもかなりの数であり、その上、試験だってある。ある日突然、兄から〝あれを持ってきてくれ〟とか〝あの件の書式はどうなっている？〟とか言われたりする。頭のなかに案件と書式の結び目をいっぱい用意しておかなければならないわけで、おのずと身を入れざるをえない。書式だけでなく、〝会っておいたほうがいい人〟との顔合わせもある。四月の残り半月はあっという間に過ぎて、五月になった。

「やることをやっておけば、いざというときに楽になる」

兄は言ったが、まさにその通りで、漠《ばく》としていた下垣内の身代の輪郭が次第にくっきりとしてくる。小作は早晩止めるわけだし、縞買いだって、いずれ整理することになる。となれば、兄の言う通り、森戸村には居られなくなるから質屋も畳む。おそらく残るのは生糸売込商関連だけになるが、諸々始末しなければならないからこそ、引継ぎに念を入れなければならないのだと兄は説いた。

確かに、なんの備えもなく、いきなり、そういうことになったら、まずは家探《やさが》しから始めなければならなくなるだろう。やっとのことで必要な書式を見つけ出したとしても、書かれている詳細まではわからない。まして、書式の山に取り組むのは、儒学と剣術の他には書と画と聞香と古琴と茶なんぞくらいしか知らない俺だ。整理のための交渉は遅々として進まぬだろうし、破綻するかもしれぬ。身代の輪郭が太くなるほどに、もしも、なにも用意していなかったら……と、ぞっとした。ごまかされ放題になったとしても、まったくおかしくなかった。

「なかなか、わかりが早い」

兄はたびたび褒めてくれたが、もしもほんとうに早いとしたら、それは俺がどうこうというよりも、兄の導き方が上手《うま》いからだった。そして、なによりも、兄が本気だからだった。世の中には、口にはするが、躰は動かさないという手合いがすこぶる多い。とりわけ、生前の身代の引継ぎともなると、空手形を繰り返す人が目立つ。兄はその正反対だった。そういうことがなかったどころか、まるで、明日にも自分が死ぬかのように引継ぎを急いだ。なおかつ、綿密《めんみつ》で周到だった。それが最もよくわかるのが、交渉能力の教え方だ。

整理交渉に欠かせない能力の全体を、大きな白い四角とする。ぜんぶ黒く塗りつぶすと、完璧な力が備わるようになる。通常は四隅の一つから出発してだんだんと黒を広げていくのだろう。学び始めてしばらくは、整理交渉がどういうものかまったく見えていない。半分を黒くしたって、残り半分は見えぬままだ。すべてをこなせるようになるには、結局、大きな白い四角ぜんぶが黒くなる日を待たなければならない。

兄の導き方はちがう。大きな白い四角の真ん中に、まず、小さな白い四角を囲って、黒く塗らせる。小さな白い四角は小さいけれど、整理交渉に必要な能力の全体を含んでいる。粗《あら》いが、最優先の能力は押さえてあるから、そこさえ黒く塗り終えれば、最低限の交渉はできる。つまり、学び始めでも、お手上げになることはない。この黒い小さな四角をだんだんと段階を踏んで大きくして、全体を黒くしていく。真ん中の四角は常に全体を収めていて、大きくなるに連れて粗さが消え、密になっていく。要するに、いつ整理を始めなければならない時期が訪れたとしても、それなりに交渉の席には臨めるということだ。本気じゃなければ、こんな導き方は出てこない。自分がいつ逝《い》っても、どうにかなるように、懸命に考え出したのだろう。

甚《いた》く感心したが、反面、おかしいのではないかとも思った。兄は医者から余命を宣告された病人ではないし、いつお迎えが来るかわからぬ老人でもない。引き継ぐ前提になっているのは、「農兵なんぞをやっていれば、そういうことも考えておかねばならんだろう」という言葉であり、「俺は妻を娶っていないし、当然、子もない。…………だから、いま俺になにかあったら、下垣内はおまえがやっていくことになる」という言葉だ。つまり、あくまで万が一に備えてのことであり、なにがなんでも引継ぎを急がねばならぬ、差し迫った理由があるわけではない。通常ならば、まだまだ引継ぎなど頭に浮かべぬだろうし、浮かべたとしても、実際の策は延ばし延ばしになるのが普通だろう。なのに、この綿密さと、この周到さはなんだ。おかしいだろう。

独《ひと》り善《よ》がりの忖度《そんたく》は空を切ったばかりだから、この件については俺は兄にそのまま問うた。おかしいのではないか、と。

「別におかしくはない」

兄は恬淡として言った。

「今回だけ特別なのではない。なんにつけ、俺のやり方はこうだ」

ほんとうか。いままでは、俺が小僧だったから気づかなかっただけなのか。

「繰り返すことになるが、俺は本来、俳句だけをやって過ごしていきたいと願っている人間だ。こういうことには向いていない。なかでもいっとう苦手なのは、書式の類を案件ごとや、取引相手ごと等にきちんきちんと整えておくことで、仕方なくやりはするが、やるときはいつも苛々《いらいら》している。書式の他にも、なんであれ、きちんきちんとせねばならぬことは駄目で、投げ出せるものならば投げ出したい。投げ出したいが、残念ながら、ほんとうに投げ出すほどの向こう見ずさには恵まれなかったので、どうにかせざるをえない。だから、せめて、できるだけ、苛々が小さくなるよう処することにしている。真ん中の小さな白い四角から始める交渉能力の教え方にしても、おまえは綿密で周到と言うが、俺からすれば、そのやり方がいっとう苛々しないからだ。普通のやり方で教えていると、いつまで経っても使い物にならず、うんざりする。早め早めに対処するのも、追い込まれるほどに苛々が増すからだ。そういうわけだから、俺にとってはなんらおかしくないのだが、それで得心できるか」

得心できたような気もするが、できなかったような気もした。

翌日、永倉村の仙次郎さんの屋敷へ出向いたのは、やはり、得心し切れていなかったからだろう。

といっても、別段のことを訊きに行ったわけではない。

兄が医者からなにか言われたりしていないか、いちおう確かめておくことにしたのだ。

「医者なら、ちょくちょく診てもらっていたよ」

ツツジの盆栽を載せた台が並ぶ庭で、仙次郎さんは言った。相変わらず武家の髷《まげ》が板についている。

「なにしろ、昌邦は胃弱だからな」

右手はまだ剪定鋏《せんていばさみ》を持っている。枝を整えていたところなのだろう。

「しかし、それ以上のことはなかったと思うぞ」

胃弱は初耳で気になったが、ひとまずほっとする。

「少なくとも、俺は聴いていない。昌邦からも、周りからもな」

「そうですか」

ほっとはするが、気には留めておく。

「なんなら、帰りに医者のところへ寄って、直に確かめてみてもいいが、あの医者はきちんと患者の病状を秘匿《ひとく》するから、訊くからには、おまえが確かに下垣内の者だと証さなければならない。俺が同道できればよいのだが、あいにく、このあと御勤めがあってな。都合がつかんのだ」

「そこまでお手数をおかけしなくとも、と思われます」

「しかし、どうして、昌邦の躰のことが気になったのだ？」

「いや、あまりに、兄が引継ぎを急くものですから。なにか、差し迫った事情があるのか、と」

相手が仙次郎さんといえども、話の中身は引継ぎにとどめて、身代の整理のことまでは触れない。

「ああ……」

剪定鋏を台に置いて、仙次郎さんはつづけた。

「……座るか」

仙次郎さんは濡れ縁に向かい、俺も従う。並んで座ると、ぽつりと言った。

「昌邦はお頭《つむ》の出来が俺たちとはちがうからな」

ツツジの鉢に目を預けて、仙次郎さんは言う。

「俺たちには見えぬ景色が見えるのだろう」

仙次郎さんが言わんとするところは俺にもわかる。

「俺にもなんで引継ぎを急くのかはわからんが、昌邦がそうするなら、きっと、そうするだけの理由があるはずだ」

ふっと息をついたところへ、女中が茶を運んでくる。両手で持って、ひと口飲むと、仙次郎さんはつづけた。

「それにしても、邦雄はほんとうに立派になった」

唐突に、話がこっちへ向いて、受ける言葉が出てこない。

「剣のことだけではないぞ。立ち居振る舞いに芯が通っていて、昌邦も喜んでいた」

「めっそうもないです」

俺も茶を含んでから、つづけた。

「小僧と思い知らされる機会が、たびたびあります」

「いや、邦雄の様子はちゃんと北辰一刀流中目録免許に見合ってるよ。だから、昌邦も嬉しかったんだろう、すっかりおとなになった邦雄が帰ってきて。なんでもかんでも一人で背負《しょ》い込んでいたからな」

そうか、そうだな、と俺は思った。ことさらに意識はしていなかったが、言われてみれば、確かに兄は「なんでもかんでも一人で背負い込んで」いる。

「名主と寄場惣代だけだって相当に難儀だろうに、その上に農兵世話役だ。昌邦も昔は学者みたいだったから、当初はみんな、お手並み拝見の体《てい》だった。それが、なんでも人並み外れてやるもんだから、あんなに太い男だったかと仰天して、いまじゃあすっかり頼り切っている。俺から見れば、頼り過ぎと思えるほどにな」

投げ出せるものならば投げ出したいが、と言った兄の言葉がよみがえる。「残念ながら、ほんとうに投げ出すほどの向こう見ずさには恵まれなかった」。あれは書式の整理についてだったが、おそらく、それだけではなかったのだろう。

「でも、仙次郎さんが身近に居てくれて、ありがたいです」

人から〝兄弟のような付き合い〟と聴いていたが、ひと月も近くに居て見ていると、いかにも親しいという風ではない。むしろ、さらっとして、素っ気なく感じることすらある。けれど、二人が互いに、気を許し合っていることは伝わってくる。

「俺みたいな雑な奴は、気散《きさん》じにはなるだろうがな……」

気散じの相手が居るのは、すごく得がたいことだろう。

「……しかし、しょせんは気散じだ。いざというときの頼りにはならぬ」

けれど、仙次郎さんは言った。そして、つづけた。

「昌邦のように人には見えぬ景色が見える奴はな、人が背負わぬものを背負うことになるんだよ」

直ぐに、仙次郎さんが、さっきの話のつづきを語っているのがわかった。「俺から見れば、頼り過ぎと思えるほどにな」のつづきだ。仙次郎さんは、なんで、みんなが兄に「頼り過ぎ」なのかを言っていた。

「でも、それは、ほらっ、人には見えないわけだからさ、背負うほどに、どんどん独りになっていくんだ。独りになって、胃弱にもなるんだよ」

仙次郎さんのその言葉に、俺は揺らいだ。俺がとっくにわかっていていいはずだったのに、わかっていなかったからだ。俺は四月の半月、兄の気持ちと添ったはずだった。江の島で添うのは止めようと切り替えたあとも、結局は添ってきた。だから、こうして仙次郎さんのところへ来ている。

当然、兄の孤立に気が行ってよかった。仙次郎さんに言われるまでもなく、先刻、承知していて然るべきだった。それだけに、「独り」という言葉が腹の底で鳴り響いて、屋敷を辞して森戸村の下垣内に着くまでのあいだも、ずっと鳴り止まなかった。そして、俺が描いてきた兄の像を変えていった。

鑓水村の異人館で中岡に武州世直し一揆を説かれてから、俺は兄に、百姓を殺した百姓として、「愁苦」と共に生きつづける農兵を見てきた。

その兄を、江の島の料理屋で消した。消して、瀬谷野新田の調練場で初めて目にした、すこぶる頼り甲斐のある有能な軍団の指揮官に置き換えた。

そして、いま、俺は再び、兄の像を戻さねばならぬと思っていた。

兄とて人の子だ。「どんどん独りになっていく」のを好むわけもない。

孤立が深まるほどに、〝人と同じになる〟ことでもたらされる安らぎに惹かれていったとしてもなんの不思議もなかろう。

とはいえ兄は、進んで独りになる道を選んだわけではない。「人には見えぬ景色が見える」がゆえに、否応なく独りになっていった。〝人と同じになる〟のを望んでも、なろうとしてなれるものではない。

兄のような人間が〝人と同じになる〟には、どうやっても人と同じになってしまう頸木《くびき》のようなものが要る。

あるいは、兄にとっては俳句も、当初は〝人と同じになる〟手立てだったのかもしれない。豪農ならば、みんな俳句をやる。みんながやる俳句をやれば、〝人と同じになる〟ことができるかもしれないと期待をかけた。

けれど、「人には見えぬ景色が見える」兄には、他の豪農が目指す機知を利かせた俳句がどうしても詠めなかった。兄の目からすれば、企みだけが表に出て、ほんとうの景色を写していない句でしかないのだろう。俳句は頸木とはならず、詠むほどに、いよいよ独りになっていった。

となれば、そこから、兄が農兵でいる理由も垣間《かいま》見《み》えてくる。

〝人と同じになる〟ことができぬ兄が、ようやくたどり着いた頸木が、農兵とは言えないか。

農兵が、俄か仕立ての、鉄砲を持った百姓だったら、兄の欲するものは得られなかっただろう。

けれど、江川農兵は、規律と訓練で組み上げられた、れっきとした軍団だった。

まして、森戸村組合二十七ヵ村の寄場村の惣代だった兄は、横滑りで農兵の隊長である農兵世話役となり、江戸の芝新銭座にある韮山代官所の大小砲習練場できっちりと幹部のための訓練を積んだ。しかる後、幹部として、武相二州に整えられた二十六ヵ所の調練場で隊員を指導した。

指導という営為は、教えることを通じて、逆に教える側が本物になっていくものだ。軍団の規律とは、団員の誰もが同じ行動を取ろうとすることであり、軍団の訓練とは、団員の誰もが同じ行動を取れるようにすることである。つまりは、〝人と同じ〟を突き詰めることである。兄は率先して、規律と訓練を己れに課した。手にする本を、和歌や俳句から『歩兵練法』に、『歩兵心得』に、『歩兵制律』に、そして『野戦要務』に替えた。そうして兄はようやく、頸木を手に入れたのではないか。

ただし、手に入った〝人と同じ〟はあくまで軍団の側でのことだ。

敵対する者と向かい合ったとき、「人には見えぬ景色が見える」兄はきっと困惑したことだろう。

中岡が言ったように、軍団は刃向かった者たちを、事の是非はともあれ、「敵」と一括して殲滅しようとする。一人一人の差異を分別《ぶんべつ》することがない。

けれど、兄には、差異が見えてしまったのではないか。でも、見えたら、やっと摑んだ〝人と同じ〟を手放さなければならない。

だから兄は、自分が立ち向かっているのは、一人一人の人ではなく「敵」なのだと、自分に言い聞かせなければならなかった。

「敵」ではなく、自分と同じ百姓なのではないかと疑う己れを、無理やり追い遣って、こいつらは「敵」なんだと、信じ込まなければならなかった。

そのために兄は、三人斬ったとは言えないか。

斬れば、自分だってみんなと同じように、百姓が「敵」に見えるようになると信じ込もうとしたのではないか。

そうして一人斬ったが、信じられず、もう一人斬ってもやはり信じるに至らず、次の一人を斬った……。

それで、兄は信じ込めたのか。

「あの日のことについては、俺は悔いていない」と、兄は言った。

「森戸村組合二十七ヵ村農兵隊の農兵世話役として、やるべきことをやったと思っている」とも、兄は言った。

でも、それは、疑ってやらなければいけないのではないか。

兄がそう言うなら、と添うのを止めるのは、詰まるところ、見放すということではないのか。

「人を斬って、どういう想いが残るかについては、なかなか説きにくい」

俺が訊かぬのに、兄はそこまで言った。そして、つづけた。

「話す気はなくはないのだが、言葉が見つからぬのだ。人を斬ったことのない者に、どのように伝えれば言わんとするところが伝わるのか……折に触れて考えているのだが、どうしても、これならばという言葉が出てこない。いつかふっと浮かび出て、話せる日が来るのかもしれない。その日まで待ってくれ」

いかにも、真っ当な言い分で、俺は、そこまで説いてくれれば、もう十分、とした。

でも、あれは、逃げではなかったか。

そう得心することで、楽をしたのではないか。

それでも俺が訊いて、俺も懸命に言葉を見つけて、やりとりをすれば、そのなかから、「これならばという言葉」が浮かび出てきたのではなかろうか。

ありのままを吐露するのは、語るほうも聴くほうも辛さが過ぎる。けれど、それをやらなければ、兄がほんとうに救われることはないのではないか。

兄は、話せ、と迫られるのを、待っているのではないか……。

足を動かしながら、俺は、やはり添わねばならぬと思っていた。

兄が江の島で言った「この半月、おまえにはずいぶん気を遣わせたようだが、これを機会に、普段通りにしてくれていい」という言葉を、字句通りに受け止めてはならない。

これからも、添いつづけなければならない。いや、これからは、「添うだけ」ではなく、添いつづけなければならない。

俺は、ざっくざっくと足を送った。

けれど、俺が兄に、人を斬った想いを問い糺す日は、なかなか訪れなかった。

俺は白い大きな四角を黒く塗る最後の段階に入っていたし、兄は、六月に予定されている調練の準備で忙しかった。

調練は三つの農兵隊の合同訓練で、その幹事が森戸村組合二十七ヵ村農兵隊だった。

すでに俺は瀬谷野新田での五十七名の調練を体験している。百人規模の実弾訓練を事故なくやり遂げるのが生半可ではないことは、否応なくわかっていた。

兄の気持ちを乱して、それが事故につながったら、悔やんでも悔やみ切れない。兄に問うのは、合同調練が終了するのを待たなければならぬと覚悟した。

そうして、黒い大きな四角の仕上げに掛かっていた五月半ばのある日、鑓水村の中岡圭佑が訪ねてきた。

事前に書状で遣り取りした上での来訪だったが、訪問理由は認《したた》められていなかった。

中岡とは、あのあと一度、八王子で昼飯を食いながら糸買いの話を聴いた。性《しょう》が合うのか、話を終える頃には十年の空白はほとんど消えて、子供の頃からずっと付き合ってきたような心持ちになっていた。

幼馴染みの居ない俺に幼馴染みができたわけで、だから、来訪は嬉しかったが、不穏なものも感じなくはなかった。

打ち壊しを誰よりも恐れなければならない村の人間が、打ち壊し勢を制圧する農兵の世話役の屋敷を訪れるのだ。訪れる理由が書かれていないのだから、当然、そっち寄りの話だろうと想う。常に状況の変化に気を研ぎ澄ましている中岡のことだから、また、なにか騒乱を仄《ほの》めかす新報が入ったのかと予期した。

となれば、中岡の用向きは俺というよりも兄になる。とはいえ、書状に兄の在宅を確認しようとする文言《もんごん》はなかったし、兄との面談を求める文言もなかった。どうしたものかと思ったが、結局、その日、兄が外出することになっても止めはしなかった。兄はこのところ、調練の準備で予定が埋まりがちだった。

「いや、訪問理由を記した書面も認《したた》めてはみたのだが……」

訪ねてきた中岡は言った。

「読み直してみると、あまりに不躾でな。やはり、書状で用向きを伝える頼みではないと判じた。参上して口頭できちんと説いた上で、お願いしなければならない」

「ほお……」

なにやら、たいそうだ。

「相手は俺でよいのか？」

そんな、たいそうなお願いなら、やはり、お願いする相手は兄だろう。

「むろん、よいに決まっている」

ならば、俺から兄に頼んでくれということか。

「兄への仲介ということだな。そういうことなら、ともあれ、その頼みの内容を言ってくれ。おまえの頼みだから、極力、心に適《かな》うようにするつもりだが、やるのは兄だから、やはり、内容がわからなければ確約はできない」

「いや」

けれど、中岡は言った。

「兄上への仲介を頼みに来たわけではない。おまえに、お願いしに来た」

どういうことだ、と思いながらも、とにかく言った。

「ならば、聴こう」

それが、先決《せんけつ》だ。

「この前、八王子で会ったときのことだがな」

中岡はおもむろに切り出した。

「おまえは江戸での稽古事の話をしたな」

「ああ」

鑓水村で再会したときは、そんなことまで話す時の余裕はなかったので、二度目に会ったときに話した。

「おまえは画を市川《いちかわ》其融《きゆう》と井上竹逸《いのうえちくいつ》に師事したと言っていた」

「よく覚えていたな」

話したといっても、進んで話したわけではない。中岡のほうから、俺がずっと森戸村を離れていた理由を訊いてきたので、問いに答える形で話した。例によって、儒学と剣術の他に、書と画と聞香と古琴と茶などもやっていて、けっこう忙しかったということだけを言った。市川先生と井上先生の名前を出したのも同様で、中岡に問われたからだ。けれど、市川其融も井上竹逸もそれほど世間に出回っている名前ではない。二人を選んだのは、その頃、絵画に傾倒していた兄で、十歳の俺はどっちの名前も知らなかった。だから、きっと、中岡が問うたのも話の流れでたまたま口にしてみただけで、とっくに忘れているだろうと想っていた。

「俺は画に疎い。市川其融と井上竹逸という名前も知らなかった」

中岡は言い、俺は、やはりな、と思った。

「で、村にも画好きは居るので訊いてみた」

分限者ぞろいの鑓水村だ。そこに、東海道原宿の植松与右衛門のような好事家《こうずか》が居たって、ちっともおかしくない。中岡はその鑓水村の植松与右衛門に訊いたのだろう。

「そうしたら、市川其融は琳派《りんぱ》の酒井抱一《さかいほういつ》の高弟である鈴木其一《すずききいつ》の門人であり、井上竹逸のほうは谷文晁《たにぶんちょう》の門下ではいっとう名の大きい渡辺崋山《わたなべかざん》の弟子とわかった。それも、崋山四天王の一人とされているらしいな」

村の画好きに訊いただけとはいえ、感心はした。というよりも、訊いたこと自体に驚いた。なにしろ、こういう物騒な時節だ。世間は画どころではなくなっている。話に出た文晁の門人たちにしたって、画では稼げなくなって、地方へ遊歴に出る者が目立つ。なのに、中岡が市川其融と井上竹逸に興味を示し、わざわざ人に訊いた上で、俺に「お願いしに来た」理由がわからない。まさか、中岡も画をやりたいとでもいうのか。

「で、訊きたいのだが……」

中岡はつづけた。

「これは、おまえが鈴木其一と渡辺崋山の画流を学ぼうとしていると理解してよいのだろうか。それとも、酒井抱一と谷文晁なのだろうか。あるいは、琳派と南画《なんが》か」

真っ直ぐな問いだが、なかなか困った問いでもあった。

「あえて答えるなら……」

絵画に不案内な中岡に俺が修めたいものを説くのは難しい。

「そのぜんぶ、ということになるのだが、それでよいか、となると、よいとは言えない。しかし、なんで、よいとは言えないのかとなると、たとえば懸腕直筆《けんわんちょくひつ》とか、用墨用筆《ようぼくようひつ》とかいった基本のところから語らなければならん。つまり、話が延々とつづくことになる」

だから、俺の稽古のことはさておいて、おまえの用件のほうを先に話せ、と言おうとしたのだが、その文句を遮るように、中岡は言った。

「なんだ、その懸腕直筆とは」

訊かれたからには、説かねばならない。

「字句の通り、腕を上げ、筆を真っ直ぐに持って運ぶということだ」

「紙に描くとすれば、紙に手首や肘《ひじ》を付けぬということか」

中岡はみずから二の腕を宙に浮かせて問う。けれど、肘は躰の脇に付いている。

「その通りだが、肘は紙だけでなく躰の脇にも付けない。肘を脇に付けたままにすると、二の腕が固定されてしまう。腕の動きが縛られる。だから、脇を開ける。要するに、腕を自在に動かせるようにするということだ」

中岡は俺から言われるままに、脇を開ける。

「ただし、ここが肝腎なのだが、脇は開けつつ、締めるのだ。撃剣の、竹刀の持ち方を想起《そうき》するのがよいかもしれない。竹刀もむろん、肘を脇に付けない。脇を開ける。開けるが、両脇を締めるだろう。締めなければ力が逃げて、竹刀を自在に振ることはできない。あれと同じで、脇を締めぬと、筆の穂先《ほさき》を想うがままに運べない。剣の気が竹刀の切《き》っ尖《さき》に伝わらぬように、画の気が穂先に伝わらぬということだ」

「紙に手首や肘を付けぬと不自由のような気がするが、逆に、付けぬほうが自由ということか」

中岡は呑み込みが早い。

「そうだ。手首や肘を付けたほうが自由のような気がするのは、形を作ろうとしているからだ。画は形ではない。己れの裡に湧き上がった画の気を解き放つ営みなのだ。心を満たしている着想、図《ず》組《ぐみ》を余すところなく描き出すのが絵画である。画の描き手は『天地間森羅万象形情活動ノ妙《てんちのかんしんらばんしょうけいじょうかつどうのみょう》』……即ち、この世のありとあらゆるものの移ろう様《さま》や動き行く様を、運筆《うんぴつ》と筆勢《ひっせい》で写してみせようと挑んでいる。だからこそ、腕は自在に動かなければならない。その志《こころざし》こそが、画の格となる。腕を不自由にして形に囚われるのは、みずから志を放棄していることになる。そこがわからぬと、画はわからん」

それを最初に俺に叩き込んだのは、画の師匠ではなく兄だ。当時、兄は狩野山雪《かのうさんせつ》にのめり込んでいた。いっときは絵画の道に進むことも真剣に考えたらしい。俺が歩んできた道筋にはことごとく兄の足跡がある。

「作法だから、ではないのだな。懸腕直筆という一つの手法が、絵画とはなにかという遠大な主題につながっている」

「わかってもらえたら嬉しい」

なかなか、わかってもらえるものではない。それでも努めて話すようにはしているが、どこかで諦《あきら》めているところもある。「わかってもらえたら嬉しい」は本音《ほんね》も本音だ。

「だから、懸腕直筆という視座ができると、画の見え方だって変わってくる」

ならば、もう少し先まで語ってよかろうと俺は判じた。

「たとえば、いまや押しも押されもしない円山応挙は懸腕直筆ではない。側筆《そくひつ》である。即ち、筆を真っ直ぐではなく、寝かせて描く。だから、横筆《よこふで》とも言う。筆の穂先ではなく、腹で描くのだ。懸腕直筆を己がものにするには十年はかかるが、横筆ならば形を作りやすいから、そんな辛抱は要らなくなる。応挙も元々は狩野派だから懸腕直筆から始めたのだが、どうやら蕪村を倣《なら》ったらしい。十八、九の頃から側筆を専《もっぱ》らにするようになった。以来、ずっと、承知してやっている。横筆の画を世の中に広め、認知させたことを、応挙の革新と見るか、画の格を落としたと見るかは、見る者しだいだろう。ただ、日本の絵画には、いま、おまえが言ってくれたように、運筆という、主題に直結する手法論があることは、わかっておいたほうがよかろうと俺は思う。名にしおう応挙も山水画はからっきしだが、あれは、山水画だけは側筆では描けないからだ。懸腕直筆を遣わざるをえなくなると、応挙も並の絵師になる」

「いや、俺にしても、これからはまちがいなく画の見方が変わるだろう」

中岡はいい聴き手だった。

「俺は画を形で見てきた。筆の運びなどまったく目に入っていなかった。まさしく、目から鱗《うろこ》だ」

「話を戻すが、そういうわけで、俺が修めようとしているものを語りだすと、話が長くなる」

懸腕直筆を語ったからには、用墨用筆も語りたい。しかし、そこまで語り出したら、歯止めが利かなくなる。

「だから、おまえの頼みのほうを先に言ってくれ。聴いた上で、俺にできるかできぬかを判断したほうが話が早かろう」

俺はとっくに言っていたはずの文句を言った。

「確かに、そうだ」

中岡は答えると、直ぐにつづけた。

「ジラールさんを覚えているか」

さほどの苦もなく、俺は答えた。

「あの、ジュスタンさんか」

顔かたちはほとんど覚えていない。なにしろ、鑓水村の浜見台へ上る坂の途中で、出くわしただけだ。それは娘のルネさんも同様で、いまとなっては、金髪碧眼としてしか残っていない。とはいえ、八王子の峠の村でフランス人に会ったことは忘れようもなく、中岡から聴いた二人の名前はしっかり頭に刻まれていた。

「よく覚えていたな」

中岡はお返しをするように言ってから、つづけた。

「ならば、ジラールさんが東洋美術に造詣《ぞうけい》が深くて、いまは日本の美術品を蒐集する傍ら、日本人相手にフランス語の教師をしている、と俺が言ったことも覚えているか」

「覚えている、と言っていいだろう」

中岡と話していると、なんにつけ正確に言葉にしようとする、中岡の話し方に似てくる。

「ずっと覚えていたわけではないが、いま、言われてみて、そうだった、と思った」

「ならば、もう、言わずもがなだろうが、いま、ジラールさんは鈴木其一と谷文晁を集めている」

「ほお」

中岡が言うように「言わずもがな」なのかもしれぬが、それでも、金髪碧眼が鈴木其一と谷文晁を蒐集していると聴かされると、なにやら芯の残った飯を食っているような気になった。

「それでだ。端折《はしょ》って言えば、ジラールさんは集めた画を、絵のわかる人に観てもらいたがっている。で、そういう知り合いが居ないか、相談を受けたのだが、俺には心当たりがない。断わろうとしたのだが、そのとき、ふっとおまえの顔が浮かんだ。それで、そういうことを頼めるものかどうかを訊きたくて、こうして参上しているわけだ」

と、言われても、芯の残った飯は嚙みにくいし、呑み下しにくい。直ぐに、そうか、わかった、とは言えない。

「可能かどうかは、ジラールさんがどういう意図で観てもらいたがっているかによる」

俺は芯を砕こうとする。

「意図によっては俺でも務まるかもしれぬが、しかし、俺がどうのこうのという前に、もっと適当な者が居るのではないか。たとえば、おまえが市川其融と井上竹逸のことを訊いた村の画好きだ。鑓水商人の画好きならば相当に集めているだろうし、おのずと目も肥えているだろう。彼はどうなのだ。話してみたか」

「まず、言うが、話してはいない。二つ、難点があるのだ」

直ぐに、中岡は答えた。

「確かに、俺が訊いた画好きも絵画を集めてはいる。呆きれるほどにな。しかし、目が肥えているかとなると疑わしい。そして、二つ目は、ジラールさんが商いとは関わりない人を望んでいるということだ。なんの曇りもなく画を観ることができる人を求めている。つまり、利害関係のある人は避けたい。ジラールさん自身はフランス語教師で、商人ではないが、周りは外国商人ばかりだから、いろんな商売上の思惑が交錯するなかで暮らしている。画は、そういう思惑の類から切り離したいのだ。同じ理由で、画を商いにしている者も除《の》ける。要するに、ジラールさんが欲しているのは、アマトゥールなのだ」

「なんだ、それは」

「フランス語で、日本語にすれば素人になるが、ただの素人ではない。鍛えられた素人とでも言えばよいのかもしれぬ。画を鑑賞する力を鍛えられた素人だ。鑑賞の達人と言ってもいいかもしれぬ」

「しかし、ジラールさんにしても、集めた日本の画を国に持ち帰って売るのではないのか。ならば、玄人だろう」

「いや、売らない。ジラールさんはミュゼをつくろうとしている。日本の画を集めたミュゼだ」

「ミュゼ……？」

「大きな建物の中にいろんな画が集められていて、そこに行きさえすれば、誰もが画を楽しむことができる。それがミュゼだ」

「そいつはおもしろいな！」

思わず俺は、身を乗り出していた。絵画をやる者がいっとう弱るのが、優れた画を観る機会が少ないことだ。名画とされるほどの画のあらかたは秘蔵されていて、別段の縁故《えんこ》でもない限り、目にできるものではない。だから、この時節でも、とっておきの画を互いに持ち寄る書画会《しょがかい》だけは盛況だ。まだ観ぬ画を観る機会は書画会くらいしかないからである。むろん、書画会にもピンからキリまであるわけだが、キリとみなしていた会にとんでもないピンが出ることも稀れにとはいえあって、画を描こうとする者なら、とにかく、まめに書画会を回るしかなくなる。

で、実を言えば、中岡が「いま、ジラールさんは鈴木其一と谷文晁を集めている」と言ったときから、俺の裡ではむくむくと観てみたいという気が湧き上がっていた。西洋の人間が日本の画を買い集めることに、芯のある飯を食っているような気になりつつも、しかし、それ以上に、観たい気持ちがどうしようもなく高まっていた。中岡の話を承諾すれば、真品の鈴木其一と谷文晁をまとめて観ることができるかもしれない。それは絵画を学ぶ者にとって、抗《あらが》いがたい誘惑だった。

「向こうでは、そのミュゼはずっと前から在るのか」

集められた画に引き寄せられるに連れ、「そこに行きさえすれば、誰もが画を楽しむことができる」というミュゼとやらへの関心も頭をもたげてくる。

「なんでも、七十年くらい前からあるらしいぞ。日本なら、寛政《かんせい》の頃だな」

「寛政、か。そんな前からか……」

「といっても、俺は単なる受け売りだから、興味があるならジラールさんに直に訊いてみたらどうだ」

意図してではないのだろうが、中岡の話の持っていき方は、ぐらぐらしていた俺の気持ちをぎゅっと摑んだ。

「ジラールさんは要するに、集めた画の真贋《しんがん》の見分けを求めているのか。そうなると、俺は鑑定を業にしているわけではないので、要望には応えられぬが」

気持ちは固まっていたが、いちおう念押しした。俺は作画を学ぶ者であり、商《あきな》う者ではない。画に対するときの構えは、真品か贋品《がんぴん》かではなく、良い画か、良くない画か、である。印章、落款の微小な差異には目が向かわない。事《こと》ここに至って、俺が要請を断わることができるとしたら、鑑定を望まれているときだけだった。

「俺もそういうことかと想って確かめたのだが、そうではないらしいぞ。さっき言ったように、ジラールさんが求めているのはアマトゥール……鑑賞の達人だ。日本人のアマトゥールと、集めた日本の画について、忌憚《きたん》なく語り合いたいらしい。そういう、なんとも漠とした要望だったから、俺も、おまえに頼むしかないと判じたのだ」

どうやら、観てみたいのを堪えるのも限度らしい。俺はひとつ息をついてから、中岡に問うた。

「日取りだが、ジラールさんはいつ頃を望んでいる？」

横浜開港場の居留地にあるジュスタン・ジラール邸を、中岡と俺が訪ねたのはそれから六日後である。

集められた画は三十点を超えていて、良い画がそろっていた。

とりわけ文晁は、文晁といえば偽物と言われるほどに偽物が溢れているのに良い画が多くて、ジラールさんの目の確かさを伝えていた。

「私はむしろ文晁は見分けやすいです。テンタイが踊るように生き生きとしていて、あれは文晁でなければ描けません」

ジラールさんが点苔《てんたい》をテンタイと言ったときにはびっくりした。

ジラールさんの言葉はむろん中岡が日本語に訳すのだが、点苔だけは自分でテンタイと音にしたのだ。

点苔は文字の通り、岩や木に生えている苔《こけ》を点だけで表わした水墨画の技法だが、実は、苔にとどまらない。

樹の枝に打てば葉の芽や花芽《はなめ》になるし、樹の根本にささっと打てば草になる。遠景に打てば木にもなる。

さらに、そういう目に見える物だけではなく、勢いや活力、律動といった目に見えぬ気をも表現することができる。

ある俊 秀《しゅんしゅう》の描き手が濃墨《こずみ》の点を要所に打つに連れ、画に息吹《いぶき》が吹き込まれていくのを目にしたときは心底より感動した。

下手が打てば汚れでしかないが、名人が打てば生命が宿る。だから、点苔はそもそも、良い画と良くない画を分ける境い目となるものなのだが、とりわけ文晁は点苔の練達だった。

文晁が腕を自在に遣って舞うように点苔を施せば、画がたちまち命を孕《はら》んだ。だから、文晁の落款が入っているのに点苔がまずいのは言うに及ばず、そこそこ良く描けていても、明らかに贋品になる。文晁の点苔に、そこそこはない。ジラールさんはまさに文晁の文晁たるところを観ていたのである。

「隈取《くまど》りも素晴らしいですね。薄墨があれほど延びる画を、私は知りません」

隈取りは墨の陰影で物に奥行きを与えたり、形態をくっきりとさせたりする技法だ。だから、墨は滞《とどこお》ることなく、どこまでも延びていかなければならない。

「あれは唐墨《とうぼく》を使っているんです」

俺はジラールさんが墨に言及《げんきゅう》したことに嬉しくなって言った。

「唐墨はよく延びる。ただし、難点があります。時を経るに連れて薄くなって、早ければ数年のうちに消えてしまうのです。ですから、文晁は唐墨に和墨《わぼく》を混ぜました。それによって、消えずにどこまでも延びる墨を手に入れたのです」

語りたかったのは、その先だった。

「ちょっとした画材の工夫のようですが、そうではありません。日本の画では、筆を自由自在に運ぶことがなによりも重要です。細い線も太い線も、短い線も長い線も、想うがままに動かせなければなりません。筆がなんでも言うことを聞くようになるまで運筆を磨《みが》くのです。申すまでもなく、そのためには、墨もまたなんでも言うことを聞くようにしなければなりません。どんな使い方をしても、常に墨ならではの色艶《いろつや》が出て、なおかつ、濃淡の調子が変わらぬように、墨の性状を知り尽くした上で遣いこなさなければならないのです。これが、『筆あり墨あり』と云われる所以《ゆえん》で、文晁はその基軸が染み込んでいるからこそ、ああいう工夫も生まれて、文晁ならではのどこまでも延びる隈取りが生まれるわけです」

「それがヨーボクヨーヒツ、ですね」

ジラールさんは用墨用筆も自分で音にした。

「そうです。そうです」

そういうわけで、ジラール邸での其一と文晁を語る時は瞬《またた》く間に過ぎた。

俺は芯の残った飯を食っているような気になったことなどすっかり忘れて、フランス式の夕食までご馳走になった。

終わると、ジラールさんは謝礼を渡そうとしたが、むろん、受け取る筋合いではない。中岡の受け売りで「私はアマトゥールである」と言って拒むと、「ならば、当邸訪問の記念として」と前置きして小さな箱を寄越したので、それは礼儀として受け取った。

とっぷりと暮れた頃に、西洋式の宿に入る。せっかくの機会だから、フランス式のオテルに泊まってみたらどうか、と、本来なら日本人が予約を取れない宿をジラールさんが取ってくれた。横浜では去年、居留地を焼き尽くす大火があって、あらかたの宿が焼け落ちたらしい。オテル・デ・コロニーというその宿は焼失を免れた稀有なオテルということだった。

部屋は二階で、本村《ほんむら》通りに面している。三本向こうが海岸通りだ。窓を上げて風を入れ、しばし、ぼけっとしてから、小箱を思い出して開けてみる。中にあったのは銀らしき懐中時計で、なぜか動いており、西洋式の時間で午後八時半を指していた。

慶応三年、西暦一八六七年の日本に居ながら、西洋式の町の西洋式の宿に泊まり、脚の付いた寝台で眠るのはなんとも不思議な感覚だった。

去年、玉川の河原で一斉射撃を受けたのであろう永次はこの町を目指していたのだった。この町に掛矢を振るって、「カネの世の中」そのものを壊そうとしていた。

隣りの部屋で眠る中岡はそれをなんとしても阻止しようとしていた。玉川の渡河を阻んで世直し勢の南進を止めることに、浜商人の根城である鑓水村の存亡がかかっていた。

餓鬼の頃の遊び仲間が、長じて敵味方に分かれたようだが、そうではなかろう。西洋の「自由貿易」に、強引に口をこじ開けられた変梃《へんてこ》な町の夜の通りに目を遣っていると、あらためてそうと信じられる。

みんながみんな、なにをどうしてよいかわからない。永次も、中岡も、なにをどうしてよいかわからない仲間だ。わからぬままに銘々が、その刹那《せつな》刹那、とりあえず、躰が動くことをやっている。

兄は今日も、六月の合同調練に備えて、森戸村の角場《かくば》でゲベール銃の稽古をしたのだろうし、きっと、明日もするのだろう。

俺は、戻ったら、白い大きな四角を黒く塗る最後の仕上げに取り組み、小作を止める兄を助《す》ける。

そうして、質地を元の持ち主に戻し、もはや、豪農ではなくなり、農兵世話役ではいられなくなった兄に、人を斬った想いを問い糺す。

なにをどうしてよいかわからないけれど、それでも人は、なにかをどうにかしなければならない。


翌朝は、仕事で横浜に残るという中岡に見送られて、七つ半にオテルを発った。

昨日は画を観たい欲に突き動かされて、知らずに腹が据わったのだけれど、帰途に就いてみると気が急いた。

もう、間もなく、武州世直し一揆が起きて一年になる。昨年の六月十三日に勃発して、十九日に鎮圧された。けれど、世均しの旗を掲げさせた状況は、なにも変わっていない。いつまた、どこで、旗がひるがえるかわからない。

俺になにができるのか、俺がそのときなにをするのかは、いまは見当がつかぬ。が、次になにかが起きるときは、とにかく、俺は土地の者として、その場に居なければならない。

森戸村までは十一里だから、普通なら五刻《とき》とちょっとかかる。足の鍛錬だと思って四刻を目指した。

午《ひる》は原町田《はらまちだ》の茶店でとったが、蕎麦《そば》を食い終えたら直ぐに出た。

その後も休みは取らなかった。

村に着いたのは午八つで、さすがに四刻は無理だったが、五刻は切った。五月の下旬で、陽はてっぺんからさほど落ちていない。

思わず、ほっとして、足をゆるめた。

道々、組んできた夜までの今日の段取りを、頭のなかでなぞる。

直ぐに引継ぎの仕上げにかかるつもりだったが、昨日、稽古を休んだ躰が竹刀を求めていた。十一里を歩き通しただけでは不服らしい。

素振りを二百本やってからにしようか、それとも、誰か道場に来てたら稽古をつけるか……あれこれと思い巡らせつつ坂を上がる。下垣内の屋敷はなだらかな坂の上にある。

山がちの村の坂なのに、なぜかこの坂に限っては道幅が広い。六間《けん》は優にあって、流鏑馬《やぶさめ》だってできそうだ。

俺の実家の記憶は常にこの幅広の坂道と結びついている。

といっても、理由は広さだけではない。坂を上がり切った屋敷の脇の広い空き地に、とてつもない生き物が呼吸《いき》をしているのである。

上がり終えずとも、もう、坂の中ほどから、頭の先だけは視野に入ってくる。

あとは一歩一歩、足を運ぶほどに肩が、腕が、胴が現われて、目を遣っているだけで、坂下でまとわりついたあれやらこれやらの俗事《ぞくじ》が洗い流される感に包まれる。

毎度、毎度、だ。

物心《ものごころ》ついて以来の付き合いなのに、まったく慣れるということがない。見るたびに、この世のものとは思われぬ佇まいに深く感じ入り、そして、下垣内の家がこの地で三十二代つづいてきたことを、躰で感じ取ることができる。

父が言ったことがある。「仰ぎ見ていると、下垣内は桜守《さくらも》りとしか思えぬな」と。

根回り六間半、樹高八間、枝張り東に六間、西に七間半、南に八間、そして北に四間……神の恩《おん》寵《ちょう》としか見ることのできぬ枝垂れ桜《しだざくら》を、下垣内は平安の世から七百年、手を入れつづけてきた。

その坂の、中ほどに差しかかる。

花の季節は言うに及ばず、葉桜《はざくら》となっても、いつもは思わず息が洩れ、ただ、見惚《みと》れるのだが、横浜開港場からの帰りのせいだろうか、今日はちがう。

この地とは離れがたいと、心底より思う。世の中にはいろいろな縁があるが、七百歳の枝垂れ桜と下垣内との縁は、切るとか切れぬとか、そういう尺度の遥《はる》か外にあるとしか思えない。

けれど、兄が俺に語った企《くわだ》てを進めれば、その切りようもない縁を切ることになる。小作を止めればこの土地を出てゆかねばならぬ、という兄の言《げん》はその通りだろう。おのずと、七百年つづけてきた桜守りも辞めなければならない。

この前、質地返還を初めて明かされたときは、兄の決断にただ感嘆したが、こうして枝垂れ桜と向き合えば、それが容易なことではないのは明々すぎる。

十から十八まで、生地を離れていた俺の躰にだって枝垂れ桜は根を深く張っている。生まれてから四十近くまでずっと、枝垂れ桜の呼吸と添ってきた兄を捉える根の深さはどれほどだろう。

「ふつうの商人がやっていることを初めてやってみて、俺はやはり豪商と豪農はちがうと悟った」と、兄は言った。

「豪農は百姓ではないと思ってきたが、そうではない、百姓なのだ。鍬は持たずとも、気持ちの上では鍬を持っている。土の臭いを知っている」と。

百姓ならば、人の縁にも増して土の縁が深かろう。頭で縁を切ると決めても躰が、枝垂れ桜の脈を伝える土地から離れられぬのではないか。足を送るほどに、小作を止めることなどほんとうにできるのかと思えてくる。

坂を上り切って、しかし、だからか……とも思う。だから、兄は引継ぎを急いでいるのか。

自分では結局、桜守りを辞めることができない。つまりは、質地返還に踏み切ることができない。けれど、小作は止めると決めている。で、どうあっても小作のできぬ俺に、死を待たずに代替わりをしようとしている、ということか。

もしも、そうだとしたら、そいつはどうなのか……。

気に入りの南向きの枝の下に座して考えようか、と思ったとき、ふと、屋敷に目が行って、人の出入りが多いことに気づいた。

なにか、あたふたとしているようにも見受けられて、足を門へ向ける。

番頭の嘉助《かすけ》さんが俺に気づいて駆け寄り、「邦雄さん」と呼び掛ける。

「どうしました⁉」

嘉助さんは涙顔《なみだがお》だ。

「小半刻ばかり前に、旦那様が運び込まれて……」

「運び込まれた……⁉」

兄は今日も角場へゲベール銃の稽古と調整に行っていたはずだ。中古の銃のなかには、銃剣付きで実戦で使われたために、銃身が曲がっているものが少なくないらしい。当然、弾道に癖が出て、真っ直ぐには飛ばない。兄はその一挺ごとの癖を洗い出して、まとめようとしていた。

「それが惨《むご》くて」

どういうことだ。俺は唇をきつく結んで中へ分け入る。

「こっちだ!」

座敷へ向かおうとした俺に、帳場の奥から声がかかる。顔を向けると、仙次郎さんが立っている。そう言えば、仙次郎さんも稽古に加わるかもしれないと聴いていた。

「戻ったか」

帳場の奥には、商材を仮置きしておくための広い板《いた》の間《ま》がある。

「座敷へ安置させていただけるようなご遺体ではなくてな。いま、八王子へ修復ができる者を呼びにやっているところだ。ひとまず、ここに居《お》わしていただいて、手入れを施すことができたら、お移しするつもりでいたのだが、それでよいか」

「ご遺体、ですか」

声の震えを抑えつつ問う。

「ああ、暴発事故だ。俺はそのとき角場を外していたので定かではないが、おそらく、二度詰めだろう」

「二度詰め……？」

「弾と玉薬が装塡されているのに気づかずに、もう一度、弾と玉薬を詰めてしまうのだ。二度目の弾が蓋《ふた》となって銃口を塞ぎ、銃身のなかで二倍になった玉薬が炸裂《さくれつ》する。暴発事故のなかではいっとう多い」

兄は四十五挺の銃を一挺ずつ、幾度も撃って癖を見極めていたのだろう。少なくとも二百回は撃たねばならぬはずだ。使う玉薬は黒色火薬である。発射するたびに、目に悪い白煙が盛大に上がる。知らずに集中が切れて、二度詰めをしてしまったって不思議はない。不思議はないが、ありえない。兄にはこれから、いっぱいやることがあった。事故に拐《さら》われるなんぞ、ありえない。

「だから、お見送りする前に、言いにくいが言っておく。腕は両方とももげている。頭はあるが、顔はほぼない。血は止め切れぬままだ。そのことを心して、お見送りしてくれ」

喉がくわっと強張《こわば》って、言葉が出てこない。俺は黙したまま頭を下げ、板の間の一角に置かれた霊柩へ向かった。

葬儀は怒濤《どとう》のようだった。兄は森戸村の名主であり、森戸村二十七ヵ村改革組合村の寄場惣代であり、森戸村組合二十七ヵ村農兵隊の農兵世話役だった。どれか一つだけでも弔問《ちょうもん》の列は途切れぬのに、三つとなれば、もう、収拾がつかなくなる。十八歳の世慣れぬ喪主《もしゅ》が、どうやって切り抜けたのか、思い出せぬほどだ。けれど、だからこそ、突然の兄の喪失にも踏ん張れたのだろう。とりあえず、やらねばならぬことがありすぎて、へたり込んでいる暇がなかった。

葬儀を終えても、やらねばならぬことはつづいた。というより、つづけた。休みなんぞ入れたら、兄の死の傷《いた》みと疲れが綯《な》い交《ま》ぜになって、質地返還に手が付けられなくなるのは目に見えていた。延ばし延ばしになって、挙句、棚上げということだってないとは言えなかろう。世の習いならば、四十九日を済ませてからということになるのだろうが、初七日を終えるやいなや、俺は改革組合の二十七ヵ村のすべての豪農を、弔問の礼と質地返還の断わりを入れるために訪ねることにした。兄とは、どうせ了解は得られぬのだから、断わりは書状だけにして、一気に突っ走ることも話し合った。が、兄が柄にもなく「飛ぶ鳥跡を濁さずだ」と、使い回された諺《ことわざ》を言って、一軒一軒回ることにしたのだった。そういうときには、古雑巾《ふるぞうきん》のような諺ほど効くものなのだと、あのとき学んだ。

覚悟していたことだが、質地返還を切り出して〝そうですか。わかりました〟と答える相手は一人として居なかった。誰もが難色を示し、再考を求めた。下垣内の家だけの問題ではないことはわかっているのかと詰問《きつもん》されたし、いや、これだけは思いとどまってもらわなければならぬと強要もされた。「もしかしたら、火矢《ひや》が飛ぶことになるかもしれませんよ」と口にするところさえあった。火矢は火の付いた矢ではない。言うことを聞かぬと火を付ける、という文《ふみ》を結んだ矢を家の壁に放つのが火矢である。脅しに屈しなければ、ほんとうに火が放たれる。むろん、差出人の名は記されていない。村に生きる者にとっては、最もあってほしくない凶事と言っていい。

そのように、連日、堪忍《かんにん》を試されているような日々だったが、兄に託されたのだと思うとなんとか堪《た》えられたし、相手を恨むこともなかった。豪農の視座からすれば理があるのは向こうなのだから、ともかく、腰を低くし、聴く耳をもって対処した。なんとか火矢を放たれなかったのは、逝去《せいきょ》から間もないことと、兄がそれまでに土地に果たした功績のゆえだろう。放つ寸前のところまでは行ったのだろうが、踏み切るとなると、やはり、ためらわれたのではないか。

断わりの旅を終えると、三十二軒の小作の人たちに集まってもらい、その場で確認をした上で、無償で質地証文を焼却した。喜ぶ人よりも、信じられぬ風の人のほうが多かった。小作をつづけることを望む家が二軒あったのは予想外だったが、希望を叶えるわけにはいかなかった。

そのあとも、やるべきことは山ほどあった。というよりも、小作を止めることが、すべてのやるべきことの始まりだった。小作を止めたのだから、森戸村を出ていくことも決まったことになる。おのずと、質屋を畳まなければならぬし、縞買いも店仕舞いしなければならなかった。家屋敷の処分もあるし、いまは元手代名義にしている横浜の生糸売込商を下垣内に移す手続きだってある。商いを手伝ってもらっていた人たちの暮らし向きも考えねばならない。兄に仕込まれた白い四角を黒くする技を、いよいよ駆使するときが来たのだった。

でも、俺はいったん休んだ。

突然の葬儀につづく質地返還で、俺は兄の死を棚上げにしていた。兄の死と正面から向き合っていなかった。躰に溜まった疲れはなんとかなっても、兄の死から目を逸《そ》らしつづけるのは、もう限界だった。

あの日、お見送りした兄の亡骸《なきがら》は惨かった。兄は死んだが、兄に、死に顔はなかった。目も鼻も唇も失われて、目のあった辺りからまだ間断なく血が流れ出ていた。死に顔から兄の想いを読み取りようもなく、兄は紛れもなく、銃の暴発事故で逝ったかに見えた。けれど、俺は、事故死を受け入れがたかった。とにかく、兄のありのままの死を見届けたかった。

「不発で二度詰めすることもあるんだよ」

通夜《つや》のときに、仙次郎さんが言った。

「いまは梅雨《つゆ》だろ。湿気が多い。玉薬が湿ってちょくちょく不発になるんだ。でも、先込め銃は装塡が外から見えないからさ。不発とは知らずに、弾と玉薬を込めてしまう」

梅雨で不発か、と思う俺に、仙次郎さんは「それとな……」と言ってから、つづけた。

「弾を込めて戦場へ出たものの、やはり撃てなくて、弾が残ったままになることもよくあるらしいよ」

「撃てなくて……？」

「敵だからといって、躊躇《ちゅうちょ》なく撃てる者ばかりではないようだ。戦場で、もう、待ったなしなのに、いざ、人に銃口を向けて撃つとなると、引《ひ》き鉄《がね》を引けない兵がけっこう居るらしい。それもまた、二度詰めの原因になると聞いた」

俺がずっと想っていた兄は、そういう兄だった。弾が飛び交う戦場へ出て、もう腹だって据わっているだろうに、それでも、人を撃つことはできない人だった。撃たなければ撃たれるとわかっているのに、やはり、撃つことができない。このふた月半、俺は、そういう、どうあっても人を殺められぬ兄と、三人の「敵」を軍団員として斬った兄とのあいだを揺れ動いた。

揺れはいまも収まっていない。収めるために、俺は訊くはずだった。「添うだけ」を止めて、三人の人を斬った想いを問い糺すはずだった。六月の合同調練が終わったら、訊くはずだった。それが兄の、救いにもつながるはずだった。けれど、兄は、合同調練を待たずに逝ってしまった。

兄自身が、玉川の河原での己れの振る舞いについて語ったのは、結局、江の島での言葉のみだ。兄は「人を斬って、どういう想いが残るかについては、なかなか説きにくい」と洩らしてから、「話す気はなくはないのだが、言葉が見つからぬのだ。人を斬ったことのない者に、どのように伝えれば言わんとするところが伝わるのか……折に触れて考えているのだが、どうしても、これならばという言葉が出てこない。いつかふっと浮かび出て、話せる日が来るのかもしれない。その日まで待ってくれ」とつづけた。

悔やまれるのは、それらの言葉を小僧の俺がそのまま受け入れてしまったことだ。兄はまちがいなく、事件のことをずっと抱えつづけてきただろう。思い出さぬ日は一日とてなかったはずだ。俳句と和歌で言葉を研《と》いできた兄である。おそらく兄は、とっくに「これならばという言葉」を得ていただろう。ただ、その言葉を「人を斬ったことのない者」に伝えたとき、どういうふうに受け止められるかを恐れていたのではないか。ならば、どうあっても話せ、と迫られれば、話したのかもしれない。いや、むしろ、話せ、と迫られるのを、待っていたのかもしれない。「その日まで待ってくれ」と言いながら、いま直ぐにでも質《ただ》されるのを待っていた……。そこまで踏み込んで、問うてくる者を待ちわびていた。

だから、銃の暴発が呑み込みにくい。企んで二度詰めしたとは言わぬ。が、質されるのを待ち切れなかった兄、を想ってしまうのは、いかんともしがたい。もしも俺がもっと早く迫っていたら明かされていたかもしれない「これならばという言葉」に、兄は追い詰められていったのではないか。そうして、質地返還では贖罪にならぬと、思うに至ったのではないか……。

そのとき、ふと、屋敷に戻った日に兄が言ったあの言葉が浮かんだ。

「おまえも一度斬ってみたらどうだ」

「なにを……?」と問うと、

「人だよ」と返した。

「人って……」

「本物の人さ」

江の島で兄は、「あれは忘れてくれ」と言った。「いっときの気の迷いだ。本意ではない」と。

ほんとうに「気の迷い」か。

ほんとうに「本意ではない」のか。

あれこそが「本意」ではないのか。

兄は俺に、自分の側に来てほしかったのではないか。人を斬ったことのある者の側に来てほしかったのではないか。

そうすれば、人を斬ったことのある者どうし、「これならばという言葉」を、存分に語り合えると思ったのではないか。

相州瀬谷村での合同調練のとき、打ち上げの宴席で、神道無念流の遣い手である中野辺作造さんが、「邦雄殿も斬ったことはおありですか」と問うてきたことがあった。

いささか不躾を感じつつ「ありません」と答えると、微かな落胆を漂わせながら、「どうなのでしょうか……」と言った。「なにがでしょう」と問い返すと、中野辺さんは語った。

「いや、斬ると、どういう想いが残るものなのかと……。兄上のことではありませんが、味わったことのないほどの爽快感があった、という武勇伝も伝わってきます。よりによって、爽快感です。いまも、その感触が忘れられぬ、と。そういうものなのか、人それぞれなのか。おそらくは、己れで斬らぬ限り、答は出ようもないのでしょうが……」

あのときは、人を斬って「爽快感」か、と嘆じ、人を斬って「爽快感」を得るのと、人を殺して「爽快感」を得るのとどうちがうのかと思案したが、「己れで斬らぬ限り、答は出ようもない」のは、中野辺さんの言う通りだと思った。

そして、だからこそ、俺は兄に添わねばならぬとも思った。

いかに兄のためとはいえ、人を斬った者の想いを知るために、己れも人を斬るのは無理が過ぎる、と。

でも、どうなのだろう。

ほんとうに無理か……。

人を斬るのが無理なのは、あの頃の俺だろう。

いまの俺なら、無理ではないのではないか。

目も鼻も口もなく、逝ったあとも血が流れ出る顔のない顔と向き合った俺なら、無理ではないのではないか……。

俺が踏み込んで問わなかったがために、兄はなにも語ることができぬまま、逝ってしまった。

ならば、俺が確かめるしかないのではないか。

俺が人を斬って、どういう想いが残るのかを、確かめるしかないのではないか。

日を置いて幾度となく否んでみたが、押しとどめるものはなにも浮かんでこなかった。


翌日から、俺は動いた。もろもろの整理に動いた。

整理の眼目《がんもく》は、飛ぶ鳥跡を濁さず、だ。いまとなってみれば、兄の遺言だ。

番頭の嘉助さんら、手伝ってもらった年配の人たちには、楽隠居とはゆかぬまでも先々困ることはない額の慰労金を奢った。まだまだ先行き長い者たちには、近くの在郷町でなら店《たな》持ちになれる額を渡した。嫁入り前の女衆《おんなし》には親孝行ができる額を用意した。むろん、親孝行に遣わなくたって構わない。

質地証文は無償で灰にしたのだから、預かっていた質物《しちもの》も無償で銘々に返した。縞買いの在庫は仕入れ値で売り、織り屋で仕掛かっていた分の代金は全額を支払った。生糸売込商は下垣内に名義を移した上で、とりあえず元手代の和郎《かずお》さんに引き続きやってもらっている。難しいだろう、と危惧《きぐ》したのは、家屋敷の処分だが、なんと、仙次郎さんが買ってくれることになった。

「俺も、もう、あとちょっとだろ」

明日は四十九日という日に、仙次郎さんが訪ねてきてくれて言った。枝垂れ桜が目に入る側の濡れ縁だ。仙次郎さんと俺は並んで座っている。

「この枝垂れ桜の傍《そば》で、お迎え、待ちたいんだよ」

仙次郎さんと会うのは、質地返還の断わりを入れたとき以来だった。仙次郎さんも豪農の一人だから、永倉村の屋敷を訪ねた。親しくしていたからわかってくれる、などという期待は抱かず、反対側に回るのを覚悟した。

小作をやっていれば反対するのが当たり前だから、それでどうこう思うつもりはなかったのだけれど、いざ、説いてみると、仙次郎さんは唇を閉じたままで反対も賛成もしなかった。反対ではあるが止めるつもりもないという、近しくしていた者ならではの出方で、それはそれでありがたく受け止めたのだが、実は、まったくの的外れだった。四日の後、驚いたことに、仙次郎さんも質地返還を表明したのだった。

口には出さずとも互いに同じ想いを抱いていたわけで、顔を合わせて話をしたかったのだが、二人とも日々ばたばたするのは避けられず、それから、およそひと月半が経った、四十九日の前日になって、ようやく面談に漕《こ》ぎ着けたのだった。

「いや、邦雄から話を聴いたときは、こっちも、もう、小作を止めることは決めていたんだよ。周りに断わりを入れる頃合いを見計らっていたところだったんだ」

　もどかしそうに、仙次郎さんは語った。

「だから、びっくり仰天さ。まさか、他にもやるとこが出るとは夢にも想っていなかったからね。説かれてみれば、そりゃあ下垣内ならやるだろう、とは思ったが、正直、あのときはそこまで思い及ばなかった。小作を止めるということは、そういうことさ。下垣内だってやらないと、決め込んでしまうことなんだ。だから、ほんとは、実は俺もだ、って言いたくてうずうずしていたんだが、こういうことは、踏み切るときまで貝になっていなきゃならないからね。じっと我慢を決め込んでいたわけさ」

　で、仙次郎さんも永倉村を出ることはとっくに決めていて、移る先の心算《こころづも》りもあったのだが、下垣内が森戸村を引き払うのを知って手を挙げたということだった。

「近すぎませんか」

　買ってもらえるのはありがたいが、永倉村と森戸村は半日で行って帰れる距離だ。俺はいちおう念押しした。

「俺の歳になると、まったくちがう土地は無理だよ。慣れないうちに死んじまう。近いとはいっても隣り村ってわけじゃないから、せいぜい図太くやってくさ」

　からからと笑って、仙次郎さんは言った。その笑い顔を見て、俺は江戸から森戸村へ戻った日を思い出した。武家姿の仙次郎さんを仙次郎さんとわからない俺に、「いやいや、こんな格好をしていたのでは、わからなくても無理はない」と言って、からからと笑ったのだった。

　あのとき仙次郎さんは「二年前に苗字帯刀を御地頭様から許されてな、いまは斉藤仙次郎だ」とつづけたのだが、今日の仙次郎さんは武家ではなく、農家の姿だった。永倉村を引き払うのを機に、在地代官も致仕《ちし》したらしい。幕府開闢《かいびゃく》以来、代々、書院番家の林田淡路守様に仕えてきた仙次郎さんには下垣内にも増して大きな決断だっただろう。

「武家はどうでしたか」

立ち入るが、俺は農家姿の仙次郎さんに問うた。迷ったら、立ち入る。このふた月半で、学んだことだ。

「邦雄は旗本の書院番家を知ってるかい」

枝垂れ桜に目を預けて、仙次郎さんは問い返した。

「ええ」

やはり戻った日に、兄から聴いた。将軍の親衛隊を務めるべく定められた家筋である、と。

「去年の八月、その書院番が公方様をお護りする御役目を解かれたんだよ」

それも、兄から聴いている。

「代わって、お護りするのは奥詰銃隊だ。西洋式の軍隊さ」

「そのようですね」

「書院番も家筋としては残っているらしいが、実質、なくなったと言っていいだろう。徳川幕府が開かれてから二百六十四年、旗本のなかの旗本でありつづけてきた書院番家は、慶応二年に消滅したんだ」

それは、つまり、旗本が消滅したと言ってよいのだろう。世間からまったく目を集めることもなく、旗本という将軍直属の武家はこの世から掻《か》き消えた。

「林田様にとっては天変地異に等しい。まさか、自分が書院番家としての最後の当主になるとは夢想だにしなかっただろう。衝撃の大きさは言わずもがなと思うが、いま、言いたいのは林田様ではなくて俺のほうなんだ」

俺のほう……？

「俺もな、気がついてみたら、心張《しんば》り棒が消えていたんだよ。腑抜《ふぬ》けになっていたんだ。なんにもやる気が起きなかった」

仙次郎さんが、か……。

「不意を突かれた、というかな。話には聴くけれど、自分に限ってはそういうことはないと高《たか》を括《くく》っていたから、なんだ、これは、という感じだった。俺の裡で、書院番家がそんなに大きく重いとは想いもしなかったんだ。そんなはずはないと自分を叱咤《しった》するのだが、どうにもならない」

書院番の解体は、去年の八月初めだったはずだ。武州世直し一揆から、およそふた月の後《のち》になる。仙次郎さんの永倉村は、林田様の私領だから農兵は居ない。むろん、林田様の御家中も誰一人として来ない。永倉村の防衛は仙次郎さん一人の肩にかかることになった。騒動のあいだ中ずっと、仙次郎さんはほとんど眠っていなかったのではないか。なのに、なんとか切り抜けたそのわずかふた月後《ご》、気持ちの背骨だった書院番が消滅してしまった。どうにもならないはずだ。

俺が森戸村へ戻ったのは、それから八月《やつき》が経っただけの今年四月である。きっと、仙次郎さんの不調はつづいていたのだろう。でも、あのときは、そんな風には見えなかった。苗字帯刀を「それは御出世でございますね」と俺が言ったら、「そうだとよいのだがな……」と口を濁しはしたが、そのあと、真新しい道場でたっぷりと手合わせしたのだ。

「あれから、なんとか、ごまかしごまかしやってきたが、もう、にっちもさっちもいかない。去年の暮れには豪農の看板を下ろすのも決めていて、あとは、なにをいつどうやるか、という問題だったんだ。申し訳ないが、正直、邦雄が先駆けて質地返還をやってくれて助かった。あれで踏ん切りがついたし、逆風、ぜんぶ引き受けてもらった。俺は二番煎じだから、だいぶ楽だった」

まったく気づかなかった。仙次郎さんとは兄に病がないかを尋ねに行ったときの他にもたびたび顔を合わせているのに、なにかおかしいとすら思わなかった。きっと、見ていなかったからだ。目には入っていても、見てはいない。なんにつけ、見ようとして見ていないと、なにも見えてこない。

「そういうわけで、ここがいい。この枝垂れ桜と共に居るだけで、力をもらえそうな気がする」

そういうことなら、そうであるといい。道場だってある。大岩でなくてもいいから、また、岩になってほしい。

「俺は、ま、そんなところだが、邦雄はこれからどうする？」

仙次郎さんは問うてくる。そう言えば、誰からも、これからどうする？　と問われていない。

「しばらく旅に出ようと思います」

俺は答えた。そう、旅に出る……。もろもろの整理に動いたのも、旅に出るためだ。人を斬ると決めたあと、直ぐにでも発とうと思ったのだが、そうしなかったのは、自分の覚悟を確かめたかったからだ。

日常は強い。手強い。普段の自分には浮かぶはずのない企てを想い付いて、もう、絶対にまちがいないと信じ込んでも、日々の雑事をこなすうちに見る見る色褪《いろあ》せて、凡百《ぼんひゃく》の企てに堕してしまうことがままある。人を斬ることがそういう類の企てなのかどうか、それを見極めるために、整理のひと月半を送った。

覚悟はなんら揺らいでいない。

日常に晒《さら》されても擦り減らなかった。

旅立つ腹は据わっている。

明日、四十九日を済ませたら、発つつもりだ。

「老婆心《ろうばしん》だがな……」

仙次郎さんは言った。

「死んだ者に囚われるなよ」

思わず俺は、仙次郎さんの横顔に目を遣った。四十九日の前日だ。普通なら、故人を偲《しの》べ、とか、手厚く弔《とむら》えとか言ってくるところだ。

「死んだ者は死んだ者だ。終わったことなのだ。邦雄はまだ十八だ。長い時を生きていかねばならない。なにより大事なのは、いまを生きることだ。死んだ者への孝行は、生きている者の将来を損《そこ》ねやすい。後ろに退かずに前へ進め」

俺は唖然として聴いていた。

「死んだ者だって、生きていく者の邪魔はしたくないだろう。まして、昌邦だ。おまえの邪魔立てをしたら、死んでも死にきれぬはずだ。だから、迷ったら、とにかく前だ。後ろじゃあない。このことだけは、心に留めておいてくれ。気鬱《きうつ》の俺が言うのもなんだがな、気持ちの持ち方しだいで景色ががらっと変わって見えることがある。まちがいない、なんぞと決め込むな。いいな。迷ったら、前だ」

気鬱の仙次郎さんが言うからこそ、明後日にも発つつもりの俺の耳にも入ってきた。

心に留め置こうとも思った。

いまは「後ろ」へ向かうしかない。「後ろ」へ退かないと「前」へ進めない。

けれど、確《しか》と、胸底に刻みはした。

「迷ったら、前だ」と。

俺は仙次郎さんを見ていなかったけれど、仙次郎さんは俺を、見ようとして見てくれていたのだった。


二日後、俺は旅立った。

「前」を念じつつも「後ろ」へ旅立った。

人を斬る旅に出た。

目当ては、浪人だった。

斬るなら、浪人と決めていた。

剣を持たぬ者を斬ったら、辻斬りでしかない。辻斬りなんぞをするつもりは毛頭ない。

剣を持つ者で、しっかりと遣える、こっちも斬られるかもしれない相手を選ばねばならぬ。

最初に言ったが、俺は人殺しには一分の理もないと思っている。一分の理もないことは、できない。でも、こっちも殺されるかもしれないとなったら、お互い、一分の理もない者どうしだ。それなら、剣を抜くことができる。

とはいえ、主持《あるじも》ちは駄目だ。斬るか斬られるかという混《ま》じり気《け》のない営みに、主の事情という余計な雑事が入り込む。で、斬るなら浪人しかなくなる。

浪人でも、好ましい人間は困る。斬る気が起きなくなる。嫌《いや》な人間ほどよい。いったいなにを考えているのかわからぬような、知れば知るほどおぞましくなるような汚ない奴がいい。

汚なくても、弱いのはいけない。えらく弱い奴は、剣を持たぬ奴とおんなじだ。殺せば、辻斬りになってしまう。めっぽう汚なくて、めっぽう強い……俺が欲しているのはそういう浪人だ。誰もが怖気《おぞけ》立つ狂犬だ。

とびっきりの狂犬と遭遇するために、俺は七月の下野《しもつけ》を歩き回った。

下野を選んだのは、「野州《やしゅう》浪人」という言葉をしばしば耳にしたからだ。日々の糊口《ここう》を凌《しの》ぐために、村々を訪れては合力銭をせびり、止宿と飯を強要する……俗に言う徘徊浪人の本場が野州、つまり下野国らしい。

他に、地名に浪人が付くのは「奥州《おうしゅう》浪人」か「武州浪人」くらいだ。奥州は奥羽《おう》で、国名ではなく東北全体を指すし、江戸が入る武州は別格だから引合《ひきあ》いには出せんだろう。関東でひとつの国名と浪人が合わさるのは、「野州浪人」くらいしかないと言っていい。

徘徊浪人だけでなく無宿や博徒といった悪党は、カネの匂いに引き寄せられて集まってくる。甲斐や上野《こうずけ》など、生糸や絹織物で繋くカネが動く、いわゆる機業地《きぎょうち》に名の売れた博徒が多い理由がこれだ。

ならば徘徊浪人だって、下野よりも上野に集まるのではないかと思えるが、そこに、武家の数が関わってくる。

上野に領地を置く大名の数は九家、いっぽう下野は十家。数の上では同等だ。けれど、一家の大きさがちがう。上野には十七万石の前橋《まえばし》藩を筆頭に、八万二千石の高崎《たかさき》藩、そして六万石の館林《たてばやし》藩があるのに対し、下野で三万石より大きい藩は、六万四百石の宇都宮《うつのみや》藩しかない。

このちがいは、国の全石高に占める大名領の石高の割合に如実に現われて、上野は四割五分に上るが、下野はわずかに二割七分にすぎない。つまり、下野の七割三分の土地には武家が居ないということだ。博打《ばくち》という生業《なりわい》を持ち、衆《しゅう》を頼む博徒はそれでもカネの厚み第一で上野に賭場《とば》を構えるが、多くても十人、たいていは一人もしくは二、三人で村にたかるだけの徘徊浪人には、武家の薄さによる治安の脆さが蜜になる。

で、下野を歩くことにした。名目《めいもく》は武者修行である。懐には、桐油紙《とうゆがみ》で包んだ北辰一刀流中目録の免許状がある。道々、道場を見つけたら、手合わせを願い出るつもりでもいる。万に一つ、関東取締出役に出くわして遊歴の目的を問われても名分が立つ。

身形《みなり》は武家姿だ。本差を腰に帯びるなら、当然ながら武家姿がいっとう目立たない。小紋の単衣《ひとえ》に、夏用の仙台平《せんだいひら》を合わせている。徘徊浪人とまみえるからといって、意図して粗末な身支度《みじたく》にはしない。六年前の文久元年に、無宿体《てい》の者は容赦なく捕縛して、手に余ったら殺害してもよいという触れが公儀から村々に回っている。見てくれから無宿と認められたら捕縛されかねないし、いったん縄を受ければ、吟味《ぎんみ》を受けぬままの牢死は珍しいことではない。余計な面倒は省くということだろう。そんなくだらぬ死に方をするために旅に出るわけではない。

本差は兄が居合に遣っていた津田越前守助広、二尺三寸五分だ。濤乱刃《とうらんば》の刃文のみならず体配《たいはい》も素晴らしく、振っても申し分ない。このときは、代々の苗字帯刀を授かった祖父に感謝した。武家支度をしていても、偽りにはならない。桐油紙には道中手形と中目録免許状の他に、苗字帯刀の仰《おおせ》付け状も収めてある。もろもろ懸念なく、旅立つことができる。

武州の森戸村から下野へは、八王子千人同心が使っている日光脇往還《にっこうわきおうかん》を往く。扶持《ふち》も授《さず》かるが年貢も納めるという、あまり類のない郷士である千人同心の第一の御役目は日光勤番だ。千人頭《がしら》に率いられた五十名の同心が半年交代で日光山の火之番《ひのばん》屋敷に詰め、山内の防火と実際に出火した際の消火に当たる。このとき八王子から江戸を経由することなく日光へ至る道が日光脇往還で、だから、八王子千人同心道《みち》とか千人同心街道などと呼ばれることもある。日本橋から千住《せんじゅ》、草加《そうか》と往って栗橋《くりはし》で武州を抜ける日光街道を使えば四泊はかかる旅が、日光脇往還で往けば三泊で済む。

もっとも、この時節なら、八王子千人同心よりも、武州世直し一揆勢を軸に日光脇往還を語ったほうが当を得ているかもしれない。十数万人の窮民が蜂起して燎原《りょうげん》の火のごとく広がった、まさにその燎原こそが日光脇往還を幹《みき》とする一帯なのである。たとえば、八王子から最初の宿場である拝島《はいじま》宿だ。あの玉川の築地河原で日野宿農兵隊らに壊滅させられた世直し勢は、一揆の火元である秩父《ちちぶ》郡上名栗《かみなぐり》村から飯能《はんのう》を経て青梅《おうめ》に入り、そして拝島を通って築地河原に立った。

次の箱根《はこね》ヶ崎《さき》宿は青梅から新宿に至る青梅道と日光脇往還が交わる要衝《ようしょう》であり、世直し勢が往きつ戻りつしている。燎原の火のごとく広がったのは、さまざまな道が茂る枝のごとく整っていればこそであり、それは、四番目の宿場である扇町屋《おうぎまちや》宿でも言える。千人同心の帰りの宿泊地である扇町屋宿は、飯能と所沢《ところざわ》を結ぶ。飯能から扇町屋へ入った世直し勢は所沢で三派に分かれ、柳《やなぎ》窪《くぼ》で田無《たなし》組合農兵と、大久保《おおくぼ》で川越《かわごえ》藩銃隊と、そして野火止《のびどめ》で高崎藩銃隊と戦った。

そのように、それぞれの宿場が、武州世直し一揆を強く記憶している。最初の下野の地である天《てん》明《みょう》宿に至る十を超える宿場のなかで、世直し勢の足跡のない土地はないと言っていい。通過するだけではない。宿場には土地の豪農が営む穀屋などの店が連らなっており、世直し勢が世均しを果たす場所でもあった。一年が過ぎたいまでも、打ち壊されたままの建物が目に入ってくる。宿場の辻に差しかかると、いまにも新たな一揆勢が押し出してきそうだ。

もしも、三月《みつき》より前にこの道を歩いたとしたら、そんなことは想いもしなかっただろう。武州世直し一揆の風聞は耳に入っても、少し大きな百姓一揆くらいにしか考えていなかったし、まして や、百姓が武張るのを嫌う兄が農兵という軍団の隊長格になって、人を殺めているとは想像のしようもなかった。そんな自分がいま、百姓に殺された百姓たちの息遣いを感じながら下野を目指している。あらためて、兄はなんで三人の人を斬り、斬ってどういう感が走ったのかを想う。そして、だからこうして、人を斬りに行くのだと思う。日光脇往還の旅は己れの覚悟を研がれつづける旅であり、八王子千人同心と同じく坂戸《さかど》に一泊して、二日目の夕に天明宿が置かれる佐野《さの》の町に入ったときも、覚悟はいささかも減じていなかった。

日光脇往還は佐野からさらに栃木《とちぎ》、鹿沼《かぬま》、今市《いまいち》等を経て日光に至るが、俺は佐野で脇往還を外れて下野を回る。着いた七月十六日の夜は宿で休むだけにして、翌日、町を回って剣術の道場を探した。とりあえず、ざっとでもいいから、下野の土地勘を備えたい。誰かに尋ねるなら、剣術遣いがいちばんだ。竹刀を交えるだけで気持ちの距離が一気に縮まり、勝手知ったるかのごとく話が弾むことは多い。他流試合は、己れの知らぬ世界への扉である。

下野国安蘇郡《あそごおり》の佐野は堀田摂津守《ほったせっつのかみ》様の大名領だが、石高は一万六千石であり、しかも、その一万六千石は下野のみならず上野と近江《おうみ》に分かれている。加えて、堀田氏は江戸定府《じょうふ》であり、緩和された文久二年より前から参勤交代をしていない。佐野に帰ることはないので城はなく、陣屋が置かれるのみである。おのずと、藩士の姿は薄い。だから、はたして道場などあるのかと危ぶんだのだが、歩いてみれば杞憂だった。立派な構えの道場から、気合のこもった掛け声が往来まで届いてきたのである。

下野には、鼻祖の福井嘉平が下野の出だったせいか、神道無念流の道場が多いと聴いていたが、はたして、その大須賀《おおすが》道場も神道無念流だった。瀬谷野新田の中野辺作造さんを思い出しつつ案内を乞う。道場主の大須賀伝次郎《でんじろう》先生は、差し出した免許状を改めると、「ほほお」と言って頬をゆるめ、「北辰一刀流中目録の方にご教授いただけるとはありがたい」と言った。そして、傍らに居た師範代と思《おぼ》しき人に、「早速、皆を集めろ。こんな機会はめったにないぞ」と命じた。本気の道場は余計がない。要らぬ思惑で、ぐずつくことがない。大須賀道場はまさに本気の、強くなるための道場だった。

門弟は五十名ほど居て、手合わせしたのはそのうちの高位十名だった。竹刀を交えてみて感じ入ったのは、やはり本気である。覇気である。竹刀でこっちの手首を砕《くだ》こうとするかのように、渾身の力を込めて打ち込んでくる。まさに、神道無念流ならではの「真《しん》を打つ」だ。技が足らなくても、まったく怯《ひる》まない。そうはいっても、道場のなかなら技倆がすべてだから、俺が負けることはないのだが、気は一瞬たりとも抜けない。十人目を退けたあとはどっと疲れた。

終わると午《ひる》九つになり、大須賀先生が「どこぞで一献《こん》」と言う。酒は呑まない、と遠慮すると、やはり師範代だった栗田浩介《くりたこうすけ》さんに、先生が「どうするか」と持ちかけ、栗田さんが「耳うどんですか……」と返した。

「耳うどんかあ……。俺は好物だが、客人にお出しできるようなものではないしなあ」

先生は腕を組む。

「でも、春日《かすが》の耳うどんなら、芋と根菜《こんさい》だけじゃなく軍鶏《しゃも》も入ります」

「軍鶏かあ」

ということで、先生と栗田さん、そして俺の三人は耳うどんを食べに行くことになったのだった。

耳うどんは字のとおり耳の形をしたうどんで、里芋と大根、人参、牛蒡《ごぼう》などが入っている。そして、栗田さんが言ったように、その店では軍鶏も入っている。鰹節《かつおぶし》の出汁《だし》に根菜の旨味が溶け出して、ただでさえ旨い上に、軍鶏の出汁まで加わるのだから旨いことこの上ない。汁《つゆ》まで残さず飲み干すと、先生が「もう一杯いかがか」と言うので、遠慮なくお代わりした。

「いや、さすが、北辰一刀流中目録免許です。正直、あまりにお若いのでどれほどなのかと思わないでもなかったのですが、とんでもない、大いに学ばせていただきました」

箸を置くと、先生と栗田さんは盛大に持ち上げてくれる。

「こちらこそ、一瞬たりとも気が抜けませんでした」

思ったことをそのまま口に出す。

「お一人お一人が『真を打つ』を体現されていて、ご指導の賜物《たまもの》と感じ入りました」

大須賀先生も栗田さんも、柔らかくはあるが、弛《ゆる》みがない。格好の教え手だ。

「いやいや、私どもの功ではありません。下野は剣術が盛んなのです。武家ではない者が進んで剣術に励みます。実は、私も栗田も武家ではありません」

　淡々と、先生は言う。

「そうなのですか」

「元は百姓だし、栗田はいまも百姓です」

「私も同じくです」

　俺が返すと、栗田さんが無言のまま軽く辞儀をし、そして、先生が言った。

「いや、実は、あるいは、と思っておりました。物腰に硬さが見られないので。しかし、よく精進されましたね」

「私の生地では、自分で村を護らないと誰も護ってはくれませんので」

　だから、多摩と近郷は道場だらけになった。

「それは、当地でもまったく同じです。剣術が盛んなのも、剣術に励まざるをえないからです。おのずと、手練れも生まれます。四年前に、尊王翼幕《そんのうよくばく》の浪士組《ろうしぐみ》が結成されて、京に上ったことがありましたね」

「ええ」

　文久三年二月、将軍警護のために集められた二百三十余名の剣客《けんかく》が、中山道《なかせんどう》経由で上京した。その浪士組から分かれた壬生浪士組《みぶろうしぐみ》の実権を握った近藤勇と土方歳三らが、新撰組の旗を掲げるのは同年の九月だ。

「あのなかに、二十一名の下野の者が居たのです。しかも、浪士組は十名前後で一小隊を編成し、剣の力のある者が小頭《こがしら》となって率いるのですが、その小頭が三名居りました。四番組第一小隊の斎藤源十郎《さいとうげんじゅうろう》、同じく第二小隊の青木慎吉《あおきしんきち》、そして五番組第三小隊の村上常右衛門《むらかみつねえもん》です。いずれも武家ではありません。そして、斎藤と青木は足利郡の、村上は都賀《つが》郡の出身です。どちらにしても下野の西南部の郡で、武家の姿が薄い下野のなかでもとりわけ薄い土地柄なのです。まさに、下垣内先生が言われた、自分で護らないと誰も護ってはくれない、です」

俺はつくづく、大須賀道場を訪ねてよかったと思った。

「下野には、徘徊浪人が少なくないと聴きましたが……」

口が温まったところで、それとなく切り出す。

「少なくない、どころではありません。困ったものです」

百姓でもある栗田さんが答え、俺は一歩踏み込む。

「いまのお話ですと、下野西南部の郡では百姓でも手練れが多い。となると、徘徊浪人は西南部の郡を敬遠すると考えられます。しかし、いっぽうで、西南部は武家の姿がとりわけ薄い。これからすると、徘徊浪人は集まってくることになる。現実には、どうなのでしょうか」

栗田さんと先生は顔を見合わせ、やはり、栗田さんが答えた。

「徘徊浪人については、もうひとつ、土地の豊かさの度合いというのがあると思います。やはり、カネを引き出しやすいところに集まる。すると、足利郡にはなんといっても絹織物の足利がありますし、この佐野にしても日光例幣使街道《にっこうれいへいしかいどう》と日光脇往還が交わり、なおかつ渡良瀬川《わたらせ》舟運《しゅううん》が使えるという運送の便があります。それとも考え合わせると、西南部の郡に集まるということになるわけですが、しかし、これに関してはなんとも言えません。結局は、貧しさに追い詰められて後《あと》がない者たちですから、理を詰めて動くわけではない。行き当たりばったりのところが多々あって、どう動くか読めんのです。唯一、考えたな、と思えたのは、浪人たちが連名で、取り交わした期間のうちは村に立ち入らないという約定《やくじょう》を村と交わしたことなのですが、しょせんは後がない者たちの約定です。それでも、約定の話を持ちかけられれば応じたくなってしまうところが、この問題の悩ましいところでしょう」

「約定、ですか」

「年にだいたい一分から三分を渡す代わりに、村には立ち入らないと約定をするのですよ。十名くらいの連名ですから、一人当たり百五十文から五百文という取り分でしょう。村としては、そのくらいの費用で約定が守られるのなら、こんなありがたいことはない。あくまで、おおよそですが、一つの村には年に三十回ほど浪人たちがやってきます。何人かで来ることが多いので、延べ人数にすると百人くらいでしょう。御公儀からは渡してはならぬと厳命されていますが、渡せないと言って引っ込む相手ではないし、渡さなければ大騒ぎをする。それどころか、断わり通した名主が斬り殺された例だってある。で、相場で十五文、止宿を断わるときで五十文ほどなので、つい渡してしまう。とにかく、目の前から一刻も早く消えてほしいんです」

栗田さんはほとほと弱っている風だった。

「私も、もう目に焼きついてしまっていますが、見ているだけで気が滅入《めい》ってくるんですよ。編み笠は破れ放題だし、着物は薄汚れてあちこち綻んでいる。乞食《こじき》なら当たり前ですが、腰に大小差してたり、脇差帯びてたりするから、余計に惨《みじ》めさが際立って、向き合っていると息苦しくさえある。カネを受け取るために拡げた扇子を差し伸べましてね、妙にへりくだって下卑《げび》た薄ら笑いを浮かべていたと思ったら、突然、激昂《げっこう》したりして、もう、どうにもやりきれない。なんというか、目に入れてはいけない毒を目に入れている気にさせられる。止宿を持ち出してくる前に、とにかく居なくなってほしいんです。ひと晩泊めたら、病だのなんだの、なんだかんだ理由をつけて居座りつづけます。それだけは勘弁してほしい。ですから、多くたって三分のカネでほんとうに一年来ないなら、もう、安いものなわけです」

「でも、結局、来るんですね」

「自分たちはその約定には関知していないとか言ってね。だって、すべての浪人を縛れるはずもないわけですから。それと、約定した浪人たちにしても、あの手この手で追加を求める。たとえば、前借りです。よんどころない事情によって急遽金子《きゅうきょきんす》が入り用になったので、来年分を前借りしたいとか言ってくるのです。来年分はまだ約定していないのに、勝手に約定したことにして前借りを求める。要するに、カネを手に入れるためならなんでもするということです。女房子《にょうぼこ》連れも多いですよ。子供が熱を出したとか言って、宿泊を要求するんです。断わるとしたら、五十文、百文で済みません。子供を見殺しにするのか、ということになりますからね」

「文久元年に、触れが出ましたね」

少しだけ流れを変えてみる。

「ああ、無宿体の者は容赦なく捕縛して殺してもよい、というね。一度、どこかの村の者たちが竹槍で浪人を突き殺したという話は耳にしたことがありますけどね。どうなんでしょう。あれから、もう六年経っているわけですね。でも、徘徊浪人はまったく減っていません。触れは出ても、やるのは百姓ですから、百姓に人殺しは無理ということなんではないですかね。やはり、武州の江川代官領みたいに鉄砲担いだ農兵を置かなきゃ駄目なのか。それで、ほんとうに徘徊浪人が一人も居なくなるのか。いっとういいのは、食い詰める浪人そのものが居なくなることなんでしょうが……」

そこまで言うと、栗田さんははっと気づいた顔でつづけた。

「すいません。長々と、こっちの話ばかりしてしまって」

「いえ、とんでもありません」

すまないのはこっちだ。はじめからそのつもりで徘徊浪人に話を持っていった。でも、お蔭で、いろいろ知れた。胸の裡で頭を下げていると、じっと黙っていた大須賀先生が唇を動かした。

「もしも、どこかで関わりそうになったら、相手にせぬことです」

親類の叔父さんのような口調だった。

「なかには手練れも居なくはないと聴いていますが、いずれにせよ、下垣内先生の敵ではないでしょう。もしも、互いに鯉口を切ることになったら、先生が相手を打ち果たすことになるのは自明です。しかし、徘徊浪人を打ち果たしても、いいことはなにもありません。むしろ、お持ちの差料《さしりょう》の汚れになるだけでしょう」

大須賀先生の気遣いに、後ろめたさが湧く。

「万にひとつ、降りかかった火の粉で、そういう仕儀《しぎ》に至っても、例の文久元年の触れがありますから、面倒なことにはならぬとは思いますが、もしも、御役人の手の者なんぞに因縁《いんねん》をつけられたら、大須賀道場の名を出してください。関東取締出役《しゅつやく》とはつながりがありますので、お力になれると存じます。あ、いや、一筆《いっぴつ》したためておきますので、佐野を発つときにお寄りください」

「なにからなにまで、痛み入ります」

俺は深く頭を下げて謝意を述べた。そして、「最後にひとつだけ」と言い添えて問うた。

「手練れも居なくはない、とのことですが、相当にできるのでしょうか」

もしも、その手練れが、誰もが怖気立つ狂犬だったら、俺はそのとびっきりの狂犬を追えばいいことになる。当てもなく斬るべき相手を探し回るのを覚悟していた旅が、一転、一匹の狂犬を追う旅に変わる。

「それが、私も話に聴くだけで、よくはわからんのです。歳にしても、もう若くはないらしいのですが、幾つなのかはわかりません。先刻、栗田が、名主が斬り殺された話をしましたが、数で言ったら、百姓相手の刃傷《にんじょう》はさほど多くはないのです。刃傷沙汰になるのは、むしろ、仲間どうしなのです。とにかく、後のない、その日を生きるだけで精一杯の者たちが寄り集まって動くので、些《さ》細《さい》な行きちがいで柄《つか》に手をかけることになります。余裕があれば軽く見過ごせるものが一大事になるのです。その手練れはそういう修羅場《しゅらば》を幾度となく切り抜けてきたので、当然、多くの怨みを買っている。幾度となく襲撃を受けているのですが、そのつど、あっけなく返り討ちにしているそうです。又聴きですが、その場を目にした者の言によると、向かい合ってじっと構えていて、動いた！　と思ったときには、相手の片腕が斬り落とされていたとのことでした」

斬り落とし、だろう。あるいは、同門かもしれぬ。

「名前もわからないのですね」

いちおう訊いた。

「名前だけはわかっています」

大須賀先生は言った。

「中里吉郎《なかさときちろう》、というそうです」

俺はその名を胸に刻み込んだ。


明くる早朝、俺は佐野を発った。

朝が早いので、大須賀先生の一筆は前日の夕に受け取っていた。門人に言ってくれれば、わかるようにしておくということだったが、伺うと、先生みずから玄関に姿を見せてくれて、手渡しながら、また「関わらぬことです」と言い添えた。

なにかを察しているのかもしれない。わずか半日の交わりにもかかわらず、見ようとして見てくれていることに感謝した。

そして、中里吉郎という的《まと》を立ててくれたことにも、あらためて感謝した。下野国に散らばる幾多の徘徊浪人のなかから、中里吉郎という一人の浪人を見つけ出すのは簡単ではなかろうが、行き当たりばったりで、とびっきりの狂犬を探し歩くよりも、はるかに気持ちを保ちやすく、大須賀道場へ向かう足も軽かった。

それでも、あまり広く網をかけると息切れしかねないので、俺は、下野九郡を西南五郡と東北四郡の二つに分けることにした。まずは、西南端の足利郡から始め、梁田《やなだ》郡、安蘇郡、都賀郡と回り、五つ目の寒川《さむかわ》郡でいったん締め括る。西南五郡で中里吉郎と出逢えなかったら、また、あらためて東北四郡の回り方を考える。とりあえずは、西南五郡だけに集中する。五郡とはいっても、梁田郡は足利郡の、そして寒川郡は都賀郡の一部のようなものなので、実質、西南三郡と考えてよい。そのように頭を切り替えてみると、なにやら眺望《ちょうぼう》が急に開けたようで、意外に早く、中里吉郎と出逢えるような気さえした。

けれど、回ってみると、それは楽観でしかなかった。中里吉郎の居場所の手がかりはまったく得られず、手がかりを得ようとすることさえ難しかった。

関東取締出役の手先である道案内にでも訊けば、なにがしか前へ進めるかもしれぬが、道案内のあらかたは渡世人《とせいにん》だ。他人の厄介事をカネに換える連中だ。カネにならなかったら、厄介事をでっちあげてでもカネにする。おまけに、こっちの中里吉郎に会いたい用向きは斬ることだ。口外《こうがい》できぬことだ。彼らの大好物で、まさに、飛んで火に入る夏の虫だ。おのずと、手がかりを得ようとすれば、徘徊浪人に訊くしかなくなる。もとより、真っ当なやりとりができるわけもない。

返事がないのは、いいほうだ。まずは、「中里になんの用だ?」と問い返しつつ、値踏みする。こっちの返答しだいで、どうカネにするかを考える。「中里の縁の者だ」とでも答えたら、「あいつには貸しがある」と返ってくる。「七百文だ。縁の者なら、代わりに払ってくれ」。一両だの一分だの、ふっかけないのが、いかにも徘徊浪人らしい。相手の風体を観て、このくらいなら出せるだろうという上限を言い、その夜の木銭宿《きせんやど》の宿賃と酒を確保しようとする。取り合わないと、ついてくる。どこまでもついてくる。途中で、七百文は五百文になり、三百文になり、百文になる。

二度目からは、「七百文だ」と言われたときに、四文銭を四枚、渡すことにした。合わせて十六文。村でもらう合力銭の十五文より一文多い。渡すときの間合いが大切で、まちがわなければ、あっさり消えてくれる。他人《ひと》に物を尋ねるのだから、手間賃を渡すのはおかしくなかろうし、一日一日、どうにか命をつないでいることはまちがいない彼らへのお布施《ふせ》でもある。二十文でもよかろうと思ったが、それでは村の人たちが難儀する。

もっとも、用向きを尋ねられたときに「中里に貸し金がある」と答えれば十六文も要らない。中里吉郎の側の者だと言えば、敵対する側からの反応が面倒だし、敵対する側の者だと言えば、中里に与《くみ》する側の反応が面倒だ。貸し金ならば、敵でも味方でもない。単なるカネの問題になる。「貸し金がある」と答えた途端、おもしろくもない顔になる。それで、ごちゃついたことはだいぶ減ったが、それで万事つつがなく運ぶはずもない。とにかく、いろんな輩が居るのだ。

中里吉郎の消息を尋ねるやいなや、例の扇子を差し出して「一朱!」と言う奴が居た。ある村で中里を見た、と言う。一朱銀十六枚で一両だからそこそこの額だし、見るからに胡乱《うろん》めいている。とはいえ、だから取り合わない、というのでは、では、どういう相手ならば取り合うのだ、ということになる。相手は徘徊浪人なのである。それを言い出したら、誰も彼もが胡乱めいて見える。

で、騙《かた》られて元々と一朱を渡したら、十日ばかり前に那須《なす》郡の綱子《つなこ》村で見た、と言った。足利郡から那須郡まではざっと二十五里だ。がんばって一日十里歩いたとしても三日かかる。騙りが見えの話に乗って、三日がかりで確かめに行く奴はまず居るまい。それがわかっているから、確かめようのない場所を持ち出すのである。仮に、見たのがほんとうだったとしても、十日前の話だ。十日あったら、健脚なら百里を超えて歩く。那須郡と足利郡を二往復している。居なくて当たり前になる。以降、目撃談を聴くときは、近場で二日以内、という条件をつけることにした。

むろん、物騒な奴だって居る。やはり、俺が徘徊浪人とはちがう臭いがするのだろう。とにかく「気に入らぬな」の一点張りで、いまにも刀を抜きそうな素振りを見せる。相手がそう出るなら、人を斬りに来た俺には格好と言えば格好なのだが、俺が斬ろうとしているのは一人だけだ。二人も三人も斬るつもりは毛頭ない。その一人は中里吉郎と決めたから、そいつらは斬らない。けれど、脅しや示威《じい》に踏みとどまらずに、ほんとうに抜いて構えた奴が居た。そのときは、例の枇杷の杖を持ってきてほんとうによかったと思った。相手が構えた途端に杖で軽く小手を打って刀を落とさせ、周りがそれと気づかぬうちにさっさと立ち去った。浪人仲間の前で恥をかかせると、あとあと因縁めく。勝てばよい、というものではない。どんな境遇にあろうと、見栄や外聞が消えるものではないことも、この旅で学んだことの一つだ。

そのように、いろいろ居るが、俺は彼らを「敵」とは思っていない。つまり、自分たちとは異質の人間たちとは思っていない。彼らもまた、なにをどうしてよいかわからぬ者たちだと思っている。なにをどうしてよいかわからぬうちに、徘徊浪人となっていた。旅をつづけていると、俺も大須賀道場の栗田さんが言うように、「とにかく、目の前から一刻も早く消えてほしい」と思うことがある。つくづく鬱陶《うっとう》しいと思うことがある。けれど、この世から消えてほしいとは思わない。

中里吉郎にしたってそうだ。着てきた小紋に汗が染み込むに連れ、俺は中里吉郎が徘徊浪人だから斬ろうとしているのではないのだと思うようになった。俺は武家ではないが、剣士ではある。いつの間にか俺の裡で、中里吉郎との出逢いは、剣士と剣士の出逢いになっている。出逢えたら、中里吉郎がめっぽう汚なくてめっぽう強い狂犬でなくとも、俺は津田越前守助広を抜くだろう。はたして、そのような結び合いで、兄が人を斬ったときの想いに触《さわ》れるのかという疑念はある。もしも、俺が中里吉郎に勝てたとして、そのとき得た剣士としての想いが、兄が世直し勢を斬ったときの想いと、重なるのかを疑う。でも、もはや、だから旅を止めよう、とは思わない。剣士だからなのか、それとも、人は誰でも己れの裡に闘う獣《けもの》を飼っているということなのだろうか、下野を離れることなど想いも寄らない。

まともに考えれば、俺が中里吉郎に勝てる見込みは限りなく低かろう。北辰一刀流中目録免許とはいっても、俺は人を斬り殺したことがないどころか、本身で立ち合ったことすらない。いっぽう、中里吉郎は「修羅場を幾度となく切り抜けて」きている。何度も報復の襲撃を受けているのに、「そのつど、あっけなく返り討ちにしている」ようだ。しかも、「向かい合ってじっと構えていて、動いた！　と思ったときには、相手の片腕が斬り落とされていた」らしい。俺が道場でやっていることを、中里吉郎は路上でやっている。どう己れに甘く占っても、勝ち目は薄い。

時折り、中里吉郎の斬り落としが瞼《まぶた》に浮かんでぞくっとすることがある。手筋を想定しているうちに歯が鳴り出したこともあったし、夢で血塗《ちまみ》れの片腕がごろんと落ちて跳び起きたことだってある。なのに、引き返そうと思ったことは一度たりとてない。恐怖の先に待ち受けるものを、心待ちにしていることとすらある。それが、瀬谷村の中野辺作造さんが伝えた「爽快感」と重なるような予感さえ抱いたりする。中里吉郎との闘いに突き進む己れは、自分で捉えてもひどく怪しい。

そんな俺でも、他に斬りたくなった奴は居る。この世から消えなければならないと思った奴は居る。

あれは、安蘇郡から都賀郡へ入ったときだった。河原沿いの道を歩いていると、明きらかに徘徊浪人とは異なる風体《ふうてい》の若い侍が声を掛けてきた。二十五にまではなっていない二十代といったところだろう。勝手に並びかけて、訊きもしないのに黒羽尚志《くろばねなおし》という名前を口にし、ある小藩の脱藩浪士と明かす。「京に上るつもりだ」と言い、歩きながら、目下の政情をひとくさりし出した。

幕府の無為無策をあげつらい、王政復古の不可避を並べる。尊攘《そんじょう》派なのだろう。そんなことを下野の村へ向かう道で、見知らぬ者に語ってなんになるのかと思ったが、相手をするのも面倒なので、そのうち止むだろうと放っておいた。しかし、なかなか演説は止まず、ようやく収まったと思ったら、「おぬしも、あれか」と訊いてきた。

「あれ、とはなんだ」

どうやら俺を同類と思い込んでいるようだから、武家風に相手をしてみる。こういう奴に素になる必要はない。

「あれはあれだろう。度胸《どきょう》づけだろう」

なんだ、「度胸づけ」とは。

「俺はもう三人やったぞ」

いちいち、わからぬことを言う。

「全国の尊攘派が集まる京で、小藩出の者が目に留まるには力しかない。力で、まずは怖がらせるしかない。いざとなったら、こいつに斬られるかもしれないと、びくつかせるのだ。だから、人を斬り殺さねばならぬ。人を斬り殺した者は度胸が据わる。有無を言わせぬ力が迸《ほとばし》って、周りを圧倒する。その力で成り上がる。でな、俺もそれをやっているというわけだ」

「徘徊浪人を相手にか」

俺はむかむかしながら問うた。

「そうだ。徘徊浪人の集まるここは狩り場だ。よりどりみどりだ。ろくなものを食っていないし、摂生《せっせい》など気にかけようもない連中だからな。幾合《ごう》か剣を合わせると、直ぐに息が上がって、弱い、弱い。もっとも、俺が弱い奴を選んでいることもあるがな」

むかむか、は比喩ではない。ほんとうに胃の腑がおかしくなり出している。

「度胸づけだから、斬り殺しさえすればいい。要は殺した数だ。剣の腕を誇るのではなく、何人殺したかを誇る。その凄みがじんわりと伝わっていく。伝わって、勝手に讃えてくれるんだ。さすがに、人斬った奴は性根《しょうね》が据わってる、とかさ。世間なんて、そんなもんだ。わかりやすいことしかわかろうとしない。弱いの斬っても強いの斬っても、あいつらにはおんなじだ。だから、弱いので数を稼ぐ。もっとも、そればっかりだと、ただの人斬りになって、そういう扱われ方になってしまうから、あと一人二人斬ったら切り上げるつもりだ。直ぐに札を貼りたがるのも、世間だ。あいつは人を斬ることしか能がない、とかな。おぬしも気をつけたほうがいいぞ。数斬りゃあいいってもんじゃない」

黒羽はとくとくと語る。信じられぬが、自慢をしているのだろう。自分の喋《しゃべ》っていることが自慢になると疑っていないのだろう。

「俺は絶対うまくやってみせる。来たるべき尊王攘夷の政体で、ひとかどの者になるつもりだよ。おぬしも黒羽尚志の名前を覚えていたら、きっと将来、なんらかの役に立つだろう」

俺は斬りたくて堪らなくなる。こういう奴こそ、この世から消したいと心底より思う。でも、俺が立ち合うのは、中里吉郎ただ一人だ。俺は必死になって堪《こら》える。抜きたくなるのを堪える。

そうやって堪えて歩いているうちに、道の両側が背の高い葦《あし》に囲まれ出した。俺の背よりも高く、ずっと見えていた河原が消える。

思わず俺は往く路に、そして、首を回して来た路に目を遣る。

人の姿はない。

いまなら、こいつを斬っても誰の目にも留まらない。

斬るのは、中里吉郎一人と決めつけなくてもよいのではないか……俺の裡で声がする。

俺は本身で闘ったことがない。中里吉郎と立ち合う前に、本身に慣れておいたほうがよいのではなかろうか……声はだんだんはっきりしてくる。

初めての本身で、手足が居着《いつ》く者は多いらしい。緊張で筋《すじ》が固着して、剣技どころではなくなるようだ。

口こそ勇ましいが、黒羽は明きらかに弱い。こいつなら、多少居着いてもなんとかなるだろう。

黒羽相手に固着の程度を確かめておくということなら、それも、中里吉郎との立ち合いの一環と言えるのではないか……。

黒羽を斬る言い訳は次々に湧いてくる。

さあ、どうする？

内なる声がせっつく。

いつまでも葦の壁がつづくわけではないぞ。

やるなら、とっととやろうぜ。

まだ、腹を据えたわけではないのに、左手の親指が鍔《つば》に触れた。

このまま行ったら、鯉口切っちゃうぞ、と思ったとき、黒羽がきょろきょろして周りを窺い始める。

なにを探っているのだろう。

ひょっとしたら、こっちの腹を察したのか。

逃げる算段か。

意外に勘の働く奴なのか……。

俺はちょっとだけ黒羽を見直し、逃げるなら逃してやるか、と思う。

と、逃げるどころか、躰をこっちに向け直し、すっと間《ま》を空けた。

そして、なんと、剣の鍔に親指をかける。

「わるいな」

薄ら笑いを浮かべながら鯉口を切り、するりと抜刀した。

「俺の名前を覚えていたら役に立つって、いま、言ったばかりだけど、おぬしはもう俺の名前を覚えられないよ」

俺は呆気にとられる。いったい、こいつはなにを言ってるんだ。

「おぬしに恨みはないが、四人目になってもらうことにした」

抜いた黒羽は正眼《せいがん》に構える。

あまり、いい構えではない。

画で言えば、画境はなくとも画法だけは踏まえている能品にもいっていない。

外してはならぬところを、ことごとく外している。

「ほお!」

俺はあまりの馬鹿馬鹿しさに笑い出しそうになった。

「四人目、にか」

笑みを浮かべて言ったが、内心、己れの迂闊《うかつ》さに呆れ果ててもいた。

きっと、こいつは近寄ってきたときから、そのつもりだったんだろう。

端《はな》から四人目にするつもりだったんだ。

そうして、自慢話をしながら俺を値踏みしていた。

値踏みして、俺が弱いと判じたのだろう。弱い奴を選んで斬り殺している黒羽なんだから。

へえー、と俺は眼前の黒羽をしげしげと見る。

自信満々だ。

俺を斬り殺す自分をまったく疑っていない。

自分が斬り殺されるとは露ほども考えていない。

あと一人二人斬ったら切り上げるつもり、と言っていたから、俺を斬って下野を引き揚げる自分、を信じ切っているのだろう。

心は早《はや》、京に飛んでいるらしい。

これが三人殺してつけた「度胸」なのだろうか。

「度胸」というのは、物が見えなくなるということなんだろうか。

こういう馬鹿が「来たるべき尊王攘夷の政体」で、ほんとうに「ひとかどの者になる」のだろうか。

いや、なるかもしれないな、と俺は思う。

なってしまうかもしれないな。

そういうもんかもしれないな。

この馬鹿の言うとおり、「世間なんて、そんなもん」かもしれないな。

ならば、いまのうちに斬っておいたほうがよいのではないか、と俺は逆に思う。

さすがに、斬ってもいいというより、斬ったほうがよいのではないか。

ここまでふざけたことをしてくれるなら、それが妥当なのではないか。

神様か仏様がこいつを消せと言っているのではないか。

さっきからずっと我慢のしつづけで、いい加減、面倒にもなっている。

やっちゃおか、と踏ん切りかける。

と、神様仏様を押し退《の》けて大須賀先生が顔を出して、「お持ちの差料の汚れになるだけ」と言った。「関わらぬことです」と言った。

俺は、やっぱりそうだよな、と思い、枇杷の杖が一閃《いっせん》した。

徘徊浪人相手のときのような手加減はしなかった。

葦原を突き抜けて河原中に響き渡るような悲鳴が上がる。

右の手首はもう使い物にならんだろう。

黒羽の「度胸づけ」は、三人で仕舞いになるはずだ。


都賀郡の半ばを回り終えたときには、だいぶ弱気になっていた。

都賀郡は西南五郡のなかでは飛び抜けて広い。残り半分になったとはいっても、ここまで回ってきた足利郡、梁田郡、安蘇郡を合わせたよりも広いくらいだ。回るべき村はまだまだある。けれど、手応えがないのだ。徘徊浪人のみならず、木銭宿や旅籠《はたご》の者からもこれはという話は得られず、行方はようとして知れない。尋ねるほどに、あるいは、もう、下野を出てしまっているのではないかという不安に囚われる。

佐野に入ったのが七月の十六日で、今日が二十九日だから、もう、十四日歩きつづけていることになる。当てにならぬ風聞を頼りに右往左往《うおうさおう》するので、歩く道程《みちのり》と日数ばかりが嵩《かさ》む。当てにならぬとはいっても、それしか手がかりはないので致し方ない。致し方ないが、行ってみて、なんの痕跡もなかったことが重なると、どっと疲れが出て、自分が漬物石になったように感じることがある。

体力には自信がある、というよりも、なにしろまだ十八だから自分の体力に疑いを持つことじたいがなかったのだが、下野の七月は暑い。酷《むご》いほどに暑い。野良犬ですら陽陰で休もうとする炎天下を歩いていると、頭がぼおっとしてくる。足取りは重くなるし、汗をかく質《たち》ではなかったはずなのに、妙に汗をかく。加えて、連日の徘徊浪人とのやりとりが、なかなか頭から抜けない。彼らの置かれた場所のやり切れなさが澱《おり》のように溜まって、気持ちが塞ぐ。

眠りも想うようには取れぬ。宿は、回り始めた頃は、もっぱら木銭宿を使った。中里吉郎の消息を得るには、徘徊浪人と塒《ねぐら》を共にしなければならぬと判じた。しかし、木銭宿での雑魚寝《ざこね》は狭くて肩が触れる。酷暑のなかを歩き回っても風呂はおろか行水《ぎょうずい》もしない徘徊浪人との雑魚寝は、木銭宿に慣れぬ者には難行《なんぎょう》で、容易には眠りに入りにくい。

単に臭うということではない。なんと言おうか、どこにも居る場所がなくなって、己れが壊れていくのを待つだけの者のみが放つ臭いに充《み》ちているのだ。で、いよいよ我慢が利かなくなったときは旅籠を使うのだが、旅籠もまた相部屋が当たり前で、熟睡というわけにはいかない。初めての長旅でも、食い物は日頃からつましさに馴染んでいるし、着る物にしたって川があったらばしゃばしゃ洗うようにして痛痒《つうよう》を感じなかったが、眠りだけは己れが豪農の次男坊であることを認めざるをえなかった。

そういう、あれやらこれやらで、八月に替わった今日も朝からすっきりとせず、妙に躰がだるくて、木銭宿を出たのは午《ひる》近かった。表へ出るや、季節は秋になったにもかかわらず、突き刺すような陽が降り注いで思わずたじろいだが、えいやっと往来に足を踏み出す。歩き出しさえすればなんとかなると己れを叱咤して、出立の遅れを取り戻そうと大股で足を捌《さば》いた。午八つ頃まではその叱咤が効いたのだが、歩くほどに呪《まじな》いが切れてくる。足が重い上に、なんだか熱っぽい気もして、こいつは駄目だと思い、ちょっとだけ休もうと、路傍の大きな樹の下にへたり込んで、幹に背を預けた。

覚えているのはそこまでで、寝入ってしまったらしい。

鈍い物音を聴いたような気がして、再び、意識が戻ったときには、目の前に男が倒れていた。百姓には見えぬが、旅の商人にも見えない。渡世人でもないだろう。街道沿いで雑事をこなして凌ぐ、往還稼《おうかんかせ》ぎかもしれない。

「物盗りでしょう」

倒れた男の向こうに立っていた小柄な老人が言う。腰に二本を差しているが、徘徊浪人にしては身ぎれいだ。

「貴殿の懐《ふところ》を探っているようなので、呼び止めて当て身を入れました。気を失っているだけなので、ご懸念には及びません」

礼を述べようと、立ち上がろうとしたが、どうにも力が入らない。差し伸べられた手を握って、なんとか立った。

「それは、危ういところを、ありがとう存じました」

頭を下げてから目を遣ってみると、老人は一人ではない。少し離れて立っているが、連れが居る。

老人の内儀にしては若い女性《にょしょう》と、十歳にはなっていない二人の男の子。娘と孫なのか、妻と子供か……。

「妻の、春《はる》です。息子は、修平《しゅうへい》と浩平《こうへい》」

俺の視線に気づいたのだろう。老人は案内した。

「それがしは辻村覚三《つじむらかくぞう》。尾州《びしゅう》浪人で、絵師です」

「絵師」のひとことに、まだはっきりしなかった頭が動き出す。

「下垣内邦雄と申します。武者修行の途にあります。あらためて、ありがとうございました」

「お加減はいかがですか。本調子ではないようですが」

辻村さんは気遣ってくれる。

「いや、大丈夫です」

とは言ったものの、膝は笑っていた。まだ、熱があるのだろう。

「宿は？」

辻村さんが確かめる。

「今宵は鹿沼で旅籠を取るつもりでおりました」

鹿沼宿は佐野と同様、日光例幣使街道と日光脇往還が交わる。久しぶりの大宿《おおしゅく》だ。家数八百軒を超え、旅籠も三十軒近くあるという。鹿沼では旅籠で休むと決めていた。あと、半里もないだろう。

「いまは夕七つといったところですかな。ならば、同道いたしましょう。それがしたちも鹿沼に宿を取ることにいたします」

「いや、それではご迷惑をおかけします」

「お気遣い、無用です。このまま別れるのも気がかりだ」

きっぱりと辻村さんは言い、やはり、「絵師」のゆえなのだろうか、俺は厚意に甘えることにした。一瞬、大須賀道場の栗田さんが言った「女房子連れも多いですよ」という言葉が脳裏を過《よぎ》ったが、正直、これで助かったと思えたほどに、状態は良くなかった。

鹿沼の旅籠では、当然のごとく、辻村さんの家族と相部屋になった。いつもなら、簡単には寝つけぬところだが、やはり、体調が体調だったせいか、久々の布団に包まるや、どっと眠りに沈んだ。

目覚めたときに、行灯《あんどん》に浮かび上がったのは、奥さんの春さんだった。桶の水で絞った手拭いを俺の額に当てようとしていて、俺の瞼が開いたのに気づくと、無言のまま微かな笑みを浮かべた。そのとき、俺は初めて、春さんが見たこともないほど美しい人であることに気づいた。

「お世話をおかけします」

なんとか唇を動かすと、春さんはやはり言葉を発しないまま、首を軽く横に振る。そして、手にした団扇《うちわ》をゆっくりと動かしてくれた。浴衣《ゆかた》姿の春さんは、おばあちゃん座りだ。俺の祖母も、座るときはもっぱらおばあちゃん座りだった。おばあちゃん座りの、膝の丸みを感じながら風を受けているうちに、俺は再び眠りに落ちた。

久し振りにたっぷりと眠ったせいだろう、翌朝、目を覚ましたときには、躰も頭もすっきりとしていた。座敷を見回すと、隅に夜具が積まれている。俺が寝過ごしているあいだに、辻村さん一家はもう発ったのかもしれない。不意に、春さんのおばあちゃん座りが浮かんだ。慌てて消して床を離れ、布団を畳む。さあ、と、へこんだ気持ちを立て直そうとしたとき、すっと春さんが戻ってきて、俺の着る物を置き、手拭いと房楊枝《ふさようじ》を寄こした。

「階段を下りて右の出入り口を出たところが井戸」

初めて、春さんの声を聴く。声の色も姿形と似合っている。朝露が椿《つばき》の葉を転がるような声だ。

「干す時が足りないとは思ったけど、昨日は風があったから、洗ってみたの。ずいぶん汗をかいていたみたいだから。汗で濡れた着物をそのまま着るのは躰に良くないわ。乾き切ってはいないけど、着てるうちに乾くと思う」

それだけ言うと、また、とんとんと階段を下りていく。少しだけ間を置いて、俺も階下へ向かって井戸端に立ち、顔を洗い、固く絞った手拭いで躰を拭《ふ》いてから、房楊枝を歯に当てた。こんな旅でも、できるだけ房楊枝を使うようにしているのだが、木銭宿でそれをやったら徘徊浪人との溝を深めるだけだ。久々に歯を磨き終えると、ようやく人並みになった気がして、気持ちが晴れた。春さんは「乾き切ってはいない」と言ったけれど、洗い立ての着物も快い。染み込みかけている徘徊浪人たちの臭いがすっかり取れている気がする。昨日、初めて辻村さんと会ったとき、徘徊浪人にしては身ぎれいと感じたのも、きっと、春さんが繁く洗っているからなのだろう。きれいな春さんは、周りの人をもきれいにする。

座敷に戻ると、春さんが朝の膳を用意してくれていた。飯と味噌汁と煮物と漬物だけの箱膳だが、十分に美味しい。そして、春さんは行灯の明かりで見るよりも、朝の座敷に寄り集まってくる光で見たほうがもっと美しかった。化粧はしていないのに、肌が白い。下野の陽の下を歩き通して、この白さを保つのは妖《あやかし》さながらだ。目は奥二重《おくぶたえ》で切れ長で、笑みを浮かべていても憂《うれ》いを帯びる。代わりに、涙堂《るいどう》はふっくらと厚く、優しげだ。顔の形は細いほうを下にした卵そのもの。小鼻は小さく鼻梁《びりょう》は細く、唇はその鼻と釣り合っている。人斬りの旅の途上で、こんな美しい女《ひと》と知り合うことになったのがいかにも不思議だ。

ぎこちなく箸を動かしながら、気をつけなくちゃな、と俺は思う。春さんみたいな女《ひと》の近くに十八歳の若造が居れば、周りのみんなに、春さんに惹《ひ》かれていると想われてしまうだろう。少しでもそういう誤解が生じないように、自戒しなければならない。とりわけ、辻村さんには疑われないようにしなければならない。物欲しそうな、紛らわしい振る舞いはけっしてしてはならぬということだ。

そんな考えずともよいことを考えていると、脇で給仕をしてくれる春さんがますます美しく見えて息苦しくさえなり、思わず箸を止めた。春さんの切れ長の目が、どうしたの？　という風にこっちへ向く。どぎまぎしそうになったとき、階段のほうから音がして、辻村さんが顔を出して言った。

「いかがですか」

邪魔されたというよりも、助かった、という感じがした。

「お蔭様で。もう、なんともありません」

箸を置いて答えた。

「昨日は危ういところをお助けいただいて、ありがとう存じました。感謝に堪えません」

俺は心底より謝した。

「いやいや、旅は道連れ、というやつです。気になさらぬよう。それより、今日はどうされるおつもりですか」

「道場を探して、訪ねてみるつもりでおります」

武者修行の途にあると口上したので、そう言わざるをえない。事実は、木銭宿を回ってみるつもりだ。鹿沼は大宿なので徘徊浪人も集まってくるし、木銭宿の一軒をやっている竹蔵《たけぞう》という者は、例の村に立ち入らぬ約定の立会人になっている。浪人たちだけの署名では信用がゆかぬので、居所《きょしょ》のはっきりしている者が立会人として名を連ねるのだが、竹蔵は一つだけでなく、いくつかの約定で立会人になっていた。それでどれだけ約定の信用度が上がるのかはわからぬが、徘徊浪人たちから頼られていることはまちがいなかろう。俺にとっては、そっちのほうが重要だ。

「言わずもがなとは存ずるが、無理はなさらぬよう」

さらりと、辻村さんは言う。

「箸を止めさせて申し訳なかった。どうぞ、つづけてくだされ」

釘を刺す塩梅《あんばい》がしつこくなく、気が利いている。腰を浮かしかけた辻村さんに、俺は問うた。

「辻村さんのほうは本日は？」

春さんだけでなく、辻村さんとも、もう少し共に居たい気がする。修平と浩平とも、話をしてみたい。二人は春さんそっくりだ。男子にしては優しすぎる顔立ちで、猛暑の旅に耐えられるのかが気になる。

「発つつもりでおったのですが、上のほうが熱を出しましてな」

浮かした腰を戻して、辻村さんは言った。

「とりあえず、もう一日、とどまることにしました」

「医者には……」

もしかすると、自分の熱がうつったのではないか……。

「いや、喉を腫《は》らすのはいつものことなので、用いる薬も決まっておるのです」

それでか、と、俺は、昨日の鹿沼に着くまでの道筋を振り返った。二人はひとことも言葉を発しなかった。熱に浮かされた目でもそれとわかるほどに寡黙《かもく》だった。辻村さんとも、母親の春さんとも、兄弟どうしでも口をきかず、俺は、もしかすると言葉を話せないのではないかと思ったほどだ。喉を腫らしていたのならうなずけるが、しかし、それでも長い道中、子供二人が唇を閉じ切ったまま歩き通すことができるものか。もっと重い病の怖れはないのか……。

「これから、使いつけの薬があるかどうか、薬種屋《やくしゅ》を覗いてみようと思っております」

一度、念のために、医者にかかっておいたほうがよいのではないかと思う俺に、辻村さんは言った。

「さようですか」

できたら、医者にかかれるくらいの金子は渡したい。危ういところを助けられたのだから御礼をして当然と思いつつも、自分で、カネに不自由せぬ者の傲慢《ごうまん》さを意識して、なかなか踏み切れない。いつものことだが、これを、いつものことで済ましてよいものか……。

「あ、それで……」

もやもやとしたままの俺に、辻村さんはつづけた。

「それがしどもは、階下に移ることにいたしました。座敷は替わりますが、この旅籠には居りますので、なにかまた不調を感じたら、遠慮することなくおっしゃってください。よろしいですね。遠慮することなく、です。旅では、それが肝要です。我慢が命取《いのちと》りになることがある」

春さんも笑みを浮かべてうなずいて、俺は不覚にも涙を溜めそうになった。苦労知らずの豪農の次男坊が人斬りの旅に出て早、半月になる。徘徊浪人と交わる日々は、いちいち疑ってかからねばならず、気持ちが擦《す》り減る。それだけに、ちょっとの親切でも染み入ってくる。おそらく、辻村さんが階下に部屋を替えたのは、宿賃を切り詰めるためだろう。予定外の二泊目のために、この座敷を出なければならなかったのだ。布団部屋かどうかは知らぬが、そういう部屋があったのだろう。なのに、自分たちのことはさておき、行きずりの他人を気遣う。俺は必死で涙を堪《こら》えた。

「それでは、しばし、失礼つかまつる」

辻村さんが立ち上がり、春さんが背後に添って、階下に向かう。残った俺は、辻村さんへの金子の渡し方を考える。辻村さんの立ち居振る舞いからすると、渡した御礼をそうですかと受け取るとは思えない。申し出て拒まれたら、二度と渡す機会はなくなる。慎重にならざるをえない。

「絵師」の名乗りを信じるなら、絵を見せてもらって買い求めればよいのかもしれぬ。けれど、辻村さんの「絵師」が、俺の「武者修行」だったらどうだろう。絵を見せてくれ、という申し出は、辻村さんが絵師でないのを炙《あぶ》り出すことになりかねない。もしも、絵師でなかったとしたら、懐具合からしたって、徘徊浪人ということになろう。辻村さんが徘徊浪人である己れを恥じて、「絵師」を名乗ったのなら、絵を見せてもらうことはできない。

このまま座敷で考えあぐねていても、埒《らち》が明かない。旅籠を出て、己れの用を進めたほうが、逆に妙案が浮かび出ることもあろう。鹿沼では、飛脚屋《ひきゃくや》で為替《かわせ》を受け取る手筈《てはず》になってもいる。路《ろ》銀《ぎん》の補充だ。たいした散財はしていないので、まだ、そこそこ残ってはいるが、辻村さん一家のことを考えると、引き出しておいたほうがよかろう。俺はえいやっと腰を上げ、津田助広を腰に差した。

まずは、立会人の竹蔵がやっている木銭宿を訪ねる。辻村さん一家と巡り合って気持ちがすっかりそっちのほうへ行ってしまっているが、本来、鹿沼宿を訪れたのは、竹蔵に会って中里吉郎の消息を訊くためだ。徘徊浪人をいっとう広く知る者といえば、村に立ち入らぬ約定の立会人にとどめを刺す。その立会人のなかで、最も多くの約定に関わっているのが竹蔵だった。少なくとも十の約定に絡んでいる。

約定には十人から十五人の徘徊浪人が名を連ねる。十の約定の立会人になっていれば、百人から百五十人の徘徊浪人を知っていることになる。むろん、その百人から百五十人のなかに中里吉郎が居る保証はなにもないが、俺が追っているのは徘徊浪人なのだ。手がかりが少ないというよりも、手がかりを捨てた人々なのだ。微かな当てでも探るしかない。ましてや、百五十人を知る竹蔵は、ここで駄目ならば半ば諦めるしかないとも言えるほどの大きな当てだった。

竹蔵の木銭宿『五十文《ごじゅうもん》』は鹿沼宿が整えられるときに造られた内町《うちまち》通りの裏手にあった。せっかく春さんに洗ってもらった着物にまたあの臭いがうつってしまうな、と思いつつ戸を引く。意外に若い男が出てきて、なにも言わぬうちから、ぶっきら棒に「六十文、頂戴します」と言った。三十歳にはなっていないだろう。「五十文ではないのか」と返すと、「物皆《ものみな》値上がりでしてね」と答える。「これでも、内町通りじゃ安いほうです」。

「実は、泊りじゃないんだ」

言いながら、俺は用意していた一分金をそれとなく示した。

「教えてほしいことがある」

いっとう頼りにする当てだ。話の中身しだいでは小判だって握らせるつもりでいる。

「客のことですかい」

「そうだ。しかし、その前に、おまえが竹蔵でいいのか」

「さいで」

返事はすっと出た。

「ならば、おまえが村との約定で関わっている浪人のなかに、俺の探し人が入っているかどうかを知りたい」

「名前は？」

「中里吉郎」

「なかさと、きちろう……」

「そうだ、知ってるか」

知っている、と言ってくれ。

「その山吹色《やまぶきいろ》が欲しいのは山々なんだが、知りませんねえ」

あっさりと竹蔵は否む。

「実はね、お客さん。俺は半年前にこのおんぼろ宿を継いだばかりなの。お客さんが言う村との約定で立会人やっていたのは俺の親父でね。いまは雲の上。俺は竹蔵の二代目ってわけ。だから、浪人さんのことなんてまるで知らないんだ。それでも山吹色は欲しいから、いちおう名前だけは聴いてみたんだが、やっぱり心当たりがない。知らないものを知っているとは言えないでしょ」

なかなか言葉に力がある。けれど、鵜呑みにできるわけもない。俺は竹蔵が知っているのに知らないと言っているとしたら、どんな理由があるかを考えてみる。

中里吉郎と別段に親しい。

中里吉郎に言うなと脅されている。

中里吉郎から一分より多い金子を常々渡されている。

「十両までなら用意があるが……」

手持ちは五両ほどだが、飛脚屋に行けば二十両は入っている。いやらしくはあるが、俺はそう持ちかけて三つの理由を崩そうとしてみた。別段に親しくても、言うなと脅されていても、そして、金子を常々渡されていたとしても、木銭宿の主人にとって十両は大金だ。中里吉郎を知っているとしたら、目が揺らぐくらいはするはずである。

「お客さん、それを言うなら、もっと声を潜めたほうがいいよ。壁に耳ありだ。今日は雨じゃないんで、みんな出払っているからいいけどね。ここは木銭宿ですぜ。その手にしている一分で、殺しを請け負う奴だっている」

竹蔵は顔色をまったく変えない。目を泳がせることもなく、言葉を替えて、知らぬものは知らぬと言っている。あるいは、ほんとうに知らないのかもしれぬ。それにしても、これほどカネに動じない人間もめずらしい。カネの世の中にあってカネを嫌う。そっちのほうに興味が湧く。いっとう頼りにする当てでもあるし、俺はもう少し粘ってみることにした。

「それでも、約定の立会人はいまも勤めているのだろう」

「ああ、逃げようとはしたんだが逃げ切れなくてね」

「ならば、彼らと話す機会は多々あるはずだ。浪人のことはまったく知らない、ということもあるまい」

「話しはするさ」

間を置かずに言う。

「浪人さんが話さないからね」

「ほお」

「徘徊浪人の打ち明け話なんて誰も聴きやしない。仲間内だって耳を塞ぐ。みんな切羽《せっぱ》詰まっているからね。てめえのことすら持て余しているのに、他人の話に貸す耳なんてありゃしない。話ができる相手といったら、木銭宿の親爺くらいのもんだ。だから、食らいついてでも話す。俺はここでこんなことをしている人間じゃあないんだ、っていう話をね。いまさら、そんなこと語ったってなあんにもならねえのにさ」

さも、あろう。なにをどうしてよいかわからぬうちに、気がついてみたら、誰からも唾棄《だき》される徘徊浪人になっていたのだろう。当人ですら、合力銭を強請《ゆす》って日々を凌いでいる己れが信じられぬのではないか。なんにもならなくたって、語らずにはいられまい。黙して通すようになるまでには、いったい、どれほど弁明の台詞を垂れ流さねばならぬのだろう。

「ならば、話は長くなるな」

「長いなんてもんじゃありませんよ」

倦《う》んでいるのを隠さずに竹蔵は言った。

「いったん語り出したら止まらない。延々と喋りつづける。こっちが躰動かして用をしているときだってお構いなしだ。掃除をしている俺の箒《ほうき》の先が当たったって、まとわりつづける。まとわりついて、同じ話を幾度も幾度も繰り返す。いかにも、今日、初めて、誰にも明かさなかった話を明かすみたいにね」

「よく聴いてやっている」

「聴いてなんざ、いませんよ」

吐き捨てるように、竹蔵は言った。

「あんな話をまともに聴いてたら、こっちがやられる。いかれちまう。聴いてる振りをしているだけでさあ」

「聴いてる振り、か」

「俺が口にする言葉はね。『なるほど』と『そうですかい』と『ふーん』の三つだけ。相手の話はいっさい耳に入れないで、時々、三つの言葉のどれかをでたらめに挟む。それで、傍から見たら、いかにも聴いている風になる。どれも半ば同意の言葉だから、話すほうも聴いてくれていると思う。でもね、なんにも聴いてねえんですよ。だからね、知らないの。浪人さんのことなんて、なーんにも知らない」

竹蔵は徘徊浪人を知らないのではなく、知ろうとしないのだろう。『五十文』をやってまだ半年だ。このまま徘徊浪人が巣くう木銭宿の主人に自分が納まってしまうのを恐れているのかもしれぬ。竹蔵もまた「俺はここでこんなことをしている人間じゃあない」と、日々、己れに説いているのだろう。

「邪魔したな」

俺は手にしていた一分金を置いて、『五十文』を出た。中里吉郎のことはなにもわからなかったけれど、まったく無意味というわけでもなかった気がした。

そのまま、内町通りの裏手の道を行く。辻を二つ過ぎたとき、誰かが付けてくるのに気づいた。店を覗く風にして、背後を窺うと、一人の浪人が立ち止まる。竹蔵は「今日は雨じゃないんで、みんな出払っている」と言っていたが、一人だけ居残っていたのかもしれぬ。居残って、俺が一分金を手に竹蔵とやりとりしているのを見ていた……。

だとすれば、浪人の目当てはカネしかない。すべて銭《ぜに》で用が足りる木銭宿に小粒《こつぶ》なんぞを持ち込んだ若造から、無断で拝借しようというのだろう。

弱ったな、と俺は思う。そう出てきたら、俺はあの浪人を斬ることになってしまう。もとより、斬る気なんて欠片《かけら》もないのに。

どうしたものか、と思案した俺は、そのまま踵《きびす》を返して、浪人に歩み寄った。この辺りならば、まだ、人通りがある。機先《きせん》を制してこっちから話しかければ、壊れちまっていない限り、抜きはしまい。

「用があるなら聴こう」

浪人の前に立った俺は言う。

「いや、その……」

浪人はどぎまぎする。特段の危うさは伝わってこない。歳の頃は三十の半ば。痩せて、身形《みなり》は徘徊浪人のそれだが、まだ尾羽《おは》打ち枯らした感はない。

「先刻、『五十文』でな……」

案の定らしい。『五十文』に居残っていた一人らしい。

「……おぬしが中里吉郎のことを尋ねているのを耳にした」

いきなり、浪人の口から中里吉郎の名が出て、俺は仰天する。

「知っているのか!?　中里吉郎を」

「いやいや、知っているというほどのものではない」

浪人は慌てて言う。

「ただの噂だ。それも、たいした話じゃない。だから、小粒の価値はないと思う。欲はかかぬ。五十文でも三十文でもいいから、話を買ってくれるとありがたい」

めずらしく控えめの浪人だ。好感は持てるが、徘徊浪人としては苦労するだろう。無理難題《むりなんだい》こそが徘徊浪人の武器だ。蛇蝎《だかつ》のごとく忌《い》み嫌《きら》われて初めて凌げる。そんな弱腰では日に一食も腹に入るまい。懐中には、取り出しやすいように紙に挟んでいた一分金が三枚あった。俺は黙って、その一枚を浪人に渡した。たまには控えめへのご褒美があってもいいだろう。

「いいのか⁉」

浪人は喜色《きしょく》を隠さずに言う。

「ああ」

「あとから、こんな話じゃあ、と言われても困るが」

「言わぬよ」

話の礼ではない。喜捨《きしゃ》だ。

「聴こう」

「どこそこに居る、とかいった話じゃないんだよ」

「構わぬ」

端から、当てにはしていない。

「やめた、というんだ。徘徊浪人をね」

「やめた⁉」

「ああ、やめて、もう、この野州には居ないらしいよ」

「野州には、居ない……」

ただの噂とはいえ、全身の力がすーっと引いていく。

「おぬしは、中里吉郎に会ったことがあるのか」

なんとか立て直して問うた。

「いや、ない。だから、ただの噂で、たいした話じゃないと言っただろう。も一度聴くが、ほんとうにいいのか」

浪人は小粒を握り締めたままだ。

「収めてくれ。ではな」

俺は浪人に背中を見せた。

足を送ると、どうにも力が入らない。

気弱な浪人の耳に入った、ただの噂話のはずなのに、意外に尾を引いて堪《こた》える。

おそらく、隙を突かれたというやつなのだろう。

竹蔵という、いっとう頼りにしていた当てが空を切った直後に聴いたものだから、真綿《まわた》も石になったのだろう。

ほんとうに、もう、中里吉郎が野州には居ないような気になって、飛脚屋に為替を受け取りに行く気にもなれない。

もしも、中里吉郎が野州を出てしまっているとしたら、どうするか……当てもなく足を動かしながら、俺は考える。

野州の外まで中里吉郎を追いつづけることは、さすがにありえない。

ならば、徘徊浪人なら誰でもいい、ということも、もとよりありえない。

中里吉郎と同等の、とびっきりの遣い手を新たに探すか。

それとも、凄腕に拘泥《こうでい》することなく、黒羽尚志のような我慢が利かぬ奴と出くわしたら、こんどは迷うことなく抜くか。

もっと広く構えて、売られた喧嘩を買うか。それなら、こっちからきっかけつくれば、今日にだって旅は終わる……。

繰り返し考えるが、まさに堂々巡りで、結論なんぞ出ようもない。

挙句、まだ中里吉郎が野州を出たと決まったわけではないというところに立ち戻る。

さんざ歩き回って、なんでもいいから腰を掛けるものが欲しくなった頃、小さな御宮に出くわした。

石の囲いが床几《しょうぎ》のようになっているが、先客が一人居て、背中が見える。武家らしく、頭が白髪交じりだ。

向かいの囲いに座ろうとして、鳥居を潜《くぐ》りかけたとき、武家の前に桐油紙が敷かれているのに気づいた。上には、六、七枚の紙が据えられている。

ふっと辻村さんの「絵師」が思い出されて足を止め、逆に距離を取って、家屋の陰から武家に目を注いだ。

やはり、辻村さんだ。辻村覚三さんだ。

ならば、あの桐油紙に置かれた紙は絵ということになる。

なんの絵かは見て取れぬが、とにかく、辻村さんはあの小さな御宮で己れの描いた絵を商っているのだろう。

大宿である鹿沼には、宿の氏神《うじがみ》である今宮《いまみや》神社をはじめとして、立派な社《やしろ》が幾つもある。たぶん、今宮神社は縁故祭《えんこさい》が終わったばかりで、まだ賑わいが残っているはずだ。

けれど、そういう社の縁日は香具師《やし》たちの庭場《にわば》になっていて、仲間に連らなっていない者は入り込めぬ。だから、辻村さんは庭場から外れた社を選んで桐油紙を広げているのだろう。辻村さんはやはり絵師だった。みずから案内したとおりだった。

とはいえ、ならばと、この陰を出て、絵を見繕《みつくろ》うことはできない。

ひとかどの絵師の遊歴の旅なら、訪れる土地ごとに名主などの顧客が居る。定まった顧客を訪ね歩くのが、絵師の遊歴だ。気が向けば、長逗留《ながとうりゅう》だってする。目の前の光景は、辻村さんがそういう絵師ではないことを物語っている。

絵を商って手に入る金子は、あるいは紙や墨代だけで費《つい》えるのかもしれない。絵を生業にしたくはあるのだろうが、凌いでいるのは、やはり徘徊浪人と見るのが妥当だろう。

辻村さんの前に立てば、その事実を念押しすることになる。貴方は修平が熱を出しても医者に診せられないんですね、と言っているのと同じだ。

俺はそのまま家の陰を離れる。そうして、再び、辻村さんへの金子の渡し方を考える。ついさっきまで中里吉郎のことで塞がっていた頭が、辻村さんや春さんや修平、浩平でいっぱいになる。けれど、やはり妙案は湧かず、とりあえず、薬種屋を探すために内町通りへ戻って宿場の真ん中を目指した。

俺も子供の頃は喉が弱かった。桔梗《ききょうとう》湯や甘草湯《かんぞうとう》といったよく出回る薬では役に立たず、いつも舌を嚙みそうな長い名前の薬の世話になった。渡せるか渡せぬかはわからぬが、旅籠の程近くに薬種屋を見つけて、目当ての漢方を手に入れる。そうして、そのまま旅籠に戻った。なんのかのと言いながら、刻は夕七つになっている。

辻村さんの家族がいまどの部屋に居るかは知らぬが、旅籠の者に訊くのは憚《はばか》られる。知らぬままでいたほうが、辻村さんにはよいのではないか。なにはともあれ、階段の下へ行き、様子を見ることにした。

と、井戸端に臨む濡れ縁に、修平と浩平が並んで座っている。座って、話している。声を落としているので、俺の場所からは聴き取れない。言葉を話せないわけではなかったのだと安堵しつつ、気づかれないようにしながら階段を上がる。なぜかはわからぬが、二人だけで居るときしか話さぬようにしている風が伝わってくる。

二階の座敷に近づくと人の気配がして、俺はどういうことだと思う。辻村さんの家族が居なくなっても他の客が入らぬよう、俺は旅籠の言い値の宿賃を支払うことにしている。ゆっくりと眠りたいという名目だが、実は、いつでも辻村さん一家が戻ってこれるようにだ。なのに、どういうことだと気色《けしき》ばんで敷居を越えたら、そこに居たのは春さんで、例の朝露が椿の葉を転がるような声で、

「あらっ」

と言った。

「いま、井戸から引き上げたところなの」

春さんの前には、露をまとった一個の梨《なし》を載せた盆がある。

「切るから、召し上がれ。梨は熱を下げるし、喉の痛みにもいいはず」

それで、待ち構えてくれていたのか……。

「修平は……」

梨が熱を下げるなら、まず、口に入れるべきは修平だ。

「もう、食べたわ。薬も飲んで、ずいぶん良くなった」

「辻村さんが薬を？」

「ええ、あれから直ぐ。この近くに薬種屋があったと言って」

辻村さんはそうしてから絵の商いに出直したのだろう。俺は薬を差し出す機会を失ったが、失ってよかったと心底より思った。

「この梨も、そのときに」

使い慣れた包丁ではないだろうに、春さんは美しく皮を剝《む》く。螺旋を描く皮は透けるように薄く、座敷そのものを美しく見せる。春さんは、なんであれ、その場の景色を美しく変える。春さんが立てば、ゴミ捨て場だって美しく映るのだろう。

「はい」

六片に切った梨を載せた小皿を、春さんが白魚《しらうお》のような指で差し出し、俺は口に運ぶ。

「いかが？」

そのどこまでも明かるく澄んだ声はなんなのだろう。

「それは、もう」

炎天下を歩き回った躰に、冷えた梨からほとばしる果汁は、ヒビ割れた枯れ地に降り注ぐ慈雨《じう》だ。

「よかった」

そして、それ以上に、春さんが浮かべる微笑《ほほえ》みが慈雨だ。

淤泥《おでい》不染《ふぜん》にして中《ちゅう》虚《こ》外《げ》直《ちょく》……ふっと、蓮《はす》の花の美しさを讃える言葉が浮かぶ。

泥田にあって泥に染まらず、真っ直ぐに茎を伸ばして大輪の花を咲かせる。

春さんは大輪の蓮というより瀟洒《しょうしゃ》な睡蓮《すいれん》だろうが、泥に染まらぬところはまさしく蓮の化身《けしん》だ。

「春さんは……」

どんな修羅場にあっても美しく居るのであろう春さんに、ふっと底意地《そこいじ》のわるい企みが頭をもたげる。

「……辻村さんの絵を見たことがありますか」

あるいは、嫉妬《しっと》なのかもしれない。

「ええ」

なんということもないように、春さんは答える。

「どう思われますか」

いや、嫉妬ではない。

俺はいいかげん観念する。

恋、なのだろう。

恋だから、こんな恥知らずな問いまでする。

「私は絵のことはわからないの。でも、とってもいい絵」

「どのあたりが」

春さんをもっと追い詰めたい。

「だから、わからない。でも、いい絵だってことはわかる。ふわーってするもの」

そうなのか、と俺は思う。

まだ見ぬ辻村さんの絵は「ふわーってする」のかと思う。

俺は追い詰めるのをあきらめる。俺が春さんを追い詰められるわけがない。

春さんは、辻村さんが持ち帰ってくる薬や梨を、感謝して受け取るのだろう。

でも、それらを買い求めるのに要るカネを、辻村さんがどうやって手に入れているのかは考えぬのだろう。

考えぬようにしているのではなく、考えることを思いつかぬのだ。あってもなくても、春さんはカネに縛られない。

だから、春さんは、俗をまるごと聖に変えることができる。

世間が惨めとか、酷いとか決めつける様を、春さんはどうということもなく見る。

旅籠の部屋が替わろうと、春さんの立ち居振る舞いはなにも変わらない。もしも、春さんが小さな御宮で絵を商っている辻村さんを目にしたとしても、ふつうに仕事に出ている夫に接するように接するのだろう。

春さんが見たこともないほどに美しいのはきっと、俗から自由だからだ。

春さんに恋するほどに、下野に人を斬りに来た己れが遠ざかっていく。

人を三人斬った兄の想いを知るために、みずからも人を斬ることを、俺は断じて俗ではないと思ってきた。

しかし、春さんを知ったいまとなっては、そうと言い切る自信はない。

聖の革袋《かわぶくろ》のあちこちに、俗が交じっている気配《けはい》がする。

人斬りの旅に出て初めて、覚悟が揺らぐ。

旅の過酷さとか、斬る斬られるの恐怖とかではなく、恋で揺らぐとは夢想だにしなかった。

春さんを知ったときと、中里吉郎が野州を出た噂を耳にしたときが重なったのも、偶然とは思えない。

「死んだ者に囚われるなよ」

気鬱の仙次郎さんが言った餞《はなむけ》の言葉もよみがえる。

「迷ったら、とにかく前だ。後ろじゃあない」

そろそろ、前を向くことを考えてもよいのかもしれない。

「じゃ、包丁を返しに行くわね」

立ち上がって廊下に向かおうとする春さんに俺は言った。

「春さん」

「なに？」

「ありがとう」

ありったけの気持ちを込めた。まだ旅を仕舞《しま》うと決めたわけではないが、これまでは頭を掠《かす》めることすらなかった。

春さんは蓮の花のように笑って、階段に消えた。

その夜、俺は腹を据えた。

前か、後ろか……五日後に決する。

とにかく、明日から五日は、これまでと変わらぬ旅をつづける。

野州を出たという噂を忘れて中里吉郎を探し、もしも出逢えたら、剣士として尋常に勝負を挑む。

出逢えなかったら、そのときはすっぱりと人斬りの旅を仕舞う。下野の地を離れる。

そうと決めると、ずっしりと両肩に食い込んでいた鬱陶しさが嘘のように消えて、憑き物《つもの》が落ちたような気がした。

でも、憑き物は落ちても、春さんへの想いは落ちなかった。

残る五日、ずっと春さんと共に居られるわけではなかった。

その夜のうちに、辻村さんと明日からの互いの旅程を持ち寄ったのだが、辻村さん家族と同道することになったのは、日光壬生道《にっこうみぶみち》の壬生までだった。

およそ四里半。子供連れで、幾度か休みを取ったとしても、三刻もあれば着いてしまう。それで、辻村さんと、春さんと、修平と浩平との旅も仕舞いになるのだった。

なかなか寝つけず、寝ついても眠りは浅く、逆に寝過ごしてしまって、翌朝は、階下から届く、人が言い合うような声で目覚めた。

起きて耳に気を集めれば、辻村さんらしき声が混じる。床を離れ、階段を下りると、旅籠の番頭と辻村さんが言い争っていた。

「ですから、そういうわけにはまいりません！」

番頭はなにやら紙を手にしている。

「町に絵を商う店はなくとも、表具屋《ひょうぐや》にでも行ってこの絵を見せれば、直ぐにでも価値をわかってもらえるはずだ」

辻村さんが必死になって訴える。

「ならば、お客様が表具屋へ行ってお足に換えてから、支払いを済ませてくださいませ。表具屋の場所はお教えいたしますから。ただし、その間、ご家族はこちらに居ていただきます」

辻村さんは自分の描いた絵で旅籠の支払いをしようとしているらしい……。

考える前に躰が動いて、二人の間に割って入り、「ちょっと、見せてくれ」と、俺は言った。虚をつかれた風の番頭が、からくり人形のように俺に紙を渡す。

「凄い！」

ひと目見て、俺は嘆声《たんせい》をあげる。

芝居ではない。

芝居でもなんでもするつもりだっただけに、逆に仰天《ぎょうてん》した。

春さんが言ってたとおりだ。

「とってもいい絵」だ。

でも、どのように「とってもいい」かは、春さんと意見がちがう。

春さんは「ふわーってするもの」と言ったが、俺はぐわーっとする。

ぐわーっとして、かっさらわれそうになる。

引っ張り込む力が凄《すさ》まじいのだ。

「とってもいい」というより、凄まじい絵だ。

絵に目を遣ったまま、俺は辻村さんに言った。

「真景図、ですね」

「ええ、白根山《しらねさん》です」

山水画のように、作者の頭のなかにある山や谷を描き出すのではなく、実在する景色の写生を基に描くのが真景図である。山水画から風景画へと向かう途上にある絵とも言える。それだけに、過去の様式から存分に解き放たれているとは言いがたい。実在する景色とはいっても、対象は名所旧跡、歌枕《うたまくら》の土地などに限られる。構図も、上野《うえの》の不忍池《しのばずのいけ》なら弁天島《べんてんじま》を中心に据える、といったような約束事がある。ところが、辻村さんの白根山にはそういった足枷《あしかせ》がまったくない。白根山そのものがいわゆる名所旧跡ではない。旧来の絵師が描いてこなかったから、構図の縛りもない。だから、辻村さんの白根山には自由が横溢《おういつ》している。極太の筆による懸腕直筆で荒々しく描き出されていて、いまにも溶岩が噴き上がりそうであり、脈を打っているかのようだ。

通常、絵を評価するときは、能品、妙品《みょうひん》、神品《しんぴん》の三つに分ける。能品は画境《がきょう》はともあれ画法はきっちりと押さえていて、絵画を生業とする水準には届いている絵。妙品はそれに加えて画境があり、世界が立ち上がっている絵。そして神品は、その世界が人の手には届かぬ域にまで達している絵と言える。けれど、ごく稀れに、画法は自己流で未熟でも、描き出された世界は神品に劣らぬ絵画が出ることがある。それが逸品で、辻村さんの白根山はまさにその逸品なのだった。誰も描いてこなかった白根山を描こうとした辻村さんならではの情動が、逸品を生み出したのだろう。

「これは是非私にお譲りください」

俺は急いで階段を上がり、座敷に戻る。白根山の絵を慎重に荷に納めてから財布を取り出し、小銭だけを残して、あったカネすべてを懐紙に包んだ。小判三枚と、一分金七、八枚はあったと思う。おおむね五両だ。

「足らぬとは存じますが、とりあえずお収めください」

あたふたと階下へ戻ると、番頭の前で、唖然としている辻村さんに紙包みを手渡した。

「では、私はちょっと失礼します」

辻村さんが中身を検《あらた》めるのを待たずに、そのままそそくさと旅籠を出る。渡されたばかりのカネを、俺の目の前で宿賃の支払いに充てるのは、辻村さんにしてもためらわれるだろう。俺はあの場に居ないほうがいい。

それに、「足らぬとは存じますが」という俺の台詞は、方便《ほうべん》などではなく、本心だった。あの白根山なら小判十枚は支払われるべきだ。俺はあらかじめ場所を調べておいた飛脚屋へ急ぎ、為替をカネに替えて、もう五両、辻村さんに手渡すつもりだった。

ジュスタンさんにもらった懐中時計を取り出して見ると、いまは午前の九時十八分だ。あれ以来、外へ出るときはたいてい身につけている。どこに居ようと、時間と分で時の経過がわかるのは、存外、便利なものだ。十二分後、飛脚屋へ着くと、為替は問題なく届いていて、俺は五両を懐紙に挟み、十五両を財布に足して、足早に旅籠へ戻った。

辻村さんの居場所を確かめる前に、とりあえず二階の自分の座敷に上がると、意外にも辻村さんが正座をしている。

俺の姿を認めるやいなや、思い詰めたような顔つきで「ちょっと、よろしいですか」と言った。

ずっと、待っていたのだろう。

釣られて、俺も正座で向き合うと、辻村さんは懐中から紙包みを取り出し、つーと俺の前に滑らせた。

「ご厚情ありがたく、一分判、一枚、確かに収めさせていただきました。しかし、その他は受け取るわけにはまいりません。あまりにも法外です。どうぞ、査収《さしゅう》願います」

「いや」

もう五両足すつもりだったのに、先払いのほとんど五両を返すというのだから、承服できるはずもない。

「法外などではありません。逆に、足らぬのです。それで、このとおり、追加の金子を用意してきました」

俺は懐から五両の入った懐紙を取り出して、そっと置いた。

「五両、あります。合わせて、お収めください」

「お戯《たわむ》れを」

辻村さんの声に、自嘲が洩《も》れる。

「断じて、戯れではありません。私はこの絵を人に売りませんが、もしも売るとしたら、少なくとも二十両で売る自信があります。三十両も無理ではないかもしれません。私は大きな利益を得ることになります」

迷いなく言い切る。

「夢物語ですな」

辻村さんは取り合わない。

「こういうものを、見たことはおありですか」

俺はふっと思い立って懐からジュスタンさんの銀時計を取り出し、畳の上に置いた。

辻村さんは最初は驚いていたが、直ぐにしげしげと見入り、そして、言った。

「時計、ですか」

「そうです。時計です」

機械式の和時計じたいは江戸の初期からある。以来、時計鍛冶によって作られつづけ、後期には印籠《いんろう》に組み込んだ印籠時計さえできた。もちろん、一日が十二刻の、不定時式の時計である。辻村さんがジュスタンさんの時計を時計とわかったのは、印籠時計を見たことがあるからだろう。とすれば、辻村さんは、かなり身分の高い武家だったことになる。印籠時計を携えることができる者は高位の武家に限られる。その武家本人か、あるいは間近に近侍《きんじ》している武家でなければ、印籠時計に触れる機会はまずない。

「ただし、西洋の時計です」

「ほお」

「一日を二十四の時間に分け、その一時間を六十の分に分けます。私はこの西洋時計を横浜の開港場に居る、あるフランス人からもらい受けました」

「横浜の、開港場で！」

辻村さんにとって、横浜の、開港場とはどんな場所なのだろう。

「開港場の西洋人が買い求めるのは生糸のみではありません。日本の絵画も、旺盛に買い求めています」

「絵画を、ですか⁉」

「ええ、しかも、彼らは名前で絵を買いません。その絵が良いか良くないかだけで、買う買わぬを判断します」

「名前で買わない？」

「そうです。海の向こうの絵好きにとっては、日本での絵師としての高名など、なんの価値もありませんからね。自分の目で見て、良い絵だけを買い求めます。自分の目、です。他人の評判とか、値づけの相場ではありません。そして、辻村さんのあの白根山は良い絵です。それどころか、凄い絵です。絵画の神品と逸品はご存じですね」

「はい。私の絵は能品にも遠く及ばぬので、語るのは控えさせていただきますが」

「神品と逸品ではどちらが上か……。意見が分かれるところですが、私は逸品を上とします。神品には画法の支えがある。助けがある。しかし、逸品にはなんの支えもない。にもかかわらず、神品に引けをとらぬ未見《みけん》の世界を立ち上がらせている。人の目には見えぬ世界を見せる力において、逸品は頭抜けています。辻村さんの白根山は、その逸品なのです。探して見つかる絵ではありません」

辻村さんは黙したまま聴いている。

「ですから、横浜の開港場でなら、直ぐに高い値で売れるでしょう。その確信があったから、購入させていただきました。『あまりにも法外』では、断じてありません。この金子は本来、辻村さんの手にあるべきものです。どうぞ、堂々とお受け取りください」

俺は置かれた二つの紙包みを、辻村さんがそうしたように、つーと滑らせて、辻村さんの前に戻した。

辻村さんはじっと身じろぎもせずにいたが、四分の後、おもむろに唇を動かした。

「ならば、真《ま》に受けさせていただきます」

「それで、当然です」

俺は心底より言った。

「本来なら、あくまで固辞すべきなのですが、故あって、この金子を活かさなければならぬ事情を抱えております。そのために遣わせていただきたいと存じます」

絞り出すように、辻村さんは言う。

「辻村さんの金子です。なにに用いようと、辻村さんの自由です」

「しかしながら……」

そこまで言って、辻村さんは口ごもった。

「なんでしょう」

俺はつづく言葉を促す。

「下垣内さんは横浜開港場のフランス人とお付き合いがある……」

「絵の縁です」

それが、ジュスタンさんとの「お付き合い」を説く、いちばん短い言葉だった。

「そのように絵画にも造詣が深い。そういう下垣内さんが、なんで二本を差して、この下野を回っておられるのでしょうか」

口にこそ出さぬが、財布に何枚もの小判を入れていることも、不審の理由だっただろう。もっともな問いで、俺が辻村さんだったとしても、不可解に思ったはずだ。

「話せば長くなりますので、ひとつだけ、語らせていただきますが……」

そう、前置きをしてからつづけた。

「ある人物を探しております」

「ある人物、ですか」

「はい」

「下野を回っておられるということは、徘徊浪人ですか」

「さようです」

「名前はわかっておられるのでしょうか」

「わかっております」

「差し支えなければ、お伺いできますか」

「差し支えはありません。中里吉郎です」

「中里、吉郎……」

辻村さんは一音ずつ、丁寧に声にする。

「消息を尋ね歩いております。なにか、心当たりはございませんか」

「いや……」

ゆっくりと、つづけた。

「申し訳ありませんが、お役に立てません。それがしも浪々の身ではありますが、絵の真似事《まねごと》をすることもあり、あまり彼らとは重ならんのです。こちらのほうからお尋ねしておきながら、面目《めんぼく》ない」

「いえ、お気になさらず」

辻村さんと中里吉郎を結びつけて考えてこなかったので、落胆はまったくしなかった。辻村さんと春さん、修平、浩平と、中里吉郎は別の世界に在って、交じり合うことがなかった。

俺は直ぐに中里吉郎を忘れて、辻村さんと壬生への出立について詰めた。辻村さんはまだ、ひと用事、鹿沼でこなさなければならぬらしい。で、出立は午九つ、待ち合わせる場所は今宮神社の鳥居の前とした。

それで、辻村さん一家との旅は終わるのだと思った途端、春さんの切れ長の目や、ふっくらとした涙堂が浮かんで、俺は慌てて消し去った。

約束の刻限、今宮神社の鳥居の前に着いたとき、しかし、そこに居たのは辻村さんだけだった。

「では、参りましょうか」

辻村さんは言うが、置いてきぼりはまずかろう。

「待たなくて、よろしいのですか」

いくら、こっちから春さんのことには触れぬといっても、場合が場合だ。

「妻と息子たちは鹿沼に残すことにいたしました」

辻村さんは答え、俺は唖然とする。

直ぐには、意味がつかめない。

「鹿沼に残す、と言われましたか」

ひょっとすると、聴きまちがいではないか……。

「いかにも」

なんとか気持ちを立て直して、問うた。

「また、喉が腫れたのでしょうか」

なんで、春さんと修平、浩平が残り、辻村さんだけが発たねばならない?

「いえ、あれは治りました」

つづく言葉はない。どんな事情かは口にしない。

「では、他の病かなにか……?」

つい昨日も、念のために修平を医者に診せたほうがよいのではないかと思ったばかりだ。

「そういうことではありません」

理由は言わぬという意思が伝わってくる。

「さようですか……」

春さんは姿を見せず、その理由もわからない。俺は落胆が顔に出ぬように必死になって堪えたが、成功したとは言えない。

壬生への四里半の道中さえ、俺には短すぎた。せめて、鹿沼から壬生までの三刻のあいだ、春さんの一挙手一投足を瞼に刻み込もうとしていた。その願いさえ叶わぬとなると、気持ちの立て直しようがなくなる。なんとか、とっかかりを見つけようとするのだが、なにも見つけることができず、じっと押し黙ったままだ。あれほど、春さんへの想いを辻村さんに気取られぬよう気を払ってきたのに、気落ちが洩れ出るのを隠そうとすらしない。

けれど、辻村さんもまた黙したままで、俺の落胆に気を振り向ける余裕もないようだ。きっと、妻子を鹿沼に残してきた理由を、反芻《はんすう》しているのだろう。なにがあったのだろう……。もとより、六十過ぎと思《おぼ》しき辻村さんが、あの春さんを伴って下野の旅をつづけるのは、筆舌《ひつぜつ》に尽くしがたい辛苦《しんく》を伴うだろう。辻村さんは一日たりとて休むことなく、徘徊浪人として凌げぬ日々を凌ぎながら、もろもろに飢えた徘徊浪人たちが春さんに注ぐ目とも闘わなければならない。なにがあっても、おかしくはない。

あるいは、それか……と、俺は想う。おかしくはない、なにかが、起きたということか……。思わず、春さんの身が危ぶまれるが、辻村さんは己れの想いに沈潜《ちんせん》してはいるものの、取り乱してはいない。もしも、春さんが危害を加えられたとしたら、こんなものでは済まぬだろうし、そもそも、今宮神社の鳥居前に来ていないだろう。なにかがあったことはあったのだろうが、それは事件というより、辻村さんの家族の問題なのではなかろうか。

どのようにして夫婦《めおと》となるに至ったのかを憶測するのは非礼の極みだろうが、辻村さんと春さん、そして、修平と浩平の四人での徘徊は、この世にはありえぬ家族がありうることを示す証左《しょうさ》のようだ。修平と浩平は、やはり、ほとんど口を利かない。俺とだけではなく、辻村さんとも、母である春さんともだ。ごくたまに声を出しても「あ」とか「ん」とかで、「はい」さえ言わない。二音は言わぬのである。彼らの異様な寡黙さからも、俺には窺い知れぬ、辻村さん一家の旅の過酷さが伝わってくる。

同道はしても話は弾まぬまま、壬生道は奈佐原《なさはら》宿に近づく。お互い、無理に弾ませようとはしない。辻村さんの意識は変わらずに鹿沼にあるようだし、俺は俺で、一人で壬生道を往く辻村さんの姿から、徘徊浪人の酷い旅をいよいよ思い知らされ、今回の旅に踏み切った己れの浮わつきを噛み締めていた。

三人の人を斬った兄に、どういう想いが残ったか……それを知るために自分も人を斬ってみる。当初は無理としたその企てを、銃の暴発で顔を失った骸《むくろ》を見た己れならば無理ではないのではないかとして、徘徊浪人を斬る旅に出たのだった。その〝無理ではないのではないか〟という、甚《いた》く重かった切り替えが、いまとなってはいかにも軽い。

あのときの俺はまだ春さんを知らなかった。俗を聖に変える、春さんを知らなかった。そして、そういう春さんを伴って徘徊の旅をつづける、辻村さんを知らなかった。徘徊浪人と括られる人々が抱える、ほんとうの重さを知らなかったと言っていい。農兵が向き合う〝敵〟にも一人一人の顔があるように、徘徊浪人にも一人一人の顔がある。むろん、中里吉郎にもあって、もしも出逢えば、辻村さんとはまたちがう重さに、揺さぶられるのかもしれない。いまなお中里吉郎を追う名目は〝剣士として尋常に勝負を挑む〟ことだが、そのときもまだ自分は、そんなお仕着せの文句を振りかざすのだろうか……。中里吉郎を斬るのは、ほんとうに〝無理ではない〟か……。春さんに恥ずかしくはないか……。

奈佐原を過ぎて、楡木《にれぎ》も過ぎる。

歩き通しだ。

楡木から壬生までは二里半ある。

「少し休みましょうか」

俺は前方に樹陰《じゅいん》を認めて、辻村さんに声を掛けた。

二里の道を互いに黙して歩き通したいまならば、逆に、交わす言葉をこれまでよりもっとわかり合える気がした。

そのときだ。

ぱあーん、という鉄砲の発射音が響いたのは。

近くで、びしっという石を弾《はじ》く音がして、辻村さんが倒れる。

跳弾《ちょうだん》だろう。

外れて石に当たった弾が跳ね返る。

俺は辻村さんに駆け寄る。

腹、だ。

二発目の銃撃に備えて辻村さんを抱え、田んぼの土手下に転がるように潜り込む。

抜刀して、発射音のした方角に目を凝らすと、二人の浪人が逃げていくのが見えた。

跳弾は威力が減る。

ちゃんとした外科医なら、なんとかなるはずだ。

問題は、ちゃんとした外科医が居るか、だ。

俺は辺りを見回して、人家を探す。

行手に米粒のように見える家が一軒ある。

あそこまで行って医者のことを尋ねたとしても、近場に外科医が居るとは思えない。腹だから、止血も効かない。

あの家で大八車《だいはちぐるま》を借りて辻村さんを乗せ、楡木まで戻るか。

俺が楡木へ走って医者を連れてくるか。

大八車があるとは限らない。やはり、走ろうと思って、そう言おうとしたとき、辻村さんが俺の袖を摑んで「話を！」と言った。

「なんでしょう」

辻村さんの話よりこっちの話だと思いつつも訊いた。

「下垣内さんに聴いていただきたい話があります」

「時が惜しい。楡木へ行って、医者を連れてきます」

「無理でしょう。それをしたら、私は話したいことを話せぬまま、一人、ここで果てることになります」

そっちになる率のほうが高いことはわかっている。

「わかりました。お話しください」

俺は据わらぬ腹を据える。辻村さんが、程なく仏になるのを受け入れる。

「こんな有り様で、話がばらばらになるかもしれませんが、まず、私の名は辻村覚三ではありません」

えっ……。

「ほんとうの名は、中里吉郎です」

どういうことだ⁉

「あなたがお探しの、中里吉郎です」

驚きが過ぎて、声が出ない。

「と、明かせば、なんで私がいまこうなっているのかも、おわかりでしょう。私は敵が多いのです。敵だらけです。こっちから喧嘩を仕掛けたつもりはないのですが、売られた喧嘩までは拒みませんでした。こういう暮らしですからね。時には己れの裡の獣を、解き放たずにはいられなかったのです。それで、たくさんの恨みを買い、繁く、襲われることになりました。剣の腕は立つもので、そのつど返り討ちです。それでまた恨みを買います。その繰り返しで、もう、たいがいにしてほしいと思うのですが、宿痾《しゅくあ》なんでしょう、いつまで経っても終わりません。終わらせたいけど、終わらない。こんな歳になっても、まだ終わらない。辻村覚三の仮名を使っていたのも、そんな不毛な繰り返しから、ちょっとでも逃れたかったからです」

話すあいだも血は流れ出ている。でも、もう、俺は、口を挟まぬことにした。中里さんは、残された時で、語らねばならぬことを語り切ろうとしている。そのなけなしの時を、俺が無駄に費やすわけにはいかない。

「なんで、間際に、こんなことを語るのかというと、春と関わりがあるからです」

春、という言葉を聴いて、いやが応でも耳に気が集まる。

「返り討ちにした者のなかには、斬りたくなかった者も少なくありません」

そう、なのだろう。

「なかでも、いっとう斬りたくなかったのが春の夫でした」

春の夫……？

「歳は三十半ばでしょう。春とはお似合いの、様子《ようす》のいい夫婦《めおと》でした。修平と浩平も、彼らの子です」

俺は、ただ聴くしかない。

「家禄さえ失わなければ、さぞかし、武家の雛形《ひながた》のような暮らしを送ることができたでしょう。しかし、理由はわかりませんが、春の夫は召し放ちになって、親子四人で徘徊の旅に出ざるをえなくなった。その旅の酷さが、武家勤めをしていれば露《あら》わになることはなかった春の夫の脆《もろ》さを、炙り出すことになったのです。春の夫を貶めるのは本意ではないので、仔細を語るのは避けますが、旅をつづけるほどに、彼は壊れていきました。そうして、取るに足らない、悲しいほどにつまらぬ理由で、彼は私を襲い、私は返り討ちにしました。つまり私は、修平と浩平にとって、父の仇なのです。私は二人に討たれなければならないのです」

あっと、俺は思った。もしも、修平と浩平がそれをわかっていれば、中里さんにも、そして春さんにも、「あ」とか「ん」しか声にしないのも得心できる。

「本来、夫の仇であり、父の仇である私が、三人と共に旅をしているのは、春がそれを望んだからです」

「望んだ？」

思わず俺は、声を発した。

「春を姦婦《かんぷ》とは責められません。姦婦は徘徊浪人の旅の酷さを識《し》らぬ者の言い草です。人は死なない限り生きていかなければなりません。まして、春は二人の息子の母です。二人を野垂《のた》れ死《じ》にさせずに、育てる術《すべ》を、なによりも先に考えるでしょう。徘徊の旅の暮らしにあって、いっとう確かだったのが、夫の仇ではあるけれど、徘徊浪人という世界ではそれなりの力を持っていた私を頼ることだったのです。そうして、私と春と修平と浩平、四人の旅が始まりました。一年半前のことです」

なんの涙かわからぬが、涙が出た。

「そんなどうしようもないつながりの四人だったけれど、私はね、下垣内さん、楽しかったですよ。この一年半、もう、どうしていいかわからないくらい楽しくて、幸せでした。六十、過ぎてね、徘徊浪人をやっているのに、ああ、生まれてきてよかった、と思えたんです。春はね、こんな旅の暮らしでも必ず歯を磨くんですよ。食い物を買うカネがないときでも房楊枝だけは買い求めて、修平にも浩平にも使わせるんです。私もね、ずっと歯なんて磨いたこともなかったのに、自分用の房楊枝を渡されました」

そうか、と俺は思う。俺が昨日手にしたのも、春さんが買った房楊枝だったんだ。

「そうして、毎朝、歯をしごいているとね、大丈夫という気がしてくるんです。こんな旅でも、どこかひとつがしっかりしていると、芯ができるんですね。徘徊浪人の沼に沈み切れないんです。むろん、それもね、春が居てくれるからです。どんなに困っても房楊枝だけは欠かさない春が手渡してくれるから、使う気になる。大丈夫という気になるのはね、房楊枝を使うからじゃなくて、そういう春が居るからなんです。春が居てくれる限り自分は大丈夫なんだと、日々、思うことができました」

きっと、中里さんの荷には、いまも、その「自分用の房楊枝」が入っているのだろう。

「大昔、齧《かじ》っただけの絵を描き出したのも、春が居たからです。春を徘徊浪人の連れ合いにしたくなかったのです。むろん、絵を生業にできるわけもありません。でも、描いてさえいれば、自分は絵師であると己れに説くことができます。ですから描きつづけたし、誰も見てくれなくても、見世《みせ》を広げました。絵師と思い込むためです。そう言うと苦行《くぎょう》のようですが、とんでもない。絵を描くのもまた楽しかった。私は春と居る望外の幸せをなにかに留《とど》めておきたかったのです。春と居る限り、目に見えるものすべてに生気が横溢していました。企まずとも、絵筆が勝手に動き出します。日々、画趣が湧き出して描かずにはいられなかった。筆を動かす一日一日が、恐ろしいばかりに幸せでした」

中里さんの白根山を逸品とした己れの賢《さか》しらを、俺は恥じた。言葉が括る枠で、あの絵を縛ってはならなかった。

「でもね、それは、私の手前勝手です。やっぱり、仇持ちと仇がいつまでも一緒に居るわけにはゆきません。なんとかしてけじめをつけなければいけないと思うのだけれど、とにかく、一日一日を凌いでいくだけで精一杯なので、否応なく日が重なっていく。いったい、どうすればよいのだろうと、いつものように思い悩んでいたところへ、下垣内さんから、あの金子を頂いたのです」

あれが、この話とどうつながるのだろう。なんの結び目もないように思えるが。

「忘れもしません。懐紙を開くと、なんと小判三枚に、一分判が九枚あった。五両一分です。目にした途端、これだけあれば、春と修平、浩平の三人が、当座は暮らしてゆくことができると思いました。あくまで、当座ではあるけれど、惚れた欲目かもしれませんが、春はあの器量です。そのあいだに、なんとか道も開けるのではないかと、虫のいいことを考えました。それでも、はっと我に返って、とても受け取れる筋合いではないとお返ししようとしたんですが、下垣内さんは無用とおっしゃる。それどころか、もう五両足してくだすった。想いを切ってお言葉に甘えて、あのあと、春に考えていたことを告げ、鹿沼に残した次第です。こうして、下垣内さんに聴いていただいているのは、その御礼を申し上げたかったからです。下垣内さんのご厚情のお蔭で、春と修平、浩平を、因縁の旅から解き放つことができた。いくら感謝申し上げても足りません」

あのカネが、財布の残りガネが、そういう話になるのか。

ふっと、中里さんが白根山の代金を受け取るときに、絞り出すように言った言葉がよみがえる。

中里さんは「故あって、この金子を活かさなければならぬ事情を抱えております」と言った。

「そのために遣わせていただきたいと存じます」と言った。

あれが、これか。

あれが、中里さんと、春さんの、生涯を決めるのか……。

「でもね、そうして独りになってみると、それは淋しかったですよ。もう、どうしていいかわからないくらい淋しかった。孤立した老人というのはね、ぞっとするほど淋しいです。死んだほうが楽なくらい。けれど、いくら淋しくても死ぬわけにはゆかぬのです。仇として討たれなければなりませんからね。修平と浩平も、あと五、六年もすれば立派に剣を遣えるようになります。そのときまで、どうやっても生きていなければならないんですよ。でもね、こうなってしまったでしょう。修平と浩平にはほんとうに申し訳ないんだけどね、ほっとしているんです。これで終わりにできるってね。やっと、やっと終わらせることができるって……楽になれるって……もう、ほん………」

春さんに伝える言葉はありますか、って問おうとしたときには、もう中里さんの息は止まっていた。

俺は泣いた。道にへたり込んで、うぉんうぉん泣いた。

ひとしきり泣いてから、米粒くらいに見えた人家へ急ぎ、小判を一枚渡して、ご遺体の安置を頼んだ。

それから壬生道を取って返し、楡木の宿役人《しゅくやくにん》に仔細を説いて、再び戻ることを告げ、寺の手配を仰いだ。

済むと、鹿沼を目指した。一里半を半刻で歩き終え、昨日と同じ旅籠に居た春さんを見つけると、事の経緯《いきさつ》を語り、そして、森戸村までの旅費だけを抜いておいた、為替で膨れ上がった財布を押しつけた。

もう、俺には、下野を回る路銀は要らなかった。


これが、俺がなんで、昭和二年のいま、ここでこうしていられるのか、という理由の、ほとんどすべてだ。

あそこで人を斬らなかったこと、人など斬ってなるものかと骨の髄に刻んだことが、あれからの俺のすべてを規定している。

斬ってよい人間など一人も居ない、という背筋がなければ、時は幕末だ、俺は躰に埋め込まれた剣技が導く向きへ、引かれていったかもしれない。

あとは補足のようなもの、と断わった上で、それからの成り行きを走り書きすれば、下野から戻った俺は、騒乱という人斬りの場に背を向け、とりあえず横浜へ出て生糸売込商になった。戊辰《ぼしん》戦争の激風も、横浜という日本のなかの異国を襲うことはなかった。

けれど、生糸売込商もまた淘汰の時代に入っていた。若輩で経験もない俺がなんとか乗り切ることができたのは、手代から副社長に肩書きが替わった島崎《しまざき》和郎さんのお蔭だ。生糸売込商は基本、生産地での仕入れ価格と横浜での販売価格との開きで利益を得る。が、仕入れ価格の高騰で逆鞘《ぎゃくざや》になる市況もめずらしくなくなっていた。そういう、自己勘定での大量仕入れが危うくなっていた時期、島崎さんは主《あるじ》に迷惑をかけない〝番頭の商い〟を貫き、委託販売を主力にして危険を回避した。生産地の荷主に横浜の外国商人を紹介し、その仲介手数料を収益源としたのである。お蔭で下垣内商店は三十幾つかの生き残り組に入ることができ、俺にしても、いきなり相場の乱高下による生傷《なまきず》を受けずに、自由貿易と規制がせめぎ合う土地に躰を馴らしていくことができた。

とはいえ俺は、豪農の先陣を切って小作を止めた下垣内昌邦の弟だった。カネ儲けに取り組み甲斐《がい》を見出す質《たち》じゃあない。横浜暮らしのいちばんの楽しみは仕事ではなく、地の利を生かしてフランス語と英語を習うことだった。そうして語学学校に通い出して、フランス人との会話にも不自由を感じなくなった三年目の明治五年の秋、俺は学校の談話室に『ガゼット・デ・ボザール』という一冊の雑誌が置かれているのを目にした。直訳すれば『美術の雑誌』だ。なんだ、『美術の雑誌』って？　それが、その美しい雑誌を目にしたとき初めて感じたことだった。

明治五年の日本には「雑誌」がない。「美術」もない。「美術」なる用語が初めて日本で使われたのは、翌年の明治六年に開かれたウイーン万国博覧会に初めて明治政府として参加したときである。事務局が選《え》りすぐった工芸品の出品分類区分として、「美術」が登場した。あくまで殖産興業のための官製用語であって、人々の口の端《は》に上るようになるのは、もっとずっとあとだ。そういう状況での『ガゼット・デ・ボザール』である。『美術の雑誌』である。俺は思わず、たまたま近くに居た若手教師のアダム・ルーに、これはなんなのかを問うた。

「なんと言ったらいいかなあ……」

アダムもまた日本には「雑誌」も「美術」もないのを承知していて、そういう前提の日本人になんと説いてよいのか思案している風だった。

「つまり、あれだよ。美しいものを見たら話したくなるでしょ。どんなに美しいかとか、どのように美しいかとか、自分がどれだけ感動したかとか……いちいち人に伝えたくて堪らなくなるよね」

アダムの言葉はすっと俺の裡に入ってきた。

「最初は周りに居る人間に話すくらいで済ませているけど、感動が積み重なると、それじゃあ我慢ができなくなる。美しいものを見るのが好きな者が集まって、存分に語り合うことができる〝場〟が欲しくなる。でも、みんなそれぞれ仕事も学校もあるから、実際に集まって会を開くのはそんなに簡単じゃあない。ならば、定期的に会報みたいなものを出して、そこで好きなだけ想いを語ればいいじゃないか、ということになった。ここまでは、わかってもらえるよね」

わかりすぎるくらいわかる。いまも顔を出している書画会にしたってそうだ。手持ちの書画を売るのが目当ての者も少なくないが、感動を求めて来る者だって確実に居る。

「でね、ここからがちょっとちがってくる。日本人とフランス人とではね」

俺は耳に気を集めた。

「日本人は美しいものを見るのが好きだし、美しいものをたくさんつくるよね。美しいものをつくり、愛《め》でるという点においては世界でも類稀れな才能を発揮する。僕も、それに惹かれて日本にやって来たんだ。そういうフランス人から見て、なによりも不思議なのはね、そこでお仕舞い、ということなんだ。つまり、ああ、美しい、で終止符が付いてしまって、その先がない。その美しいものがなんで美しいのか、その美しさはどういう構造を持っているのか、この美しさとあの美しさはどういう関係にあるのか、といった美しさの真髄《しんずい》の探究に情熱を燃やすことがない。反論が出るかもしれないけど、少なくとも、我々フランス人の探究の情動と照らし合わせれば、皆無と言っていいくらいいないいんだ」

言葉を挟みたい気もするが、その言葉が見つからない。

「ケチをつけてるんじゃないよ。それが、『美術』の成り立ちそのものになるから、あえて言っているんだ。つまりね、我々は美しいものを見るのも大好きだけど、その美しいものはなんで美しいのだろう、と突き詰めることも大好きなんだ。むしろ、ほんとうのご馳走はそっちにあると思ってるくらいにね。そしてね、そのご馳走こそがボザール、つまり美術で、ご馳走を載せる皿がガゼット、雑誌なんだよ。『ガゼット・デ・ボザール』はね、フランス人がデセールよりも好きかもしれない美しさの真髄の探究、の成果を寄ってたかって持ち寄る場なんだ」

アダムはフランス語を教えるより「美術」を、「雑誌」を教えるほうが遥かに上手いと俺は感じていた。

「日本人は、〝美しいものを美しく見たら、それでもういいじゃないですか〟と言うだろうね。我々からしたら、せっかくのご馳走をもったいないと思うけど、いいんだよ、それが日本人の美意識なら。その代わり、『美術』は生まれないけどね。『美術』がないから、日本人どうしならわかり合えても外国人には伝わらないことになる。でも、それをどう考えるかは日本人の問題だから」

『ガゼット・デ・ボザール』は一八五九年、日本なら安政五年に、フランスで初めての月刊美術雑誌として創刊された。以来、実証性を徹底した編集方針に基づいて、美術史の節目となる論文や記事を掲載しつづけており、いまでは寄稿者をオーソライズする地位を築いているらしい。アダムは「フランスの誇りさ」と言い切った。

「僕も幾度となく論文を送っているんだけど、残念ながら一度も採用されたことがない。なにしろ、ゴンクールやビュルティといったとびっきりの作家や研究者が常連だからね。その寄稿者リストに加わる困難さは生半可じゃないんだ。日本に来たのも、だからさ。フランスでは、いま言ったフィリップ・ビュルティが今年『ジャポニスム』という用語を提唱したくらいに、日本美術熱が滾っている。でも、実際に日本まで乗り込んで日本美術と交わっている研究者はまだ数えるほどだ。で、僕はその数少ない研究者の一人になって、今度こそ、『ガゼット・デ・ボザール』に署名記事を載せてみせようとしているわけさ」

アダムの話が終わったとき、俺は、啓示を受けたかのような気持ちを味わっていた。ずっと模索しつづけながら厚い靄《もや》に包まれていた己れの進むべき道が、くっきりと見通せていたのだ。まるで「ラール・ジャポネ」……「日本美術」というバカでかい案内板が高々と掲げられているかのように。

剣という突っかい棒を手放した俺にとって、絵画は最も近しい進路のはずだった。けれど、画家への道は閉ざされていた。中里さんの白根山を初めて目にしたとき、俺は凄いと打ち震えつつ、もう一つの感情に囚われていた。俺には描けない、という想いだ。どうやったって、俺にはこういう逸品は描けない。それまでは、剣術ほどではないにしても、そこそこなのではないかくらいには自惚《うぬぼ》れていた。いまはまだ能品の域を出ぬだろうが、このまま精進すれば、おそらく妙品には届くだろうし、あわよくば神品だって夢ではないのではないか、と。そんな根拠のない自信を、いとも簡単に白根山が打ち砕いた。自分の絵には世界がないことを思い知らされて、絵画の村の住人になることをあきらめねばならなかった。そこで生きていく術は画家しかないと、思い込んでいたのだ。

でも、アダムの話を聴き終えてみれば、道を閉ざしていた「画家」の門の隣りには、「美術」という別の門が扉を開けていた。俺はその門から入ることを決意し、それからは、フランス語の習得にいっそう熱を入れるとともに、アダム・ルーに頼んで、『ガゼット・デ・ボザール』を毎月取り寄せてもらい、暗誦できるくらい繰り返し読んだ。そうして、また三年が経った明治八年の暮れ、鑓水村の中岡圭佑が「フランスに戻っているジュスタンさんが下垣内に、来ないかって言ってるよ」と言ってきた。

「日本で集めたコレクシオンで美術館を創りたいらしい。準備があるから、日本美術がわかる者が欲しいんじゃないかな。まだ、開館までは間があるので、そのあいだ留学するということでもいいそうだ。あの、開港場での文晁談義が、よっぽど印象に残っているんだろう」

俺は即決で、話に乗ることにした。

といっても、直ぐに年が明けて明治九年になり、その年は副社長の島崎和郎さんに会社を譲る手続きなどで埋まったから、実際に横浜港からフランスへ発ったのは、さらにその翌年の三月だった。

間際になって俺の留学を知った人のあらかたは、えっ、と驚いた。

厳しくなったとはいえ、まだ人から羨まれる仕事ではある生糸売込商をあっさり放り投げて、一留学生になることにも驚いたのだろうが、それだけじゃあない。

明治九年の翌年は当たり前だけど明治十年だ。一八七七年だ。すでに、一月の末から西南《せいなん》戦争が始まっている。そんな国家存続の危機のなか、留学なんかするんですか、というわけだ。

「官費留学なら、予定が決まってしまっているから仕方ないけれど、私費留学でしょう。いつだって時期を変えられるじゃあないですか。西郷《さいごう》さんの一大事なんですよ」

俺には彼らがなにを言わんとしているのかわからなかった。人は〝枠〟として生きるのではない。一人一人の人間として生きるのだ。それが、下野での人を斬る旅で、中里さんに、春さんに教えてもらったことだ。俺はむろん予定どおり一八七七年の三月、フランス郵船のデュプレックス号の乗客になった。

甲板に立って開港場に、そして、森戸村のある北の方角に目を遣ったとき、ふと、兄はきっと、こうしたかったんだろうなと思った。俺は、狩野山雪が好きだった兄のやりたかったことをやりに行くのだ、と……。

向こうに着いてからは、ジュスタンさんの美術館の開館準備を手伝うかたわら、リヨンのジュゼー学校やリヨン府立大学で美術を学んだ。言語にも興味があったので、彼の地に居るあいだに、フランス語だけでなくラテン語とサンスクリット語を修め、文献調査に生かしている。自分で自分に、まあ、合格点をやってもいいか、と思えるようになったのは、ギメー美術館の東洋美術鑑定人を五年務め終えた頃だ。これなら、そろそろ、日本に戻ってもよいかもしれぬという気になれた。

なんで、日本美術を修めるのにフランスに留学したのかという理由はすこぶる明快だ。なによりも、『ガゼット・デ・ボザール』のところで記したように、日本には「美術」という概念がなかった。日本美術も美術の一つだから、まずは美術そのものを我がものにせねばならぬが、概念がないのだから、教える者が居るはずもない。学びたいなら欧州へ行くしかなかったのである。

「美術」の他にも、日本にないものは多かった。真っ先に出てくるのはミュゼ、美術館だ。己れの美術を打ち立てるには、とにかく、絵画や彫刻作品を観まくらなければならぬが、むろん、当時の日本に美術館はない。当時どころか、日本で最初の美術館である大倉《おおくら》集《しゅう》古《こ》館《かん》が開かれたのは四十年後の一九一七年だ。初の公立美術館に至っては、これを記している一九二七年に至ってもまだ姿を現わしていない。対して、ルーブルの開館は一七九三年、プラドは一八一九年、ナショナル・ギャラリーは一八二四年である。

しかも、残念なことに、日本の美術作品を観るにも欧州のほうが有利だった。ジャポニスムは一過性の流行ではなく、欧州美術の本流に根ざしているから、有力美術商は富裕な個人だけでなく、各国を代表する公立美術館にも日本の美術作品を納めた。ブラッセルのベルギー王立美術歴史博物館が誇る四千点の浮世絵は、名の大きい美術商の一人であるサミュエル・ジークフリート・ビングの収集品を基にしている。ビングはまた、ハンブルク美術工芸博物館やルーブルの装飾芸術美術館、ライデン国立民族学博物館などにも、まとまった日本の美術作品を納入した。こうした歴史ある大美術館の脇を、ギメー美術館やジュスタンさんの美術館のような、個人の日本美術コレクシオンから発展したブティーク美術館が固めている。その充実ぶりはもう、書画会でお茶を濁していた日本人には溜め息が出るほどだ。

そして、最後は研究者の厚みだ。いまなお、日本美術全体を総合的かつ体系的に俯瞰《ふかん》する世界で最も優れた研究書はルイ・ゴンスの『ラール・ジャポネ』、即ち『日本美術』全二巻だろう。彼はアダム・ルーが「フランスの誇り」と言った『ガゼット・デ・ボザール』の編集長を、一八七五年から一八九四年まで実に二十年間の長きに亘って務めている。そのさなかの一八八三年、欧州で初めての日本美術史の大著を、エドモン・ド・ゴンクールが言うには十五万フランの自己資金を注いで刊行した。そのゴンクールを含めて、卓越した研究者の名を挙げるのに苦労は要らない。日本では……とは、もはや、言うまい。

俺が日本で美術の専門教育を受けていないにもかかわらず、美術の世界で重きをなしたことが関心の対象になっているらしいが、それは前提がまちがっている。〝日本で美術の専門教育を受けていない〟のではなく、〝日本には美術の専門教育の場がなかった〟のだ。見てきたように、もしも日本美術の専門教育の場があるとしたら、それはフランスにあった。だから、あの時期、思い切ってフランスに渡り、のめり込んで学びさえすれば、誰だって俺くらいにはなれただろう。要は、行くか行かぬかだ。

帰国は一八八四年だから、八年、フランスで日本美術を研究していたことになる。戻って間もなく、文部省の御用係という、なにをするのか模糊《もこ》とした部署に採用されて、日本には合わぬ本質論ばかりしていた。

日本人はしばしば〝理屈を言うな〟なる台詞を口にして、それでこそ大人物であるかのような奇妙な価値観を押しつけるが、学問のミッションは普遍化だ。ロジックのないところに普遍化はない。お教えに従っていたら、研究者を返上しなければならない。

で、周りから「あいつはおかしい」と言われつづけて三年が経って、そろそろ馘《くび》かなと思いかけていた頃、東京美術学校が創立されることになった。

書記で入って、直ぐに教諭になり、教授になり、そうこうしているうちに、東京帝室博物館部長とか、美術審査委員会委員とかいった、たいそうな肩書きがいっぱい付くようになった。いまでも折に触れて、狐につままれたような想いに囚われることがある。

それもこれも、最初に戻るが、人など斬ってなるものかと骨の髄に刻んで、剣から離れたことが始まりになっている。

美術の世界へ進むためにフランスに渡ったのも、中里さんの白根山を観て俺は絵描きにはなれぬと思い知らされていたからだ。

あのまま自惚れていたら……いや、それはそれで、俺も、惨めを惨めと見ぬ春さんの薫陶《くんとう》を受けているので、また別の人生の妙を嘗《な》めていたのかもしれぬが、それも含めて、中里さんと春さんには、いくら感謝しても足りることがない。

最後に、春さんだが、八十八歳のいまもご存命で、お元気だ。妖《あやかし》のように美しくもある。

ご亭主は十四年前に亡くなられているが、政府の高官だった。

息子の修平はさる郵船会社で長く船長を務めて、去年、逝去した。

次男の浩平は和菓子屋を営み、いまも現役の職人として旨い金鍔《きんつば》をつくっている。

中里さんの、お手柄だと思う。

きっと、向こうで、喜んでくれているだろう。

一八五九年に創刊された『ガゼット・デ・ボザール』は、以来、百四十四年に亘って美術雑誌の基準でありつづけ、二十一世紀に入った二〇〇二年に幕を閉じた。

初出　小説現代二〇二四年十一月号

ブックデザイン　鈴木成一デザイン室
装画　　　　　南　景太

青山文平（あおやま・ぶんぺい）
1948年、神奈川県生まれ。早稲田大学政治経済学部卒業。2011年、『白樫の樹の下で』で第18回松本清張賞を受賞しデビュー。'15年に『鬼はもとより』で第17回大藪春彦賞を、'16年に『つまをめとらば』で第154回直木賞を受賞、'22年には『底惚れ』で第17回中央公論文芸賞と第35回柴田錬三郎賞のダブル受賞を果たした。その他の著書に、『かけおちる』『伊賀の残光』『春山入り』『半席』『励み場』『遠縁の女』『跳ぶ男』『江戸染まぬ』『泳ぐ者』『やっと訪れた春に』『本売る日々』『父がしたこと』など。

下垣内《しもごうち》教授《きょうじゅ》の江戸《えど》

第一刷発行　二〇二四年十二月十六日

著者　青山《あおやま》文平《ぶんぺい》
発行者　篠木和久
発行所　株式会社　講談社
〒112−8001 東京都文京区音羽二−一二−二一
電話　出版　〇三−五三九五−三五〇五
　　　販売　〇三−五三九五−五八一七
　　　業務　〇三−五三九五−三六一五

本文データ制作　講談社デジタル製作
印刷所　株式会社KPSプロダクツ
製本所　株式会社若林製本工場

定価はカバーに表示してあります。

Printed in Japan　ISBN978-4-06-537729-1
N.D.C. 913　250p　20cm

KODANSHA